一頁 folio

始于一页,抵达世界

[日] 朝井真果 著
蕾克 译

浮世绘
女儿

くらら
眩

广西师范大学出版社
·桂林·

图书在版编目(CIP)数据

浮世绘女儿/(日)朝井真果著;蕾克译.--桂林:广西师范大学出版社,2021.9(2022.2重印)
ISBN 978-7-5598-3799-8

Ⅰ.①浮… Ⅱ.①朝… ②蕾… Ⅲ.①长篇小说-日本-现代 Ⅳ.①I313.45

中国版本图书馆CIP数据核字(2021)第089689号

KURARA
By MAKATE ASAI
© 2018 MAKATE ASAI
Original Japanese edition published by SHINCHOSHA Publishing Co., Ltd.
Simplified Chinese edition copyright © 2021 by Folio (Beijing) Culture & Media Co., Ltd.
Chinese (in simplified character only) translation rights arranged with SHINCHOSHA Publishing Co., Ltd. through Bardon-Chinese Media Agency, Taipei.
KATSUSHIKA Oi *Girl Composing a Poem under the Cherry Blossoms in the Night* © MENARD ART MUSEUM
All rights reserved.

著作权合同登记号桂图登字:20-2021-213号

FUSHIHUI NÜER
浮世绘女儿

作　　者:(日)朝井真果
译　　者:蕾　克
责任编辑:黄安然
特约编辑:徐　露
装帧设计:COMPUS·汐和
内文制作:陆　靓

广西师范大学出版社出版发行

　广西桂林市五里店路9号　邮政编码:541004
　　网址:www.bbtpress.com
出版人:黄轩庄
全国新华书店经销
发行热线:010-64284815
北京中科印刷有限公司印刷
开本:787×1092mm　1/32
印张:12.75　字数:200千字
2021年9月第1版　2022年2月第2次印刷
定价:58.00元

如发现印装质量问题,影响阅读,请与出版社发行部门联系调换。

目录 CONTENTS 目次

5	悪玉踊り	183	鴬
第一章	悪玉之舞	第七章	莺
33	カナアリア	219	富嶽三十六景
第二章	金丝雀	第八章	富岳三十六景
63	揚羽	261	夜桜美人図
第三章	扬羽	第九章	夜樱美人图
91	花魁と禿図	293	三曲合奏図
第四章	花魁与禿图	第十章	三曲合奏图
121	手踊図	321	冨士越龍図
第五章	手蹈图	第十一章	富士越龙图
149	柚子	351	吉原格子先之図
第六章	柚子	第十二章	吉原格子先之图

这个世界啊，是由圆和线组成的。

你看熟睡的猫，这是屁股，这是后背，然后是头。

瞧，是几个圆叠起来的吧？

老爹盘腿坐着，手里画着画，让小女儿坐在他腿中间。他并不是在逗五岁的女儿嬉笑，而是在认真地口传给她画法。

"尾巴也是圆圆的一团，卷在屁股那里，这也是一个圆圈。"

女儿低头看着，"唔"了一声，倒是一旁的徒弟们会心地念叨，"原来要这么画啊"。

徒弟们围坐在父女身后，身体前倾，探头看着老爹怎么下笔。黄旧的榻榻米上散落着几十张草纸，上面或是画着斜眼睨视的达摩，或是画着狮子在吼，飞鸟和昆虫在动，跃出水面的鱼带起了点点水珠。

老爹无心画那些普通小姑娘喜欢的物件，比如乖巧的人偶啦，锦帛编成的花球什么的。出现在他画笔下的，只是一个接一个的圆圈。

他越画越专心，干脆俯身向前，在画纸上探出半个身子，宽广的胸膛贴在女儿后背上。小姑娘被挤得坐不住了，但即便她手脚被压得不住乱舞，也不肯从父亲怀里出来，一双眼睛紧紧盯着纸面，屏住呼吸看父亲接下来要怎么画。

老爹左手环住女儿的肩，右手又落回纸上。

"接下来，我们在头上放两个三角。看，耳朵出来了。是不是能听见猫在说梦话？"

小姑娘缓缓地眨了几下眼睛。

纸上的猫岂止在说梦话啊。它竖起两个耳朵，抬起头，打着哈欠迈出了前腿，再拱起后背，身子换了个方向，后腿搔搔喉咙，不紧不慢地走向板间[1]，又向这边亮出屁眼，轻轻一跃，跳进土间[2]，伸出舌头响亮地舔起水来。

真奇妙啊，女孩不由得伸出手。

小手摸到了父亲右手里的物件。指尖轻触下，黑色水痕沾到手指头肚上，凉凉的。父亲也不以为意，或抹或勾，依旧在纸上画着。

---

[1] 日式传统建筑里铺着木地板的房间。
[2] 日式传统建筑里没有铺地板和榻榻米的，可以直接穿鞋进入的泥土地面的房间。

小姑娘不高兴了,仰头看父亲。

"老爹。"

父亲"嗯"了一声,停住了笔。少顷,背后的众人这才跟着笑出声来。

"平时可难见她说话,这回一下子叫出老爹来。"

"大家平时都这么叫嘛,阿荣就记住了。"

小姑娘的父亲是个绘师,号北斋。徒弟和版元[1]都称他为葛饰老爹。

"阿荣,你该叫父亲大人。这样!父,亲,大人!"

一个声音乘兴教她说话,小姑娘在父亲怀里扭动身子,用力地伸出手。

"怎么,莫非你想握这支笔?"

父亲惊讶地低头看着女儿,一双大眼睛瞪得更圆了。

女儿干脆地点点头。

一缕午后的阳光从窗纸破洞中射进来,父亲的脸融化进了光亮中。慢慢地,一切都变成了纯白的光雾。

光雾中,小姑娘看着父亲第一次递过来的那支笔,满心欢喜。

眼前的一切,亮到目眩。

---

1 出版商。

第一章　悪玉之舞

悪玉踊り

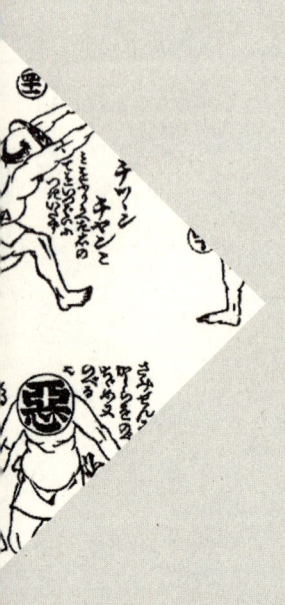

一

今天很安静，窗外传来小孩子们扑蝉的玩耍声。

加上男人不在家，没人催着要茶和坐等吃饭，她更有时间画画了。

"天真热呀，姐，我可以进来吗？"

阿荣没有停下手中的画笔，只扭头看了一下门口。跑腿的小伙计正从敞开的障子门后探出半张脸来。

"我是佐分利堂的。"

"唔，还差一点，马上就画好了。你先进来。"

"哎！"小伙计一条腿踏进土间，探头窥看屋里。

"我家那位早晨就出门了，不到傍晚不回来。"

"那我就打扰啦！"小伙计这才放下心，欢欢喜喜地走进来。

阿荣的丈夫吉之助，一看到版元的人来家里找阿荣，就不给好脸色。要是赶上阿荣出门买东西不在家，他更是满脸的不高兴，嘴里嘟囔着"你来干什么"，就把人赶走。

吉之助是当地东神田桥本町油店老板的二儿子，一个不入流的绘师，画号南泽等明。阿荣在文政二年（1819）二十二岁时嫁过来，入了冬就是第三年了。

全江户城的绘师没有不认识阿荣老爹的，吉之助跟着学画的师傅和老爹也有交情，因为这个缘分，阿荣成了吉之助的女人。阿荣的母亲小兔，早好几年就想把阿荣嫁出去，为此没少忙活，老爹再不愿意也没用，最终还是认输了。

老爹现在的画号，是"为一"，在此之前，他还署过"戴斗"。然而坊间至今更认"北斋"这个号，所以他干脆在画上落款"北斋改为一笔"六个字。其实，早知如此费事当初何必卖掉画号，只不过别人一开口求他，他就豪爽地大手一挥"行，拿走"，卖给了别人。名字也好画号也罢，他都不在意。别看家境不富裕，其实他算是个挣小钱的好手。

最初，小兔并不想把女儿嫁给画画的。绘师这行业沉浮莫测，绘师得审时度势，知道什么好卖，不然就算你手艺精湛，市面上没人叫好，下回版元便不再找你画了。阿荣的异母姐姐美与嫁给了老爹的门人，表面上看着光鲜，实际上穷根未断。

所以小兔一心想让女儿嫁到踏实体面的商家或工匠手艺人家，无奈对方不愿意，亲事一直没谈成。

"人家一听就犹豫了，阿荣一个姑娘家，整天在工房里混，手里除了画笔，没见拿过别的，这么怪僻，谁敢要！人家都在传你闺女连春画也画得来，长此以往，她怕是嫁不出去了。你是她爹，不能由着她性子来，你得多加训斥，姑娘家该和母亲学习针线和做饭。她可是你女儿，不是你徒弟。"

阿荣从记事起，身边所闻所见就都是老爹的各种画作。不知不觉间，她已经和老爹的徒弟们一起并肩学画了。

画坊里的工作是由弟子们分工完成的，比如给一册绘本画插图，师傅画好人脸之后，徒弟们分头负责描画发簪梳子、半襟小袖纹样之类。他们一边分头画着细节，一边把师傅的画风和运笔方式牢牢烙进眼中，回头再慢慢回想着，誊画进自己的画帖：美人怎么从猪牙舟[1]上探出半身，在河水清波里浸湿手帕；金客兴冲冲穿过吉原大门[2]时的背影，如此等等。

阿荣多么想就这样在父亲的画坊里一心一意地画一辈子。

但事不如意，每次亲事没谈成，小兔都要唠叨个没

---

1 尖头小木船，因形似野猪獠牙而得名。
2 吉原花街的入口。

完没了，烦啊。

后来有一天不知怎的，亲事竟然说成了，终于出现了一个没摇头拒绝的，这个人就是吉之助。小兔再也顾不得挑剔对方家境职业，赶在对方变卦之前，以迅雷不及掩耳的速度拍板定下了喜庆吉日。

如果必须出嫁，那就嫁给绘师吧，只要帮着丈夫画画，就能保住自己的画笔。阿荣同意了。

谁承想，这算盘根本不如意。

"我有我的画法，你少管我，"吉之助说话口气像个女的，不乐意阿荣看他画画，"看什么看，我的烟草袋呢？我的烟草袋！为什么！会跑到你的围腰底下！你好歹也收拾收拾家，永远都这么乱，哪里有地方下脚？"

"和老爹的工房比起来，这儿干净多了。"

"谁要和那个垃圾堆比！光想一想我都浑身刺挠。"

吉之助以为，只要娶了阿荣，作为一个绘师，他就能用"葛饰一门"自我标榜了——可能从最开始，吉之助就是这么算计的。阿荣嫁过来不到半年，便看穿了他这层心思。吉之助可能是在哪个宴会上遇到了当场即兴作画的老爹。但就算他是女婿，就那点手艺，哪里配和老爹相提并论，他倒是想拿老爹当幌子，无奈够不着。

这还用多说？亲戚也好，路人也罢，画好就是好，拙劣就是拙劣，哪里有二话。再说就连老爹，对自己的画也从未满足过，年过花甲后，还连续出了《北斋漫画》。

这不,最近又开始挑战汉画摺物[1]了。

再说吉之助,画笔在手里握不住半天,净把时间都花费在和版元绘师同行的人情交际上了。他在家的时候,总是东瞧西看,"这个活你没做好""那个做得不漂亮",挑起阿荣的刺儿来倒是劲头十足。

阿荣觉得自己家务活干得不算少。如果天天打扫买菜做饭,时间一转眼就过去了,哪里还有工夫拿起画笔?她心里不乐意,只能勉强平衡着,自己觉得大面儿上过得去,但丈夫一开口就是不满意。

"不满意?你他妈的自己干啊!"

眼角余光里看见丈夫黑得跟锅底似的脸色,阿荣总是在肚里这么暗中回嘴。

今年,阿荣开始自己接活儿了,对方是和老爹有交情的版元。虽说不是什么大店,但枕绘啦,读本的插图啦,料理屋的宣传画之类的小活儿一直没断过。

换上一支面相笔,阿荣开始描画美人的脚指甲。和以往一样,脚指甲根的横线不用画,只勾勒成一个钩形,这样观画的人一看就明白,那儿长着甲皮。

过度勾画就俗气了,老爹总说。

看着墨线渐干,阿荣转过身来:"让你久等!"

---

[1] 摺物,印刷品的日语用法,特指俳句短歌会,同好之间以交流为目的而作的浮世绘版画。这里的汉画大体指中国水墨文人画,风格和概念上对应日本的大和绘。

斜身坐在门口的小伙计抖开风吕敷。

"给，这是今天的五张！"

小伙计接过画，包好。这孩子看着顶多十五岁，已经一脸老成，就算是枕绘春画，也见怪不怪。

阿荣伸手入怀，从布袋里摸出所有小钱，攥着递给小伙计："拿着，回去路上喜欢什么就买吧。"

倒茶太麻烦，与其倒茶，阿荣更愿意给跑腿的钱。小伙计接过后道了声谢，还是磨磨蹭蹭不肯走。

"怎么啦？啊，你说那张填色？填色还没到说好的工期呢。"

所谓填色，就是用墨线勾出一张全图，雕师把图贴到木板上刻好，印出十张左右，交给绘师决定各处要填什么颜色，之后再交回版元。

"不是。"小伙计摇摇头，沉默了一会儿，把手又伸回给阿荣。

"姐，这点钱现在连团子都买不了。"

躺在他掌心里的，是三枚一文钱，剩下就是线头和牵牛花籽了。

二

真失败，忘记种了。

阿荣在案几前托着腮，左手指尖拨弄着花籽。

这是在夏天草市上买的种子，连袋子一起丢失后，阿荣就忘了这回事，现在她自己也想不明白，怎么就有一粒落进了布袋里。

　　用后槽牙使劲咬一下牵牛花籽，比木屑还没味。

　　冬阳透过纸窗照进来，案几上一片光亮。铺开的画纸后面，堆积着文镇、纸摞和颜料碟，只有茶碗是白的。阿荣取过来，看一下碗里。

　　用来洗笔的茶碗内侧沾着一圈圈颜色，胡粉白，黄土黄，岩桃色。正想站起身拿到厨房去洗，又在案几底下发现了饭碗，阿荣把茶碗里的剩水倒进饭碗里，伸手从笔架后摸出酒壶。

　　倾酒入碗，三口喝干。阿荣呼出一口气，手背抹干嘴角，又点着烟管，一股青烟徐徐升起。

　　阳光从纸窗射进来，温暖了她的肩膀和手臂。阿荣嘴里叼着烟管，心中开始构思，美人图上凝望着牵牛花的姑娘该穿件什么花纹的夏衣。

　　水浅黄内衣，秋草纹的夏季薄衣。唔，腰带要绿青色底，搭配白色松菱纹，两种颜色互相映衬，显得爽亮。或者，换成一列硕大的麻叶纹？每张麻叶的绿色都要不一样，从泛着嫩黄的鹨色，到偏黑的绿青。绿可不止一色。即使同一片麻叶，从茎到叶尖，颜色也不一样。

　　阿荣在未出嫁时就不讲究穿着，往往一件衣服穿好几天，脏了，就近找件别的换上。天冷时，衣服底下套件丈夫的衬裤就足够。头发懒得结成髻，干脆披散开简单绾一下，也很少用篦子梳头，有时候后颈处干脆乱成了结。

"你呀，不漂亮，就得勤打扮着点，不然你丈夫马上就会嫌弃你。"

小兔最近经常不请自来，一边清理碎纸一边挑刺。前天，她带了煮芋头和时令海苔上门，就更有资本尽情唠叨了。烦得阿荣手里的活儿干不下去，本想着赶紧送走这尊神，可最终还是吐出了一句气话："可惜啊！你说，我这脸长得像谁。"

小兔是父亲丧妻后娶的续弦。老爹鼻高，目深，嘴也阔，五官分明。小兔瘪鼻梁，一张平板四方脸，高颧骨，眼睛四周几乎看不到什么睫毛。阿荣不知从何时起，慢慢明白了自己从父亲那里什么也没有继承到。

而小兔一口咬定，都怨阿荣自己不爱打扮。

"就算你脸不行，只要把头好好梳起来，染点口红，还算能见人！别看你现在长得怪，小时候很可爱的。"

这人谎话张口就来。阿荣小时候可没少听母亲叹气："一个小女孩，面相这么顽固！"

"你小时候那么可爱，你爹喜欢得不得了，天天把你抱在怀里不撒手。"

"那是拿我当暖水袋，抱着暖和。"

见阿荣不自在，小兔眼神变得妩媚起来。

"哎！你什么时候要啊？"

"要什么？"

"还用问，当然是孩子！再不生，以后就麻烦了。"

"妈，你少管闲事。"

"怎么是闲事？哪个当妈的不关心女儿？你不会还心存妄想吧，以为一辈子能吃绘师这碗饭，我劝你死了这份心。阿吉找了你算倒霉。话说回来，都怪你爹把你惯坏了，什么阿荣自己拿起了画笔所以一定有天分，那是你爹逗你开心，谁承想你还当真了。现如今，你爹自己都不记得说过这话。"

这个妈，损起女儿来毫不犹豫。

"你在听我说话吗？"

"在听，都听傻了。"阿荣忙着干活，眼都不抬地顺口应付。眼前一幅春画，和男子厮缠在一起的美人粉唇微张，阿荣正细细描绘唇间微露的牙齿。

"你那耳朵跟笊篱似的，我说什么你都左耳进右耳出，这点和你爹一模一样……哎呀，你看这儿也积了好多灰。"

小兔一边唠叨，一边用抹布揩抹。不知是她手太湿，还是抹布没绞干，家里到处泛着水渍，让阿荣心烦意乱。版下绘[1]用的纸薄，稍微沾上水汽就会凹凸不平，所以干

1　版画底稿。

活的案几坚决不能让小兔碰。小兔自己也明白，只远远地绕着案几打扫。

阿荣正在画什么，小兔应该能看见，但她从不插嘴。给绘师当了多年老婆，见怪不怪的本事她还是有的。

阿荣伸手拿过酒壶，又倒了一杯，一口抿干。

然后转回头，开始侧耳倾听，门外响起了那个声音。

报火警的半钟。

阿荣弹跳着站起身，挽着衣裾飞奔出家门。

咣！钟再一次被撞响。少顷，又是一声。这种撞法，是在告诉众人远处有火灾。

慌乱中跑出家门的阿荣四处观望着，想看清火灾的方向。同样，街坊邻居们也都飞蝗般跑到街上，有人喊"估计是濑户物町着了"。

阿荣手搭凉棚张望，听见这么喊，不服气地喊回去："不对，濑户物町在南边。是西边着了，西边！"

她冲到十字街头，沿着水渠往前跑，背后，街坊也都跟了过来。众人朝着同一个方向奔跑，暮色渐深，西边的深蓝天空下升腾起了烈焰。

先是额头感到了热气。随后听到喧嚣人声和鸢人足[1]

---

1 鸢人足，鸢指代建筑工，十八世纪末日本主要的消防法是破坏式消防，即推倒位于火源内以及风向下方的房屋，阻止火势蔓延，建筑工在消防活动里起到了重要作用。

的怒号。她还想再往前走,已经走不动了。到处都是从烈火中逃出生天的人,小辈用板车推着年老长辈,父母拉着孩子,有的人衣服都来不及穿好,人人神情呆板,张皇落魄。

阿荣背靠着别人家的院墙,躲让着纷涌而至的人流。

她这才发现自己还紧紧攥着画笔和茶碗。画笔收进怀中,茶碗凑到嘴边,口渴难耐。就是把茶碗高高倒竖起,也只落下三滴水,勉强润湿了舌头。

将空茶碗收进衣袖,阿荣又开始跑起来。原本荡漾着青贝色的水面上,此时点点映照着半空中的火光。

"来来!这房子是空的,没人住,上面看得清楚!"高处有谁在喊。阿荣身前的男子侧身钻进了大敞着的家门。

嚯,还有这招。

阿荣也跟着进去,爬上了楼梯,二层的晾衣台上挤满了看热闹的人。这就是江户人,看火灾热闹比吃饭还开心,阿荣更是。自打她小时候起,一听哪儿着火了,飞奔着也要过去看。

"唉,你说,这回哪个组进去灭火?"

"肯定是叶组啊,年轻人多。"

"叶组?上一次着火,叶组根本不顶用,今天啊,该伊组上了。"

"你敢赌吗?"

"还用你说!咱们得说好,输了你得乖乖掏钱,不能假装突然犯病,也不能我一转身就找不着你了。"

晾衣台上骤然轰响起赞叹声,看来是缠持[1]上了屋顶,但从这儿看不清组标。参赌众人涌下楼,想走得再近一点。

阿荣移到晾衣台最前沿,趴在栏杆上,向外探出半个身子。

为了防止火势蔓延,临近火源的房子要被推倒了吧。此时火势越发凶猛,烈焰升空,她竟看到痴迷。

燃天铄地的火舌舔舐着,势要将活人和房屋卷入漫天绯红。这绯红,让阿荣兴奋不已。

暮空中残留着尚未被夜色吞没的深蓝,黑烟漫卷成云,追随着深蓝而去。火越烧越炽红。

阿荣构思画面时,习惯在头脑里加上颜色;老爹的画则是先有构图。老爹只用墨线勾勒出的小鸟,都能听到展翅声,画一个插科打诨的男子,也能看到墨线小人儿手舞足蹈地动起来。

而阿荣的画如果只有墨线,画面就是僵的。所以她总为线不达意而烦躁,她觉得色彩离她更近些。

望着赫炎绯红,阿荣问自己,该怎么配色?

唔,辰砂加上鸡冠朱,还要加一丁点岩绯。要是手

---

[1] 手持幌子的消防指挥。

边有银泥就好了,正好画火星子,这样绯红的内侧就有了闪亮。

阿荣看到一种令她心醉的色彩后,总是习惯性地去想怎么配色。

一般来说,一幅版画由绘师指定色彩,具体怎么掺合搭配颜色,是摺师[1]的活计。色彩的强弱渐变,全看摺师的下手分寸。

但说到肉笔画[2],则需要绘师自己动手调配颜色。选择哪几种岩绘具[3],胶和水怎么个比例,加热到什么程度,不同的手法让色彩有了精妙的生气。当然,有时下手不准,调出来一片昏晕,更有通灵一刻,手下会现出绚丽奇瑰之色。

火势在转弱,阿荣望着绯红渐渐淡去的天空,右手拇指和无名指搓到了一起。

她想赶紧回家接着画,刚要转身,肩膀被人拍了一下。

"嘿。"

阿荣回头,一个人正冲着她笑。这么冷的夜晚,这人丝毫不以为意,衣襟大敞着。看清是谁后,阿荣不由得傻愣愣地"啊"了一声。

---

[1] 手工印刷版画的工匠。
[2] 即普通画,区别于大量印刷的版画。
[3] 日本画中用矿石粉碎后做成的颜料。

"你在这儿干什么呢?"

"和你一样,酒劲儿上头,好奇看个热闹。"

善次郎的雪驮[1]在路面上踩出一串踢踏声。

阿荣说了不用送,善次郎不听,非要一路跟来。他一直是个不拘小节、吊儿郎当的人,这种时候却又无比固执。

"送我回家?就好像你知道我住哪儿似的。"

"啊?我是不知道,可你总认得路吧?"

"……什么人呐。"

善次郎是个浮世绘师,画号溪斋英泉,也是一个戏作者[2],擅作春画艳本。

都说他是武士出身,更多的阿荣也不清楚。反正当下写书画画的武士并不少见,戏作者曲亭马琴[3]就是武家出身,柳亭种彦[4]更厉害,是个旗本[5]。

据说,善次郎自幼从师狩野派学画,后来私淑喜多川歌麿,大约十年前,在阿荣十四五岁时,他开始出入北斋工房。他好像格外尊崇老爹,不知不觉间,干脆吃

---

1 传统日式草编拖鞋,鞋底用皮革加固,鞋跟处贴着铁皮,防水耐磨。
2 即通俗小说作者。直到十九世纪八十年代,日本近代小说体文学才被冠以"小说"二字,沿用至今。
3 曲亭马琴(1767—1848),日本江户时代著名的畅销小说家。
4 柳亭种彦(1783—1842),日本通俗文艺者,"合卷"代表作家。
5 指战场上主将旗下的近卫武士,属武士中的高阶。

住在工房里不走了。工作忙不过来时，全工房的人熬夜赶工，全都混睡在一起。可是当众人以为善次郎就那么住下来时，他又会一声招呼都不打就出门，一个月见不着人影。

阿荣有时候担心，"他不会暴毙在哪条街上了吧"，老爹听后总呵呵一笑，说"不会"。

"啊，野猫，正发情呢。"不知为什么，善次郎特别有女人缘。别看他总是一副寒酸落魄打扮，就连很少在工房里露脸的小兔，都抢着为他缝过一件夏季单衣。

阿荣上一次见到善次郎，还是出嫁前。细数一下，已经过去了三年。

"你还在画？"善次郎边走边问。

"在画，还是那么烂。"阿荣半开着玩笑回答。

"我也是，怎么也不开窍。"

"那是因为阿善你太挑活儿，只干喜欢的。老爹说过，一杆枪再不灵，只要多开几次火，总能打中。画和写书也一样，做得多了，自然就能上台阶。"

老爹不喜欢口头说教，徒弟们想学什么，他先画一个示范，让徒弟们跟着学，再指点哪里画错了，"这种线条是你的坏毛病"，"脚腕画成这样，这人走不了路"。

但到善次郎这儿就不一样了。忘了是什么时候，阿荣听到过一次他和老爹的深夜聊天。

那是一个闷热的盛夏夜。老爹啜饮着粗茶，吃着大福饼,这一点上他简直不像个江户人,滴酒不沾,却嗜甜如命,岂止不吸烟管,更是一点烟气都闻不得,连驱蚊的杉叶都不让点。那个夜晚,阿荣和往常一样,被蚊子咬得睡不着。

"浮世绘这东西,是版元出想法,一个绘师手艺到底好不好,就看能不能又快又准地把它画出来。别说什么想慢慢地画,你有这胡扯的工夫,不如多画一张。手快,活儿多,这才是浮世绘师的真本事。"

那时,善次郎没什么人气,活儿不多,却还挑三拣四,不接役者[1]绘。他嫌役者绘的固定规矩太多,没有尝试创新的余地。

那些早已是熬干煮尽的东西了,哪儿有我活跃的份儿——版元把善次郎这句话原样告诉老爹,老爹训斥了善次郎一番:"找上门来的工作你都得接,不能推!"

话说回来,老爹也承认善次郎的游女[2]绘画得好。市面上的一般绘师,照搬役者绘的条条框框画游女,画得千篇一律,不看背景几乎区分不开。善次郎就不一样,他画的花魁,每个人的发髻簪钗、和服打褂、持烟管的手势,都各自不同。细致到能看出是哪间妓楼,能感受到各自不同的言辞和气氛,能看出身姿举止粗俗还是雅致。

---

1 即歌舞伎役者。
2 即青楼妓女。

其实,很多绘师在技术上也能做到这点,但善次郎的画好在个性独特,更鲜活刺激,赤裸裸地不加掩饰,甚至有点市井俗气,令人过目难忘。所以喜欢他的人是真喜欢,不喜欢的就完全看不上。

"啊,这种画,我就画不出来,连想都想不到,就算心里想模仿,手也不听使唤。"在善次郎的画前,阿荣心动不已,甚至有过些许嫉痛。

阿荣出嫁前,画号荣女,婚后改为辰女。辰,乃北辰妙见的辰,取自老爹笃信的妙见菩萨。老爹有段时间曾自称北斋辰政,阿荣要了辰字做画号,实际上几乎没有在画上真正署过。

在北斋工房里,阿荣和徒弟们一样,只有被版元指名,接到自己的工作后,才算出师独立,可以开始用自己的画号打名气,正式吃上绘师这碗饭。

"你还记得吧,我们以前吵过架。"

听到善次郎忽然换了话题,阿荣扭过头来仰望他的侧脸。火灾喧嚣已远,四下只听到潺潺流水声。

"嗯,我们没少争执,从早吵到晚。"

"不是,我是说那次为毛吵架。你非说毛是直的,怎么劝都不听,我告诉你画成直的就不好看了。你急了,说自己的毛就没那么曲里拐弯,当场就要撩开衣裾。"

其实这件事阿荣记得清清楚楚。

那会儿她十七岁,第一次给艳本画插图。工房里有老爹画好的男女姿势范本图册，徒弟们照着范本分头去画。阿荣第一次被派到这种工作，一心想画好，不甘心输给别人。那次善次郎没有画，他负责写艳本故事。

"都怪阿善你，对我的画挑三拣四，什么腿抬得不够高，还非得让男的去吸奶头，同时女的还得后仰，尽给我出难题。"

"然后我们就为毛的曲直吵起来了。"

"那是你太固执，故事设定非得那么复杂，什么女的是淫妇装雏，哼哼唧唧正得趣，什么这种女人的毛肯定不这样。真是的，这种事情，我哪里懂得！"

阿荣嘴上不服气，实际上那会儿她去浴堂认真观察过女人下身，有的只生一层薄毛，有的硬如鬃刷，向前支棱着，还有的弯弯曲曲黑白相间。

什么样的毛在画面上才好看呢。阿荣看过无数，在浴堂里几乎要热晕过去，依旧得不出结论。说起男女之事，善次郎远比阿荣懂。善次郎年长七岁呢，当然懂得。这么一比，阿荣好像输了似的，真是不甘心。

"我还在写艳本故事，我们合作吧，像以前那样。"

"你现在还是一个人又写又画？"

"嗯，左手编故事，右手画插图。等着瞧，早晚有一天，我英泉的大名会传遍江户城。"

一路有人说话，不知不觉间就走回了家。路面上的人家早已上了门板，有的檐下点着社祭时的轩提灯，朦胧地照亮十字街头。

"行,我到了。"

"好,回见!"

呸,你个大骗子。阿荣心中嘟囔一句,嘴里却顺着他说:"回见!"

善次郎一贯来无影去无踪,说话不算数。三年前离开工房时说了一句"回见",就再没露过面。

阿荣走了几步,一回头,看见善次郎还在那儿,正悠闲地冲这边挥手。阿荣忽然想问问他,就转身走了回去。

"怎么回来了?"

"阿善,你在为什么努力?"

一问之下,善次郎盯着阿荣,面露出惊讶。

"为名?还是为钱?"

街边的提灯,照得善次郎的脸半明半暗,只见他凤眼深处倏忽一闪。

"当然是为了睡漂亮女人,还能为什么。"

三

走进土间,阿荣正准备脱木屐,听到厨房里有响动。

此时本该正在料亭参加席画会的丈夫吉之助,已经到家了。再看地上,整整齐齐地摆着一双小得不像男人尺寸的草履。

"阿荣？你看你家门都不关，四处大敞着，你去哪儿闲逛了！"说话间吉之助走出厨房，手里拿着盘子和筷子。

"我累了一天，回到家，暖桌下连块炭都没有，我就靠着火钵里那点火星子烤了手，还自己烧了水。我这心里呀，凉透了，简直想哭！唔，冻死了！"吉之助拱肩缩背，钻进暖桌。

阿荣也冻得够呛，但不想进同一张暖桌，只走到火钵前坐下来。

"就知道你没做晚饭，果然不出所料。幸好我有准备。"吉之助抖开风吕敷，美滋滋地取出料亭的饭盒子。

阿荣沉默着用火筷捡了块炭火，点燃了烟管。

"真不赖，这家店就算不如八百善那么大场面，但这个鱼糕做得好吃……我说阿荣，饭橱里的煮豆都长霉拉丝了，我可不像你，什么烂饭都能吃，我会坏肚子的。真没办法，明天早晨除了腌菜还有吃的吗？算了，这个饭盒子我得留一点，反正现在天冷，放不坏。"

在吉之助眼里，一日三餐比什么都重要，头天晚上必定操心第二天吃什么。如果阿荣随便从街上买点什么现成的回来，他一准儿不高兴。

"又买现成的，你连偶尔做碗味噌汤的心思都没有吗？你好歹是我老婆，咱家又不富裕，你去打听一下，哪家丈夫跟我一样，天天摆到面前的饭是不知哪儿的陌生人做的。"

"不是陌生人，大黑屋的老板夫妇，你也认识呀。"

这个男人，在外点头哈腰，回家指手画脚，在老婆面前装横，色厉内荏。今晚更是叽叽歪歪没完没了，阿荣明白，他准是白天在席画会上露怯了。

"今天怎么样？"

"没怎么样。都是些有眼无珠的俗人，老子再去一次就不叫南泽等明！他们算老几，路子老子有的是！"

看来是被冷落了。

所谓席画会，是大店老板或者文人领袖主持的画会，包下一家料理屋，召集诸多绘师，当场开题作画。画得好不好，众人都看在眼里，没有师傅指点帮改，手艺欠佳的人只有当场被嘲的份儿。吉之助也许是脸皮厚，频繁参加这种席画会。

阿荣没再接话，重新叼上烟管，忽然瞥见吉之助胡乱扔在榻榻米上的风吕敷里露出一角画。

这人，饭盒子和画一起带回家了。真不知道他怎么想的。

斜眼偷瞄一眼吉之助，他吃得正香，嘴里吧嗒有声。阿荣在火钵边上用力叩一下烟锅，把烟丝抖落进炭灰，上下翻个身，手握烟锅，用烟管的尖嘴挑开风吕敷。

画题像是在竹林里戏耍的垂髫唐人童子。吉之助画的竹子,细溜溜软塌塌,仿佛芒草。童子姿势怪异不说,脸上还没表情。竹林深处好像还有一只老虎?像一只缩头缩脑的狛犬[1]。

阿荣忍不住笑喷,把脸颊贴到肩膀上掩住笑。

"有什么好笑的!"

再看吉之助,手持筷子,怒目圆睁。

"没什么。"

"你,你刚偷看了我的画才笑的,你当我傻啊!"

"呵呵。"

"你这个女人!"

吉之助神色陡变,嘴里饭粒喷飞。

"我亲眼看见你跑出家门的。一听见半钟响,你就去看热闹了是吧,你哪里像个女人,有点人心吗?谁像你爱好看失火?阿荣你怎么不明白,失火可不光是谁家房子被大火吞没了,还要死人的!"

这点阿荣心里当然清楚,但只要半钟响起,阿荣就按捺不住心中的狂鼓,她想看火焰的光色,她控制不住自己。

"你可好!踹开衣裾就飞奔出门了,我还要脸呢,你怎么不替我想想。一整天的,你除了画画什么也不干,你的闲话在绘师同行里都传遍了。咱们今天在这儿把话

---

[1] 相当于中国的石狮子,形象半狮半狗。

说清楚，你！因为什么！不履行妇道？！"

这个妇道，估计有一部分说的是房事。阿荣一旦拿起画笔就不管不顾，废寝忘食，至今快一年没和吉之助同床共枕了。吉之助这人，别看嘴上没完没了，胆子却小，有几次他深夜起床，过来摸阿荣的肩膀后背，阿荣不说话，抖掉他的手，他就灰溜溜地回去继续睡觉了。

换了善次郎，他会怎么挑逗女人呢？

心中忽现出这个念头，阿荣自己也吓了一跳。

阿荣眨了几下眼睛，无言地扭过头去。吉之助也转过身，打开背后的食橱门，拿出茶叶筒，打开盖的瞬间，又炸了："茶叶也喝完了！"

"啊，真麻烦。"阿荣长叹一口气，站起身来。

"你刚说什么？你这是什么口气！你别以为自己是北斋的女儿就了不起！"

这个男人什么也不懂。他也是绘师，可是那种放不下画笔的炽热之心，他没有，也不懂。

阿荣俯视着吉之助，目不转睛。

对，我是北斋的女儿。可是父亲的才华，我一星半点都没继承到，我只能原地痛苦地转圈。我画了快二十年了，线条依旧那么羸弱，调不出心中想要的颜色。

所以我想画啊，我想画得更多。

"我没工夫搭理你这些琐碎。"说完，阿荣拉开障子门，下到土间，穿上木屐。

"你倒是给我倒茶啊！你一个人大白天的喝小酒，却不愿意给丈夫倒一杯茶，你真是女人里的烂渣。"

走到大门外，依旧能听到吉之助的吠声。

阿荣一个人走在黑夜的路上。远方的大火已经熄灭了吧，街巷人家一片寂静。她忘了把棉衣穿出来，冷风吹得脖颈冰凉。

抬头仰望，隆冬的夜空上群星闪烁。葛饰北斋辰政的辰，便是那毫不移位、永远在头顶闪闪发光的北极星。

阿荣在北辰星光下，一路向前。

"女人里的烂渣"？呵呵，说得好，谁怕谁。

你说对了，除了画笔，我什么也不想拿。

大步走着，离那个家越远，阿荣心里越清朗，干脆原地屈膝，双臂左右展开，想象右手中有把扇子，再收回小臂。

"鸢啊！"

她高唱出声，并起双脚横着一跳。学着鸢展翅，轻跳三步，双手似翼，上下扑打着，唱出"变"字时，沉下腰，向右一扭，"啊"字上抬脚向左。

"乌鸣乌鸦啊啊，飞诶诶呀飞诶到你身旁！"

双臂高高挥起，双足向左右各一踢，再收回来。

"丁零零，咚隆隆！"

忘了是什么时候，阿荣看过老爹画的绘本《踊独稽古》后，模仿过画上人物的跳舞动作。绘本里有一章画题名《恶玉之舞》,上面的人物先是模仿着鸢和乌鸦的动作,然后忽然戴上一张写着"恶"字的面具,跳得越发激烈起来。

"丁零,咚隆!"

先伸出左手,再换成右手,跟着节拍,右脚向前踢出,再跟着拍子收回来。

"只要,和你,住唔唔,一,起,避不开哎哎,的,辛苦呜呜,也随诶诶,水流走哦哦!"

只要和你一起过,避不开的辛苦,也会随水流走。

阿荣一边跳,一边嘴里哼唱。

她再也不打算回丈夫家了。

第二章
金丝雀

カナアリア

一

　　阿荣撩起衣裾掖进腰带,走上潮水退去后的滩涂。

　　脱下旧木屐,收进布袋,赤足踩上湿沙,间或能看到跳跃扑打的小鱼。这些没来得及逃掉的小鱼,被走在前面的男人轻松捡起,丢进了木桶里。

　　水波轻盈,水声里混着仲春的草木香气,清风送来女人和小孩们的嬉笑喧闹,这些一一拂过阿荣肩头。

　　过了三月三女儿节,现在正是一年中潮位高低相差最大的时候,深川南侧和洲崎一早有船摇向海湾。人们走上潮水退去的泥沙滩赶海,开心地寻找贝类和小鱼。为老婆和孩子充当游伴的男人们,则互相示意"船上有七轮炭火炉,我们现抓现烤,一起喝一杯吧"。

　　前方不远处,一个少女好像发现了什么。

"这个是毒贝,只要碰一下手指就会肿。"

"不会吧,别吓唬我!"少女连木桶一起扔远。四周众人哄笑着她真好骗,少女也跟着笑弯了腰。她大概十四五岁吧,一点小事就能逗得她前仰后合,那种天真烂漫,让阿荣也跟着微笑起来。如此少女风景,离近,阿荣会觉得娇声吵闹;远观,真就是一幅想描绘下来的春日小画。

她们身穿衣袖短短的潮干小袖[1],眉目额头在春日阳光下那么明净透亮。远方海湾里穿梭往来的船帆,是白色;洲崎弁天神社边的松林,一片浓绿。

阿荣在心里画着。她虽然怀里揣着画账和矢立[2],但一般回家后才动笔。如果当场边看边画,风景人物变化快如走马灯,她觉得自己追不过来。

沙粒间有种白在闪闪发亮,阿荣俯身捡起细看,是文蛤贝壳。

对,就是这个。就是这种坚定洁净的白。

她暗自点头,把贝壳放进篮子。啊,那边又有一个,再俯身捡起。

"阿荣,空壳又没肉,捡它干什么?"小兔在背后找碴。

---

[1] 一种便于赶海的袖子较短的和服。
[2] 一种便携文具。铜质,上方是内装毛笔的细长圆筒,下方连着圆形小盒,内装吸满墨水的棉花。矢立可以装进怀里,也可以挂在腰带上。

"我说出来走走,又没说要赶海。"

"不赶海你来这儿干吗?"

阿荣长叹一声,话怎么就说不通呢:"我需要的是贝壳……妈,你和时宝想捡什么就捡呗,别管我,你们再往前走走,离海近的地方随便一挖,就能挖到好吃的蛤仔。"

赶海滩涂大概有二十多町[1]大。小兔带来的几个木桶,一眨眼就能装满吧。

"你看我一个人,怎么顾得过来?"小兔往身后看一眼,平板的鼻子因为鼻孔张开显得更瘪了。时太郎蹲在身后不远处,握着一根永不离手的树枝,正在使劲戳沙子。

"他这不是挺乖的嘛。"

小兔紧皱眉头,压低声音:"他老想欺负海星,跟他说不行,他就听一会儿话,一转身又乱捅,真是闹心。"

时太郎是阿荣同父异母的姐姐美与的儿子。

"时宝,听话!你这么乱捅,丁丁会肿的。"

听见小兔这么哄孩子,周围的人忍不住扑哧笑出声来。时太郎这才抬起头,一脸惊奇地去摸大腿根。

"时宝,过来帮忙捡贝壳。"

没办法只能招手了,时太郎听见后,一脸不情愿地

---

[1] 面积单位,一町等于三千坪,约等于九千九百平方米。

拖着树枝走过来。

美与带着时太郎回到本所绿町的北斋家，是去年——文政六年（1823）早春的事。在这一年，阿荣和丈夫也分手了。

"一开春，姊妹两个商量好了似的，都和丈夫分道扬镳了。"

小兔一边用手指关节按压太阳穴，一边唉声叹气。老爹双手抱臂，一副早有所料的样子："怪不得重信的画变得和以前不一样了。"

确实，阿荣也有所察觉。

美与的丈夫柳川重信是个颇有才华的浮世绘师，很受老爹青睐，以至于招他当了上门女婿。小夫妻只有最初还算顺风顺水，不久就生出龃龉，即便如此，美与还是诞下儿子，老爹给外孙起了自己小时候的乳名，时太郎。

阿荣还有一个异母长兄，过继给了身为御用镜师的伯父，一个同胞弟弟过继到武士家做养子，所以对老爹来说，时太郎是第一个孙辈。

重信本是北斋派画师，因为给人人传看的、曲亭马琴创作的《南总里见八犬传》画了插图而名声大噪。但是前几年，他的画风忽然转向了歌川派。

长姊夫妇间究竟发生了什么，阿荣并不知情，她更不理解小兔，事已至此，现在再操心夫妇感情还有什么意义。正月里，阿荣离开南泽等明的时候，小兔也没少为之烦恼。

"都是你太任性，不懂事。我就知道，早晚有一天你丈夫会受不了。"小兔一副"不听老人言"的样子，责备阿荣的种种不是。

其实，阿荣和吉之助互相受不了。吉之助怨恨阿荣不履行妇道，而阿荣则对丈夫失望透顶，因为他从来没能觉悟，他娶的是一个绘师。

阿荣一边这么想着，一边默不作声，只把小兔的说教当耳边风。不能回嘴，越回嘴越没完没了。

啊，忘了买酒了。

此时心中唯一后悔的事是，忘了买酒。老爹滴酒不沾，从过去到现在，家里从没出现过酒铺记账本这种东西。

对姐姐美与，小兔也用从街坊老太那儿学来的一套说辞教训了一番。

"这世上啊，不合拍的搭配数不胜数。忍着挺过去，才叫夫妻过日子。现今的小两口，不是不和睦，而是不成熟！"

美与一向少言寡语，只静静地听着继母的训斥。最终，她也没有回到重信那里。小兔几番想打探分手理由，没过多久，美与病倒了，小兔到底没打探出来。

美与先是脸色难看，呼吸带酸气，小兔正担着心，一转眼进入梅雨季,美与开始卧床不起,入秋时人就不行了。后来,重信领走了时太郎。

没想到,今年二月初,重信说要搬家去大坂[1],请老爹这边照看时太郎。据说重信和大坂那边早有人脉联系,这次来找老爹告白,说想安安生生留在大坂,把难波[2]盛景描画个遍。他只要提到绘画事业,老爹绝无二话。

话说回来,老爹和阿荣平时在工房里忙,在工房里吃睡,只有小兔照看时太郎。

"你根本弄不懂他为什么高兴,为什么不高兴,从没见过这么无精打采的小孩。"

小兔束手无策,把时太郎送进了附近的私塾。没想到时太郎在私塾里和同龄的孩子不亲近,融不进去。

"不知道美与到底怎么教育的,这孩子总是尿床,你以为他去上学了,有人说看见他一个人呆坐在水渠边。你问他去上学了吗,他嘴硬,一口咬定去了学校。你再说小孩不能撒谎,他又不吭声了。"

小兔在工房里发牢骚,没完没了,阿荣和老爹听烦了,两人一起反击。

"妈,你对着一个七岁孩子说教没用,说破嘴皮他也听不懂。"

"这话在理,小小孩子过分懂事,长大后难免一脸虚

---

[1] 大阪的旧称。
[2] 代指大阪。

伪，你别操那么多心了。你呀，就是太爱揉弄人，下手又笨。"

阿荣用小笔精心描绘着细密纹样，老爹忙着指挥弟子们画一套版画底稿，想必老爹说话时连头都没抬。

终于听不到小兔的声音了。阿荣长出一口气，以为母亲已经离开，扭头一看，嚯，小兔还站在土间里，原本就棱角分明的下颌咬得更方了，单眼皮细目高高吊起。

"我的辛苦你们为什么看不到！时宝运气真不赖，有外公和姨母护着呢。你们一个个的不知好歹！行，我明白了！你们都比我知道怎么带孩子。好呀，从今往后，请你们二人多多费心吧！"

就这么，小兔每天把时太郎送到工房，还不管接，阿荣得送孩子回去。开始老爹还带着孩子去附近遛个弯啦画画儿逗娃高兴啦什么的，没多久就开始叫苦。老爹无论做什么，时太郎连眉毛都不动一下，只紧紧握着一根树枝，低垂着头。把这根收走，他又从别处捡回一根，不肯松手。

后来阿荣和徒弟们轮班照看孩子，工作根本进展不下去。没办法，老爹彻底举起了服输的白旗。

老爹这人，说到画，那是顽固无比，一旦认准了，谁都说不动。老爹年轻时，一个津轻的城主想订一幅屏风画，老爹以"不喜欢对方下订单的态度"为由拒绝，城主的手下怒火中烧，差点没把老爹砍了。还有一次，一个著名歌舞伎役者特意上门拜访,想求老爹画画,不知什么缘由惹恼了老爹,被轰出了门。

但是,老爹再倔,在老婆面前也是软的。

"男人啊,不过是女人喝剩下的茶叶渣子,不服软不行。"

小兔一肚子气消后,又开始照看时太郎,但不知为什么,最近总想拉阿荣入伙。昨晚阿荣不小心说出一句"明早我要去洲崎",小兔就跟来了。

阿荣本以为好不容易从丈夫那儿解脱,终于有时间专心画画了,没想到这回换了胶水一样黏人的妈和不可爱的外甥登场。

真是,万事难如意。

时太郎终于玩厌了,不再欺负海星,改成用脚尖踢沙子。

"时宝你看,你帮我找这种白色的好不好,我要把它晒干磨成粉做颜料。"

白色贝壳摆到眼前,时太郎像个老人一样长叹一口气,握着树枝又蹲下了。

"又是颜料!真拿你没办法,石头和泥巴还不够你玩,你又看上贝壳了。什么时候你多费心考虑一下吃到肚里的东西?时宝,要捡活的蛤仔哦,明天我们用它做好吃的酱汤。"

小兔俯身对时太郎说。而时太郎只紧盯着沙子。他瘦弱的侧脸看上去与鼻梁笔直的美与并不相似，生着浓密寒毛的嘴角倒有几分像重信。

"对对，这个就是蛤仔。我们时宝真厉害。"

小兔夸张地表扬孩子。阿荣松了一口气，跪在沙滩上，动手去挖，捡到五六个再换个地方。

远方，嫁女的队列走过，传来了长持歌[1]。

二

临近三月末的一个午后，善次郎忽然露脸了。

"嚯，这就是金丝雀啊。"

善次郎双手揣在怀里，窥看正对庭院的屋檐下悬挂着的鸟笼。不光善次郎，老爹的川柳句友，作品的收藏爱好者，版元的跑腿伙计，异口同声都这么说过。老爹总是不紧不慢地喝着粗茶，就等他们说出这句，之后，再慢悠悠地钉上一句：

"这是马琴送给我的。"

听到这句话后，众人反应也都一样，就像被一只手从后面薅住了脖领子，惊得双眼圆睁，然后把手举到脸前，连连摆手。

"您就吹吧！您要说这是将军所赐，说不定，我还

---

[1] 长持，本意是嫁妆箱柜。嫁女队伍里抬着妆奁的人唱的长持歌，既夸赞妆奁华美，祝福姻缘美满长久，也用歌声打拍子，协调步调。

能信。"

善次郎也和众人一样，表示不信。他转而看向阿荣，阿荣做出口型"是真的"，善次郎这才惊得身体向后折倒。

"这可真不得了！惊奇山上的老爷爷惊奇地从竹子里发现了竹取姬！"

"而且，是那个几乎不出门的马琴自己送上门来的。"

"这是哪阵风把老爷子吹送过来的？"

善次郎一脸半信半疑，走到老爹身边，大大咧咧地盘腿坐下来。

曲亭马琴是江户城里妇孺皆知的戏作者，按老爹的说法，马琴可了不得，光靠润笔之资就能生活。能做到这一点的，马琴和十返舍一九[1]之外，再无别人。他平时最不喜欢见客，也几乎不出门，以至于很多版元小伙计以为马琴不是这世上的真人。

听老爹这么说，善次郎扳着双膝摇晃着身体，笑着说："也难怪别人这么以为。"

"就算替他印书的版元，也没几个真正见过他。再说他的书写速度，不是借了神力，就是鬼怪上身。"

"你没见过他？"

---

[1] 十返舍一九（1765—1831），剧作者，代表作《东海道中膝栗毛》。

"没。倒是版元发过指令来,让我画插图。"

两年前,善次郎遇到了一个万没想到的活儿,那就是给马琴的《南总里见八犬传》画插图。这个工作原本重信在做,但第五辑的原稿出来时,重信正在大坂,版元恨不得立刻出书,等不及重信回来,就向溪斋英泉(即善次郎)求了救兵。

"马琴这个混蛋,现在也挑插图的刺儿吗?"老爹怒目圆睁。

过去,老爹和马琴先生合作过几次读本[1],每次合作都吵架。有时因为对插图构思想法不一致,两人都撂挑子不干了。十几年前,两人因为《占梦南柯后记》又大吵一架。马琴坚持要让人物用嘴叼草履,老爹一听就急眼了。

"用嘴叼?那画得多脏!谁想看这么丑的场面?你要是坚持,那你先用嘴叼一个让我瞧瞧?你叼了我就画。"

马琴暴怒,两人就此再次绝交。

马琴先生比老爹小七岁,父亲是旗本的手下家人,他自居名门,为人骄矜,有人嫌他是傲慢病。据说他年轻时,借山东京传[2]的人脉,给著名的大版元茑屋当过跑腿伙计。所以有的人不高兴,既然马琴是这样的出身,他凭什么不把绘师放在眼里。

---

1 白话传奇小说。
2 山东京传(1761—1816),浮世绘师、剧作者。

"我懂马琴师傅的心情。对写手来说，辛辛苦苦一个字一个字垒出来的故事，插图要是不协调，会气死的。对看书的人来说，有了画，才好联想人物情景。"

善次郎自己也写故事，所以这次偏向马琴。嚯，真少见，阿荣心想，不由得回头看他。很少有人为马琴说话，阿荣有点惊讶。

"不对，马琴以为插图只是故事的小陪衬。以为一本读本从头到尾，他最大，都得听他的。这人根本不懂。要让我说，你要吃米饼，就去米饼店。你要插图，就把活儿交给绘师做主。绘师要想画插图，也得彻夜看书，才能构思插图怎么画。"

"不是所有绘师都先吃透故事，有的绘师就随便画一个容易画的场景，究竟有没有画出故事里最关键的场面，他们才不关心。"

"马琴莫非吃透了这种人的苦头？"

善次郎歪了一下头，不置可否。然后站起身来，走到金丝雀笼子前，食指伸进竹杆栏缝隙里，学着鸟叫"啾啾，啾啾"。

"具体的我不清楚，我只知道，马琴先生好像很难相信别人。你没见过他校正样稿，那叫一个绵密细致。他必须亲自动手，不然一百个不放心。据说他校稿的样子，认真到快要喷鼻血。"

善次郎接着解释，版元从作者处拿来原稿，要再次交给专门的笔耕者誊写。誊写过程中很容易出现错字和漏字。为了防止誊写出错,马琴对照字典逐一纠错。试印好一版,再校一次,朱笔勾出错,一版一版细抠。

"听说有时候甚至要校五六版。都说马琴先生从不起底稿,上来直接写。这么说的话,他校稿的时间远比写字时间长。"

"快要喷鼻血的应该是版元吧。就算知道是一开卖就保证畅销的书,要起五六个版,那谁也受不了。光改一个字,就要费多少工夫!得削平了版,埋进木片,重新刻字。马琴这家伙,他就是害怕看书的人发现错字后以为是作者没学问,所以眼睛睁得比盘子都圆。他又不是大学问家,跳得可比谁都高。他啊,书那么畅销,依旧对卖文谋生这件事自豪不起来。他害怕低俗,太迷恋高尚了。"

金丝雀开始婉转鸣叫。

"但我还是不明白,马琴先生为什么带着小鸟来老爹家了呢?"

"他自己在养啊,他连给鸟分巢都要自己动手。"

"想不到马琴先生居然是个爱鸟之人。"

老爹鼻子里哼一声,站起身走向缘下。

"那天他喜气洋洋地上门,我几乎没见过他兴致这么高过。而且,他早准备好了一大套词儿,什么现在饭田町的房子不打算再住了,要搬到医生儿子家同住。你是没看见,他一脸认真,杵在门口,说是敬赠,连笼子带鸟儿一起塞过来了。"

善次郎笑了:"好吧。"

"这等前所未有的大喜事,马琴先生一定想和老爹分享吧。"

"放屁!他和我,只有见了面就互相吼的缘分。"

那天阿荣正好和小兔带着时太郎去了洲崎海边,没能见到马琴先生。只听说马琴出了名的执拗怪脾气,到了工房也只肯站在门口,坚决不踏进一步。

金丝雀仿佛在想着什么,啼声变得忽高忽低,婉转不停。

阿荣想走近了看,于是拿着笔站起身。三个人围着一笼鸟。

"无论什么时候看,都觉得这黄色鲜亮耀眼。"阿荣感叹着。

竹笼对面的善次郎忽然"啊"了一声,眯起眼睛:"这么鲜亮的黄很少见,是只漂亮雄鸟。"

"又吹牛,你还能分出雄雌?"

"能啊,漂亮鸟都是雄的。"

"真的?"

"雄的要打扮得鲜亮,才能吸引雌鸟嘛,所以雄的远比雌的美丽。"

"看来只有人不行,像茶渣子。"

"嗯？什么茶渣子？"

善次郎歪头不解，老爹笑出声来。

"哼，说的就是你。"

五个徒弟各自干着手里的活儿，估计都竖着耳朵听见了，一个个舒展开眉头，在偷笑。

"嗯？你说我什么？"

没人理会善次郎，老爹离开鸟笼，在庭院前盘腿坐下来："哎，谁给我倒碗茶，用茶渣子就行。"

阿荣忍不住喷笑，善次郎还在歪头不解。

阿荣盯看着金丝雀尾羽上明艳的春山绿，忽然察觉到善次郎脸颊上披着一缕头发。啊，我的好心情，要说给谁听，和谁分享呢？她不知怎么想起了这个。

善次郎猛地侧过脸，身子一动："啊，这是谁家孩子？"

时太郎从路边推门进来，小小一个身体独自站在门口，正抬起头来望向这边。

三

"喝茶、抽袋烟，休息一下吧。"

阿荣一招呼，五个徒弟一同应声，收拾好手里的工作，倒茶的倒茶，取点心的取点心。

今天老爹参加川柳聚会去了，即使老板不在，徒弟们也没一个偷懒的。因为手边工作数量种类都和往常一样多，尤其是要大量印刷的锦绘底稿，不能有一丝走神。就算有北斋为一的大名做招牌，要是不畅销，版元照样不买账，马上就决定废版，雕好的木板重新刨平，换刻其他绘师的新底稿。

阿荣和众徒弟见识过版元的冷血铁腕，所以他们面对画纸时，都紧张地全力以赴。有的徒弟在画撑开的伞，一根根伞骨竖线，笔直如用直尺量过；有的徒弟在画大桥彼端细密的街巷屋顶。工房里充满胶和墨的气息，众人各自挥毫，安静得能听见呼吸声。

文政九年（1826）春天，阿荣加入了描画《新式小纹账》的工作。制作小纹账是版元的主意，绘师画好一本现成的纹样集，染织职人直接拿来参考，省去了构思的功夫。何况有了目录，想必和服商和客人之间也会减少一些纹样纠纷。

樱花串联起来的樱割纹或割菱纹，都是用线连续描出相同形状，阿荣从未厌烦过。她知道，只有画好这些平直的直线、圆润的弧线和准确的圆形，画技才算前进了一步。唯一的问题是新纹样太少。版元要求不仅要有传统纹样，还要画能在现今江户城里流行开的新式花纹。

看着阿荣在案几前抱头呻吟，老爹摆弄着杨枝牙刷嘟囔了一句："脑子里要是没有，想破头也画不出来，你沉下心来,睁开眼,看看脚下。"

就这样,阿荣有了想法,决定做一本榻榻米的蔺草编织纹样集。工房里铺的榻榻米十分破旧,草编早已磨平看不清,为此阿荣经常跑到榻榻米店去观察人家的纹样,结果榻榻米店老板以为她另有图谋,泼了她一身水。

"老爹,这榻榻米也该换新的了。"阿荣央求老爹,老爹根本不搭理她。

老爹对住家一点都不讲究,尤其是工房,绝不允许人进去打扫。墙壁和榻榻米就算被霉斑朽坏,也不以为然。要是房间角落里结了蜘蛛网,他反而会怡然自乐地观望形状。曾有房主以"长此以往地梁都要朽坏了"为由,把老爹从租屋里赶走过。

阿荣也不喜欢做那些精细功夫的家务活,所以,老爹的邋遢混沌,别提多合阿荣心意了。

"这个纹样,这么看似乎呆板,只要上好颜色,反而会清秀出挑。"

就在昨天,老爹对阿荣的榻榻米纹样集,点头给了一个"不错"。

阿荣的父亲,北斋为一,就是这么一个视界宽广的人。有的时候,他的画让人怀疑简直是匍匐在地面的蚂蚁才有的视线;有时,又让人觉得他像一只飞鸟,正从高空俯视着东海道上的盛景。

怎么做才能拥有这种观世之眼?阿荣望尘莫及,甚至都不知道该从哪里做起。

"阿善,休息一下吧。"

"啊?嗯。"

也许他正画到关键之处,只随口答应了一下。过了片刻,才大大地伸了一个懒腰,一个半跪,敏捷地站直身,从铁瓶里倒了一杯热水,一口气喝干。

然后又问小学徒五助:"你给小六喂食了吗?"

"嗯,正准备换水呐。"

五助走下庭院,蹲到手水钵前一边接水一边回答。看来徒弟们把照看金丝雀的活儿推给了他。五助十分疼爱小鸟,自己叫五助,就给鸟儿起了名字叫小六。

"我来喂食吧。"

"不用,负责照看小六的专员是我。"

五助连忙摇头,护住鸟食碟子,生怕被善次郎夺走。马琴先生和老爹都交代了,要喂苏子和切碎的萝卜缨子。善次郎和五助一起凑近鸟笼,互相开着玩笑,徒弟们跟着哄笑出声。

笑语热闹声中,蓦地,众人发现门扉外有一个小小的人影。

"怎么了?别在那儿呆站着呀。"

善次郎点头示意,时太郎听话地走了进来。

"先给大家问声好呀。"

"日,日安。"

说起来奇妙,时宝和善次郎意外很投缘,从两年前初次见面那天起,时宝就开口和善次郎说话,并经常这样一个人跑到工房里来。众人干活时,他一个人不是看鸟儿,就是和善次郎背靠背坐下来,玩弄身旁散落的纸片。

有时到了晚饭时间,善次郎还挽起袖子,去小兔住的长屋,帮忙准备晚饭,并把煮好的菜连锅端到工房里。善次郎身后,总是紧紧跟着一个手拿酱菜碟的时太郎。老爹见状,一脸惊讶,就仿佛在盛夏看见了天降大雪。

有时候,善次郎叫上五助,让他和时宝在巷子里摔跤玩耍,或者干脆自己上场。阿荣在一边看着,这才发现,时太郎是个要强不服输的孩子。不知从什么时候起,时太郎手里一直紧握着的树枝,不见了。

而小兔,趁着时太郎去学堂的工夫,也跑到工房来赏鸟。

"以前我跟时宝说话,就像对着地藏菩萨像[1]说似的,听不见反应。可是昨晚,时宝主动跟我讲了小六。哎呀,就是这只鸟啊,这么漂亮!"

小兔声调高昂,像在宣布一件了不起的大事。

---

[1] 日本路边常见的光头小和尚形状的石像。

阿荣想出去抽一管烟，转身走下土间，开门走到巷子里，在常年摆在外面的一个矮木台上坐下来，叼上烟管，慢慢吸足一口。

善次郎也走了出来，坐到阿荣身旁，打着哈欠吐出一口烟来。

"小鸟儿真是好东西。"

"那阿善你也养一只啊，你的房子不是定下来了嘛。"

给《八犬传》画插图，这对善次郎来说是天赐良机，不啻一举挖到了矿脉。以前他辗转借住在绘师同行或相好女子家中，居无定所。现在不一样了，版元求他说"不能找不到你"，所以，他在新桥惣十郎町定下了住居。

"谁来喂啊？还是逗别人的鸟最轻松。"

"你总是不回家，不太好吧？版元现在肯定正不高兴呢。"

"没事，现在正好是工作空当。就算几天找不到我，也不是什么大事。嗯，算算已经七天了？有点麻烦了。"

"十天了！哈哈我们这边无所谓，有你帮着干活太好了。"

善次郎忽然沮丧起来。

"定下来的家总觉得不自在，就像一个相熟的女人正眼巴巴地等着我回去，让我反而脚底灌铅，迈不开步。"

"我懂。我也是，每次都得抖擞起精神，才有力气回我妈正等我回去的那个家。"

看着阿荣拍着膝盖赞同,善次郎不由得笑了出来。

"你笑什么?"

"嗯,我笑你拿你妈没办法。"

"我妈也拿我没办法,我不能像别人家的乖女儿那样,去做让妈高兴的事。"

还有姐姐的孩子时太郎,阿荣也束手无策,不知该拿他怎么办。

"我吧,每次看见时太郎,就想起和丈夫分手时他丢给我的一句话。"

"哦?你前夫他吐了句什么?"

"他说我冷淡无情,是女人中的烂渣。"

善次郎"哦"了一声,没多说话。

"其实他说得对。我不懂人心,和人亲近不起来。"

阿荣并不打算说出口的话,此刻不知不觉地,就这么说出来了。

"你也知道,时太郎他妈生病死了,他爸嫌累赘,不要他。我就算冷淡无情,也很挂念他,我每晚睡觉时都下定决心,明天一定早点起来带时宝去散个步。但你也知道,我晚上贪杯,第二天一睁眼,就到开工的点了。天黑前也一样,我看着时宝一个人盯着小鸟,总想着等手里的活儿稍微有了进展,就去找时宝说说话,带他去买点甜食。想归想,我的笔根本停不下来。可是阿善你不一样，你干得一手好活儿，还能一点不费劲地陪着时宝玩。你不会因为他是老爹的外孙，就格外郑重地对待他，你心里没有这种算计。而且，你也不会因为他身世悲惨，就大发慈悲似的可怜他。你自己想玩，所以才招呼他一起玩。嗯，不对，你怎么想的我也不清楚，但我这么感觉到了。我想，时宝也一样，所以他才那么亲近你。"

善次郎听罢，用手扳起右小腿，横到左大腿上。

"他那样，就算很亲近吗？"

"亲近！异常亲近！"

"这让你不高兴了？"

"我不是这个意思。"

善次郎紧盯过来，阿荣连连摇头。

"不对，说不定我真的是不高兴。转眼间，你就变成了受欢迎的浮世绘师，现在工作多得估计都干不过来，可是你还跑过来帮我们。老爹、我妈都喜欢你，连时宝都黏着你，你也太能干了吧。"

就这样，阿荣看着原地踏步不前的自己，束手无措，只能目送着善次郎大步前进，越走越远。

"都不知道你在夸我还是在骂我。"善次郎吐出一口烟，轻声笑了。

"你知道现在别人怎么说我吗——英泉，北斋再现。"

阿荣默默点头，将视线投向屋顶的后面。

《八犬传》出版后,世人赞美善次郎的插图,"溪斋英泉的画风,酷似年轻时的北斋"。阿荣知道,善次郎彻底模仿过老爹的读本插图,他的画不仅有老爹的气韵,而且风格更年轻活泼。

徒弟敬仰师傅,所以模仿师傅的笔致,对绘师来说这是必经之路,无可厚非。老爹自己,也是学着大和绘的土佐派和住吉派的线描与着彩,一路走过来的。他继承过第二代俵屋宗理的画风,修习了琳派的平面图法,在阿荣还小的时候,摹写过异国的兰画[1]。

"这评价很高嘛。"阿荣若无其事地说,但她心中轻轻激起了波纹。啊,又输给他了。

"是啊,我也很高兴。都蒙老爹的谆谆教诲,要想磨炼技术,先学别人,模仿再模仿,把技术刻进身体里。没有技术,谈何个性。好高骛远的人最终会走进死巷子。"

"老爹至今也这么说。"

"但是,我要'北斋'到什么时候呢?"

善次郎的声音低沉了下去,低垂的双眼里似乎蒙上了暗影。

"我现在画的插图,就像在替重信填坑。虽然马琴先生喜欢,但我还做不到像老爹那样有自己的想法。要到

---

[1] 兰学,是当时日本对经由荷兰传来的欧洲学术文化科技的总称。

什么时候我才有力量，无论遇见什么对手，都能上去单挑。如果登场人物要用什么姿势，做什么表情，早早都被指定好，那就太紧巴巴，没什么发挥的余地。而且就算我满心想画出自己的个性，但手不听使唤，一出手，还是老爹的画风……唉，我现在感觉四处碰壁，找不到出路，所以才逃到这里。其实我心里知道，如果回到老爹身边，模仿的技术只会变得更熟练，现在必须远离老爹才对，但是没办法，情不自禁地，我就回来了。"

"回来感觉怎么样？"

"相当好。"

"是吗，那就好。"

"等等！我说的相当好，是因为看到了你的那些。"

"我的什么？"

"屋顶上晒的那些，贝壳、草根什么的。"

"那都是因为我不能随心所欲地买齐颜料。我不像你，已经独闯江湖了。这可不是讽刺你哦。"

对阿荣来说，不，对工房来说，肉笔画所用的颜料十分昂贵，很多想拥有的颜色，想使用的颜色，都贵得下不去手。何况，岩绘具由矿石磨成粉做成，无法混色，即使把青蓝和白色混到一起，也调不出淡蓝色。若想用浓青或淡蓝，只能单独另备。

所以，阿荣最近一直在干活儿的缝隙里留意寻找颜料，打算自己做。在她看来，自己没有别的长处，要说收集泥土岩石和木果草根,采集野花晒干蒸煮,这些活儿干起来并不费劲。贝壳是原料之一,莹白色的胡粉颜料就是用暴晒几年后的贝壳捣碎后加水溶成的。听画材店小伙计讲,真要做起来需要花更长时间,工序繁多。但无论如何,阿荣想试着做一下。

只要能做出自己想要的颜色,画出想要的效果,花几年时间都没关系。

这种自做颜料的心愿,和练习画画不太一样。说到颜色,阿荣只是打心眼儿里喜欢。越是不能随心所欲地使用各种色彩,她便越憧憬。

"话虽这么说,你这么做,不光因为没钱,对吧?你心里一直在酝酿着想画的东西,对吧?你想用自己的手,用自做的颜料描画,这是你的梦想,我说的没错吧?"

见阿荣不说话,善次郎握拳擦擦鼻头。

"哈!被我说中了吧。老实跟你讲,我可不好蒙。你的小心思,我看得清清楚楚的。牵牛花和小姑娘,裁剪缝衣的美人,斟茶小妹,玩相扑的小孩,芍药花金丝雀,这些东西你没少打草稿吧。"

"你,你偷看我!"

"谁让你早晨打瞌睡的时候,画账就那么摊开在案几上呢,就算我不想看,也飘进眼里了。是你太粗心。"

"真差劲,原本以为你是好人。"

阿荣不由得高声喊出来。但在她心中,与其说愤懑,倒是另外一种心情占了上风。

"那,我画得怎么样?"

阿荣口中这么问,心里忽然明白了,其实她希望善次郎看见。她想把这些初具雏形的底稿,拿给这个一起学画的同伴看,而不是拿给作为师傅的老爹。可是善次郎现今已是颇有名望的绘师,已走到遥不可及的远方,阿荣心中满是羞怯不安。

"我嫉妒了。"

阿荣差点想站起来给他还一礼。

"不敢当,当不起,你吓死小女子了。"

"瞧把你高兴的,你倒是客套一下啊,你看我正垂头丧气呢。"

"哟是吗,你在垂头丧气呐。"

阿荣假装若无其事,其实高兴得想哭。

"我得跟你说明白,你别美得太早,要论画画的技术,肯定是我更高明。这么说吧,你画的美人不娇艳,线条太硬。"

阿荣一下子被戳中软肋,顿时泄了气。

"你一会儿捧一会儿踩,逗我玩呐!那你刚才说什么嫉妒!"

"我嫉妒你有努力的方向,就这么简单。"

阿荣不服气地"喊"了一声,把烟管放到烟草盘上。

"没意思。"

"随便你怎么说,你没有的东西强求不来。"

"原话还给你。"

听罢,善次郎忽然站起身来,跨步走到阿荣身前,攥住阿荣的手腕把她拉起来。

"带你去个好地方。"

"你干什么,一会儿风一会儿雨的。"

"跟我来就是了。"

"可是我得回去干活。"

"你永远干不完的,该放就放。"

善次郎露出狡黠的微笑。

阿荣被拽得向前猛跨了几步。身后,传来金丝雀的清脆鸣叫。

善次郎拉着阿荣的手,一起跑过街巷。

揚羽

第三章 揚羽

一

善次郎穿过那座黑色的冠木门[1]，抬手向左边打招呼："嘿！"

番所[2]里坐着身穿羽织的官吏，隔着窗口木栅栏紧盯着阿荣。房间里光线暗淡，隐隐约约能看见他身后还坐着几人。

"少见！今天你带着女人一起来，莫非有什么企图？"

这些人出口粗鲁，想必因为是同心武士。

"啊，这是与我有恩的人家里的女佣。她到年纪了，准备回老家，走之前想见见世面。满江户城，这儿是头一份开眼界的地方，说什么也想来参拜一下。"善次郎若

---

1 由木柱和横梁组成，形状类似牌坊，此处代指吉原花街入口处的大门。
2 类似门房。

无其事地和官吏说着话。

好家伙,女佣?说的是我吗?阿荣斜睨善次郎。

——带你去个好地方。

善次郎说着拉住阿荣的手,把她带出了本所绿町[1]的工房。

两人跳上一艘猪牙舟,溯大川[2]而上,阿荣满心雀跃。大川水面辽阔,一片青蓝,似与夏日天空连在了一起。

这么和善次郎跑出工房,跟谁也没打招呼,想必现在工房里已忙乱成一团,光想一想,阿荣的笑就要从胸口里溢出来。光洁的白云,远方的富士山,河岸边的连绵绿色,都和平日不一样了,看上去那么新鲜。一路上,阿荣甚至根本不关心善次郎要带自己去哪里。

但是船立刻就到了地方,比阿荣想象得要快。小船从大川划入了山谷堀[3]。善次郎拉着她在衣纹坂下了船,走进路两侧编笠茶屋[4]鳞次栉比的五十间道[5]。

看来善次郎是这儿的熟客,看门的同心根本不拿善次郎当外人。"这要是樱花季节,女客不罕见,可现在仲之町的樱花早就被花木店收走了,有什么可看的?"

---

1 现东京都墨田区绿一带。
2 即现在的隅田川。
3 江户城中的一条人工水路,可通往新吉原游廓,后被填实。
4 为进花街游玩的客人提供遮脸用斗笠的茶屋。
5 从衣纹坂通往新吉原花街大门之路。

"还用问,当然是花魁道中[1]。这个世面得见,不然多遗憾呐,我说的对吧,阿荣?"

善次郎这个王八蛋,击鼓传花呢这是。

"阿荣?"

"嗯?嗯!俺在将军脚下的江户城里奉公,给俺爹和俺娘长脸啦,俺想看看花魁道中啥样,回家讲给二老听哟。"

阿荣一边嘴上附和,一边在心里暗暗骂他。又拼命回想女佣该是什么举止模样,是不是该点头哈腰?

另一个小吏站起来,威严地审视过来。只见善次郎凑近木栅栏,从怀里掏出什么递了进去。

"混账!少来这种俗套,不就是手札吗,行行,给你一枚。"

阿荣听说过,女客要想从大门走出去,必须得有手札。防的就是游女改妆扮成女客逃跑。

"不是的。大人,这是您上次要的笑印。"

笑印即笑绘,就是春画。

话音未落,其他同心都聚了过来,几双眼睛齐齐盯看着小包打开。

"嚯!有五张呢,不好意思了啊!"

这种笑绘,阿荣从小时候起身边就到处都是,连擦

---

[1] 花街中的顶尖游女身穿华服上街迎接要客。

屁股的草纸上都有老爹画的男女。但武士介于身份不方便买这个，一群同心此时脸上有了笑容。

"平日承蒙关照，您收好您收好！这可是素人中的极品。"

众人一同俯身，嘴里发出嘻嘻怪声，并连连摆手，示意二人赶紧进去。

"刚才你说的哪儿的乡下话？"
"顺口编的。"
"你挺擅长骗人呀。"
"你少来！都是你！上来就编故事，以后番所找你的麻烦，可和我没关系。"
"才不会呢。那帮人心里门儿清，他们就是闲的，没事找事。"
"嗬，看来你们是老熟人。"

阿荣心里其实挺介意的。她以前一直以为，善次郎找的相好女人都是良家。善次郎没少吹牛，什么他和大老板爱妾情浓之际，被大老板堵了个正着；什么光凭一张嘴，就把上过美人画的茶屋小妹勾到了手。但他从来没说过自己还是吉原花街的常客。

面对大路的茶屋前，一个身穿半缠的男子正用竹帚清扫，和善次郎打招呼，"阿善来啦，最近少见你呀"，看来认识他。

善次郎也抬起手,回了一句"最近生意可好"。

"就那样呗,马马虎虎。"

"那就不错。"

"哼!"

就这样,一路走着,四面八方都有人打招呼。

手拿扇子的男的,看样子是个在酒席上卖艺助兴的帮手,卖鸡蛋的,卖鲜花的,背着大包袱的男人,这些人见到善次郎,都面带笑容。

路旁一间间茶屋门口挂着青竹帘和暖帘,被风轻轻荡开,帘隙里隐约可见女人们的小袖衣摆和袖口。阿荣不知道这些女人究竟是游女,还是茶屋女侍,阿荣看见的是无数美丽的衣裳,那些颜色和纹样,都是街面上很难见到的货色。有的女人浅坐在临街栏杆处,正从租书摊上寻觅想看的书。

啊,没想到,这里就是一座小城。

阿荣贪婪地四处观望。

吉原里的女人走不出大门。除非她们到了年纪[1],有了自由身,或正青春时被哪个大官财主看中赎身落籍。所以,大门之内就像一座城市,应有尽有。

"这里和锦绘上画的根本不一样吧?"

善次郎双手揣在怀里,问阿荣。

---

[1] 吉原的游女一般二十八岁便可自由,但很多妓女活不到二十八岁。

从过去到现在，无数绘师画过吉原。若要说起江户老百姓眼中的明星，一乃歌舞伎役者，二即游女。百姓熟知其名，谁都有一两个心头好。游女的身姿画和景色图，对版元来说，毋庸置疑，是畅销题材。

"我记得老爹画过一套五张连图的大判锦绘[1]。"

"嗯，好像是十五年前？那时老爹还在用北斋画号。"

"老爹很少接连图的活儿，所以我记得特别清楚。一般绘师画吉原，不是画花魁，就是画振袖新造[2]，老爹比别人都有意思，画了吉原准备酒席宴客的情景，从楼主到他老婆，从房梁上的神位，到储物间里刚取出擦拭的黑漆食盘，都画得那么清楚，好像能听见为了准备宴席数钱的声音，一千两，两千两，花钱如流水。唉，我真想再看一次连图，你家现在还有这套画吗？"

"怎么可能有嘛。"

老爹有怪癖，酷爱搬家和更换画号。至今搬过多少次家，已经记不清了。搬着搬着小兔不愿意了，住在本所绿町的长屋里不打算再动，于是老爹就带着徒弟们不断更换新工房。

老爹本人当然轻松了，手拿一支笔去新工房就行。对徒弟们来说，搬家可是大负担。盛夏暑热天里，阿荣

---

1 锦绘，多色套印彩色版画。大判，指纸张的尺寸，约为 A3 尺寸。
2 刚开始接客不久的游女。

不得不肩挑着沉重的纸张工具一步一挪时，曾满心愤恨地睨视过老爹的背影。为了微妙调整颜料的色调，有时需要把原料埋进土里，每搬一次家，挖出来再埋进去，光这一项，就别提有多麻烦。

卖出去的画老爹从不留底，连版画都不留底，更别提接了订单的屏风和挂轴。画早就送到货主手里了，老爹家里当然不会有。

不像阿荣有自己的画账，老爹有了灵感，总是顺手从脚下捡张草纸画底稿，画完便扔到一边，由徒弟们捡起来收到架子上，所以即使工作量再大，各人分工之下倒也井井有条。

阿荣边走边说："说到川柳聚会，老爹出门的时候倒是兴冲冲的。"

"啊，我陪着去过几次。"

"聚会上总是有新来的生脸，有的人一听老爹就是北斋，就来了兴头，过来说个没完没了，我有老师您过去的作品之类的。嘿，老爹回来那脸色，别提多难看，就跟闻了臭大粪一样，一看就知道是碰见这种人了。老爹觉得，都是从自己身体里出来的东西，画和大便一样，不能回头看。"

善次郎轻轻哼了一声："我自己画的东西，我都挺喜欢的。"

"啊？阿善，你全都留底了？"

"那当然了,还用说吗,故事和插图都越看越美。"

这家伙,刚才还在为走不出老爹的影子而烦恼,现在又美滋滋地自夸上了。

"谁让我是骄傲自满的高手呢。"善次郎耸耸肩,朝阿荣咧嘴一笑,龇出一排白牙。

二

阿荣挑了一勺黑青绿[1]粉放进小碟,点几滴胶水[2],一边用指尖拌匀,一边愤恨地瞪着善次郎的后背。

"我得谢谢你啊,多亏阿善你,我现在快活死了!"

善次郎半蹲着,往一张细判纸[3]上刷着明矾水。

"是吧?这可是妓楼的隔扇画,你平时上哪儿找这么高级的活儿。"

"呸!你倒是告诉我,这是哪门子的隔扇画?!不就是补破洞吗,你真没救,连讽刺都听不懂。"

走在仲之町,阿荣心中暗喜,啊,莫非善次郎这是带我去……

掀开染着白色松针图案的小豆色暖帘,善次郎大摇

---

1 岩绘具中的一种,接近黑色的浓暗青绿色。
2 胶,用动物皮革煮成的凝胶干燥后的结块。日本画常用的胶,大致有鹿胶、牛皮胶、兔胶和鱼胶等。胶掰成小块,加水泡发后,隔水加热搅拌均匀,便成胶水。
3 细判,指纸张的尺寸,长33厘米,宽约15到16厘米。

大摆地进去，轻车熟路，冲里面的人打声招呼，径直走向通往二楼的台阶。

哈，果然不出所料！现在的善次郎早已爬出贫寒的井底，以溪斋英泉之名闯出了一片天，看样子，他要请客上青楼呀。

吉原固然是艳色之地，也是文人墨客极尽妙趣的聚会社交场，一想到马上就能亲眼看到那种优雅华丽，阿荣兴奋得心怦怦直跳。

上着楼梯，阿荣对善次郎甚至有了敬佩之心。万万没想到，这心，马上就凉透了。

"你别扯了！什么看着我的脸就想起了隔扇上的破洞，差劲！什么带我去个好地方，你可真会送假人情。从一开始，你就应该说实话，认认真真求我帮忙。"

估计善次郎早就接下了这活，连工具都在妓楼账房里寄存好了，可他给忘了。

"行行，都是我的错。好了，别没完没了，专心工作吧。"

善次郎两手拉平画纸，站起来走向窗边。为了防止颜色洇染，画纸上要先刷一层明矾水，之后必须风干。他在屋檐下吊风铃和苔玉的钩子上结一根绳，用竹夹把纸吊了起来。

善次郎趁势坐到窗框上，悠闲地眺望楼下风景，鼻子里哼着歌。这人，纯粹一个厚脸皮，做了亏心事还理直气壮的。阿荣越想越生气。

"你先说说,你溪斋英泉这么有名的绘师,一个大好男儿,补个窟窿还需要我帮忙?!"

眼前的细判纸一尺长五寸宽,哪里需要动用两个人。

善次郎闻言扭过头来,一脸郑重,平时的吊儿郎当不见了。

"因为我想要一种幽光。"

"幽光?画什么?"

"扬羽。我想用一种南蛮天鹅绒似的黑色勾勒边缘,画扬羽蝶。"

阿荣视线落到了手里的小碟上。

"所以你准备了黑青绿。可是,仅有这一色,你画不出幽幽闪光的感觉。"

阿荣从工具箱里取出草纸,画线试色,善次郎也走过来单膝跪下。

"果然你也这么认为。嗯,我本来想先刷薄薄一层银色打底,但这样就太闪了。"

这间十二帖的房间由两室打通而成,中间用六张隔扇分开,那个小小破洞,就在隔扇的最右边,若非有意去找,几乎看不出来,入夜后更是埋没在灯影暗处。

"现在天色还亮,到了晚上只有烛光,刷一层银色应该不过分。"

善次郎原地盘腿坐下,一脸认真思考的样子。

"这里有没有纯黑朱色?纯黑朱应该能模拟出天鹅绒似的幽光。"阿荣自言自语,在工具箱里寻找。箱里没什么像样的颜料。善次郎现在接的插图工作用墨线勾勒即可,无须备齐颜色。

"啊,纯黑朱色吗?"

"我家里有一点,要不要我回去拿?"

"哎,没这个道理,下次我让颜料店送过来。"

"哈?这会儿你倒有良心了。"

阿荣终于笑出来,善次郎也用手抱着膝说"那是"。

"欸?你等一下,我想起来了。"善次郎忽然抬起头,"我去一下就回来。"说着,他便冲出了房间。

大白天,青楼上,女人独自一人。

这都什么呀。

阿荣瞠目结舌,片刻后,从鼻子里哼出一声。她四下打量房间,太安静,太整洁了,她坐立不安,不知道手脚该放哪里,索性向后仰倒,在榻榻米上躺成一个"大"字。

格子天花板上画着樱花梅花,牡丹芍药与杜若,笔致浓重而细密,一看便知出自狩野派绘师之手。

画得不算坏,但也不精彩。

精致却小气。最怕这种。

先不管自己手艺如何,看见别人的画,阿荣总会这么审视一番。

不看了，闭上眼睛。

楼下传来人声，窗外路上熙攘热闹，更显出房间里一片寂静。

阿荣觉得奇妙，自己一个人在这样一个地方，无事可做，只伸开四肢躺成大字，很久没有这么悠闲了。

工房里永远凌乱嘈杂，找不到下脚之处。房间里回荡着父亲给徒弟下指令的声音，如有客人来，还有高声大笑和怒喊咆哮，这里面要是再加入母亲的碎嘴唠叨，更是喧闹。外甥时太郎倒是不爱说话，但谁都能感觉到，那边有个一声不吭的执拗倔头。

而阿荣自己，不是握着笔，就是在用捣钵碾碎颜料，用手指揉匀，兑水，分开上清和沉淀，加胶混合。

善次郎这家伙，到底去哪里了？这人，想起一出是一出。

阿荣忽然意识到，她从未这么等待过谁。和丈夫分手之前，一想到他快回来了就烦躁。而现在，既盼着善次郎快些回来，又觉得等待别有滋味，再等等也无妨。

真舒服啊，眼皮软得快要化开，这样会睡着的，阿荣想着。她感到身体正缓缓落下，融化进一片柔软里。

"打扰了。"

一个声音响起。

扭脸看看窗外，天空中已经浮现出落日前的深红色。

这么快,已近黄昏了。

隔扇对面,又传来一声问候,阿荣猛地坐直了身体。

隔扇被轻轻拉开。一个肤色白皙、二十岁出头的女子跪坐着深施一礼。

阿荣从小频繁搬家,没有同年龄的要好玩伴,而且她从记事起就在画画,就算想玩小姑娘的游戏,也没人陪她,所以现在眼前忽然出现一个年轻姑娘,阿荣不由得笨口拙舌起来,不知该怎么接话。

女子说自己并非游女,而是一个艺者。

艺者,就是演奏着三味线在酒宴上献歌演舞的卖艺之人,有男有女。花魁那样的高位游女若是举行欢宴,常请艺者来助兴。

虽说现在的艺者不卖身,在过去,这行和游女并无大区别,阿荣听前夫这么讲过。但吉之助本是个死要面子、在外虚张声势、最爱给别人挑刺的小心眼男人,阿荣也不知道他嘴里的话有几分真假。

"承蒙葛饰师傅和阿荣小姐的关照,在下不胜感谢。我叫伊知。"

"啊,伊知。"

对方微微点头,神态举止娴雅秀美,完全没有狐媚之气。

——你画的美人不娇艳,线条太硬。

阿荣立刻懂了善次郎这句话，不由自主地点了点头。

原来如此。善次郎这家伙，这就是他的目的啊。

即刻，不知为什么，阿荣忽然察觉到自己一脸僵硬。眼睛和脸颊上就像刷了一层糨糊，舌头也转不过弯来，连个像样的回礼都做不好。

白活了这把年纪，真是难为情。阿荣心里明白，依旧手足无措。

"那，那我该回家了。"

阿荣想赶紧撤退，刚站起身，就听见伊知说："请稍等。"

"时间不早了，再晚就得挨骂了。"

你是被夸还是挨骂，就跟人家多关心你似的。

嘴上没说出口，阿荣在心里笑话自己，你就像一条卷着尾巴逃跑的狗。于是越发羞惭起来。

走廊里响起嘈杂的脚步声，善次郎走了进来。

"找到了，找到了，纯黑朱！这儿的老板也会画画，我去问他有没有颜料，果然不出我所料，他一个业余的，颜料倒买得全乎。"

伊知没接善次郎的话，只伸颈望向善次郎身后："你遇到她俩了吗？"

"嗯！正站那儿和遣手婆[1]说话呢，马上就上来。啊，

---

[1] 遣手婆，青楼里负责监督教育新手的老鸨。

纸还晾着呢,阿荣你怎么没收回来?晚风一吹又泛潮了,还怎么用!"

善次郎走到床边,松开竹夹。

走廊里又传来声音,"打扰了"。阿荣回头一看,这次是两个少女拉着手进来,走到伊知身后并排跪好。身姿轻盈,毫无衣裙窸窣之声。

"我叫小雪。"

"我叫名实。"

两人依次报上名字,伊知指点她们挺直腰背,再转身过来,向阿荣低头施礼。

"家兄平日承蒙阿荣小姐关照,我们姊妹今日特此前来致谢。"

"兄?哥哥?哈?"

阿荣瞠目结舌,瞅瞅拿着画纸盘腿而坐的善次郎,再看看对面的三美人。

"你脑袋乱晃什么,像只鸽子。"

"这是,你的,妹妹们?"

如此说来,四人的鼻梁嘴角,不不,还有眼睛,都像是一个模子出来的。

"伊知你没告诉她?"

"我刚要说。"

"看你这磨蹭劲儿,接下来还有酒宴要赶,对吧?行了,赶紧去吧!"

善次郎做出挥手赶人的样子。

"我们刚过来,你就要赶人?平时可是你催促我们要见阿荣小姐一面的。"

坐在伊知身后左侧的小雪,一看就是个争强好胜的姑娘,此时不满地噘起嘴来。她身旁的名实看似小妹,也连连点头,她的肌肤泛着樱花色,说不出的明艳可爱。

"哥哥,这里的老板和女将[1]都喜欢北斋师傅的画,刚才嘱咐过了,他们请客,请阿荣小姐慢坐下来赏个光吧。"

伊知看一眼善次郎,看一眼阿荣,朗朗说道。

"小姐……是在说我吗?"

"好像是噢!"

"不行,我得回家,不能留在这里吃喝,太不方便了。"

徒弟如果没和师傅打招呼就擅自接受别人好意,有时候难免会给师傅招来麻烦。因为徒弟蒙恩,对师傅来说就是欠人情,不能不还。这对阿荣来说也同理。

善次郎似乎也明白过来了,一脸认真地对阿荣说:"不用担心,我来善后。"

"啊?你几时善过后?!"

伊知听阿荣这么说,连忙赞同"没见过",身后两个

---

[1] 老板娘。

妹妹也一齐说，"没见过"！

三人异口同声，让阿荣瞪圆了眼睛。

"你们在这儿唱歌呐。"

"我们三人声音相似，正好分开高低音调。我弹三味线时，两个妹妹唱歌。有时候小雪弹古琴，名实拉胡弓。"

"合奏……"

"只要小姐不嫌弃，我们愿意演奏一曲。"

"只要小姐不嫌弃。"

"嗯，只要小姐不嫌弃。"

伊知看着是个有主见的姑娘，仔细算来，她比阿荣年纪小很多，但说出的话，一字一句稳重可靠，让因为不习惯而浑身不自在的阿荣此刻轻松了不少。

"哎，等等，画在先。阿荣，就靠你了，你来调颜色。"

"善次郎你好歹也是绘师，自己动手啊！"

"阿荣小姐说的是。哥你自己揽的活儿又忘掉，现在着急了。小姐请坐下歇息，让他自己忙。"

伊知扭过头，小声向妹妹们说了句什么。小雪和名实站起来，走出房间。

"这边请。"伊知扭转膝头，指向身后约两间大小的床间[1]。

---

1 两间，即两个榻榻米的长度，约等于 3.6 米。床间，榻榻米房间里挂画，陈设插花及古董摆设的壁龛。

床间里没有悬挂书画，壁上绘着孔雀开屏图。一边的博古架上，摆设着流苏低垂的文箱和古意盎然的香炉，架前还有一株高及阿荣胸口的苍松盆栽。

三

今天格外炎热，阿荣在院子里擦着汗，弯腰挖出埋在土里的胡粉颜料罐。

母亲小兔领着时太郎，推开后门木栅栏走进来，见状猛地捂住了嘴。

"时宝，赶紧跑，我们来得不是时候！"

小兔熟悉那种气味，所以想马上转身离开。而时太郎已经被熏得小脸歪曲，跺着脚高喊："臭死了！臭死了！东西坏了！"

"臭才对呢。这种胡粉正因为臭，所以叫腐胡粉。这个啊，是专门把粗颗粒的胡粉和皮胶混合起来做的，之所以埋地下，就是要让它腐坏。"

皮胶是用鹿或兔子等兽皮和骨头熬制而成的，岩绘具只有混了胶，才能定着在纸张和绢本上。特意腐坏过的皮胶臭到难以近身。腐胡粉虽然臭不可闻，但比普通胡粉结实，上色干燥后很少凹陷，不容易剥落。肉笔画上的颜料能保存多久，也显示了绘师手艺的好坏。

换在别家工房，都是新入门的小徒弟负责这活儿，老爹家不一样，一直是阿荣管。阿荣自豪地教给时太郎"臭是理所当然"，可是这小孩只一个劲儿地高声怪叫。

真讨厌，阿荣打心眼里烦躁起来。

"时宝，跟外婆回家去吧，别在这儿碍手碍脚。"

"臭死了！臭死了！"

这孩子怎么就听不进去话。

"臭也得干，痛也得干，讨生活哪有那么容易的？！"

阿荣没忍住，高声呵斥了一句。时太郎下巴脱臼了似的，大张着嘴，狠狠回瞪过来，然后一声不吭掉转身跑远了。

小兔一声"你真是的"，嗔怪地看向阿荣。

"你跟孩子说什么讨生活，他听得懂吗！你说怎么办吧，回去费劲儿哄他的可是我哟！"

阿荣懒得争，径直走进房间。走过老爹身旁，只见老爹抬起眼睛示意，劝阻说"别为小事生气"。

"我懂。"

因为小事与小兔和时太郎生气之后，阿荣总是很难受，就像被还击了数倍的臭味包，空余满腹怒气。带着一肚子气画画，勾线就像带上了怒火，变得粗横，色彩也浑浊。

"我都懂，可那孩子为什么那样啊，谁的话都不听。"

除了善次郎，谁的话都不听。

自从上次和善次郎在吉原大门外道别后，半个月过去了,他再没露过脸。他有工作要忙,这边也一样,嗯,正常,正常。

架不住时太郎天天过来,逮住谁问谁"善叔叔呢"。最开始大伙儿还随口应付"他会过来的"。善次郎之前每次来,原本就没有准时间,时太郎可不管,只执拗地问:"哪天?日历上的哪一日?早晨?中午?"

小徒弟五助第一个受不了了,说了实话:"善大哥不是我们工房的人,你等也没用。"

那天阿荣正好和老爹一起去拜访版元,没亲耳听到,不知道五助到底用了什么口气。但自那天起,工房里开始找不到东西,不是溶颜料的碟子不见了,就是笔没了。一开始,众人以为放错了地方,都没在意,东西越丢越多,一伙人才开始疑惑。

一天有个徒弟出门跑腿,回来的时候一脸苍白。

"我看见时宝往河里扔石头,就叫了他一声,哪知道他转头就跑,脚边落下了这个。"

徒弟递过来一个溶化朱色的碟子。岩绘具里很多种类入口即毒,红色系尤其危险。不用说,朱色有毒。

"这孩子,真让人操碎心。"

老爹嘟囔了一句。当日晚上,带着时太郎去浴堂训诫了一顿。

那之后,工房没再丢过东西。时太郎变成了今天这样,冷不丁地大喊出声,然后独自跑远。阿荣知道,时太郎这么做,是出于寂寞,想引起别人注意。她就算心里明白,听到后还是心烦,眉头紧皱。

阿荣回到案几前坐下,活动一下头颈,松缓肩膀,闭上眼睛,休息一会儿。

心情慢慢平静下来。往砚海里注入少许水,捏住墨锭,斜斜抵住石面,把砚海里的水赶上去,再推下来,缓缓地磨。

砚海中的水逐渐染黑,让阿荣想起了那一日的扬羽蝶。

男众[1]把三味线、古琴和胡弓搬进房间,善次郎的三个妹妹各自坐到乐器前,开始调弦。

伊知擅长三味线,小雪弹古琴,名实拉胡弓。伊知把三味线放在膝上,左手轻抚上方的琴轴,拨弄出几声音调。她灵巧地活动着白皙纤手,熟练地调弦,同时还不忘和阿荣闲聊,绝不冷落客人。

酒壶和酒杯也搬进来了,看来这里的主人早已从善次郎那里得知阿荣嗜酒。名实放下胡弓,过来拿起酒壶斟酒,阿荣只喝了一杯,便不让她再斟。

名实见状,懂事地退下。

"你们兄妹之间,岁数相差这么多啊。"

---

[1] 妓楼里的龟公。

"我们是异母兄妹,我们姊妹的母亲是后妻。"伊知回答。

"是这样啊。"

阿荣家也一样,异母兄长和阿荣的同母胞弟,岁数几乎相差一辈远。

"父母相继亡故时,兄长二十岁,我五岁,小雪三岁,名实仅是一岁的婴儿。两个妹妹完全不记得父母,我也只隐约有些印象。我偶尔梦见小时候,总是梦见那个时候的哥哥。在梦里,有时他抱起我,有时拉着我的手。"

"善次郎吗?真没想到。"

阿荣脸上故作惊讶,但心中默想,这也是我知道的善次郎啊。她脑海里能立刻浮现出他当时的身姿表情。然而,细想一下,那时候善次郎才二十岁,抱着三个年幼的妹妹,该是怎样的走投无路。

"阿荣,别听伊知的。我那会儿可是无赖武士,受不了武家规矩,自己不干的,结果连妹妹都养活不起,乃至兄妹离散。现在三个妹妹都成了当红艺者,我半点忙都没帮上。"

善次郎低着头用手指揉合着颜料,自嘲地说道。

"每次听到她们叫我哥,我都满心惭愧。说了别叫,可伊知固执,她故意不听。"

"你说得对,哥!"

伊知笑着把三味线放回膝上,小雪和名实也跟着笑了。三人的笑又成了和声。

女孩子的声音原来这么轻柔，这么脆亮呀，阿荣把酒杯放回食盘上。

她舍不得醉过去。

唔，听完三个妹子的琴声再醉吧。

"起！"

伊知挥起象牙拨，开始了演奏，琴声明亮高扬，远比预想的华美。小雪稍稍前屈，纤细手指拨动着琴弦。两种琴声你高我低，起伏流转，节奏越来越快。

阿荣追逐着琴声，忘记了呼吸。

蓦地，两人手指动作变缓，又一阵琴声响起，如清风拂过，是名实的胡弓。这声音舒展又低回，悠扬入耳，让阿荣听入了迷，不由得闭上眼睛。

她闻到了青草的香气。一个青年背着婴孩，左右手拉着年幼的姊妹。姊姊像是忽然发现了什么，挣脱开兄长的手，向前跑去。是蝴蝶。小妹妹也看见了，追在姊姊身后跑远。

兄长担心着年幼的姊妹会不会摔倒，却不阻拦她们游戏。只哄着婴儿，站在一边默默守护。

这就是池田善次郎，某个大人物的手下侍从武士。也是今天的溪斋英泉，浮世绘师兼戏作者。

三味线和古琴声再次响起，三人的合奏汇在一起。

阿荣难抑满怀的感慨，睁开眼睛，因为如果双眼一直紧闭，眼角就要被泪水打湿了。然而努力睁开双眼，两行热泪此时已冲下脸颊。阿荣没有伸手去擦，只看着合奏着的三人，任其流淌。

宴会接近尾声，四个女人坐到一起举杯言欢，善次郎也加入进来，乘兴歌舞了一场。

阿荣看到善次郎的画时，已是次日凌晨天亮时分。伊知看到后，立刻凑近阿荣耳边轻轻说了一句。

"我们池田家的家纹也是扬羽。"

阿荣不由得反问："这真的合适吗？拿家纹去补隔扇的破绽。"

"没关系的，反正早就没有家了。这么做才符合哥哥的脾性。"

符合善次郎的哪种脾性？阿荣也想不明白。善次郎很少谈及过去。想象一下，如今这样的善次郎，当年也是一个左插长刀，右配胁差的武士。

眼前，善次郎描绘的扬羽蝶飞出了家纹的圆圈框架，舒展着羽翅，正朝着什么翩然飞去。

"蝴蝶这么轻小，也能飞得那么高呀。"伊知小声说道。

"来日再见。"

曲终人散之际三美人的话语，此时依然萦绕在耳边。自那一刻起，阿荣有时难以自抑地想和三姐妹再聚。

阿荣有生以来第一次明白了，原来乐曲有如此击中人心的力量。音乐声中，一股热流从她身体深处涌出，汇聚成泪，涌出眼角。可惜音乐不能像画一样永远收藏在身边随时凝望，音乐只响起在那一夜那一时，那握不住的刹那之间。

画也有音乐般的力量吗？让人看到之后心旌摇曳？

阿荣最近一直在想这些。她也知道，不会马上找到答案，但是她愿意把这个念头偶尔捧出来，仔细端详思考一下。

手边砚海里的水，渐渐变成墨汁，泛起幽深底光。

"姐。"

不知什么时候，小徒弟五助跪坐到了身边。

"有客人。"

"谁呀？"

"说是想拜见老爹。"

阿荣正想说那就去引见呗，可抬头从五助肩膀望过去，老爹不在座位上，扭头去找，老爹正枕着手，在庭院前的缘侧[1]打盹儿。

"昨晚又熬夜了吧。我去见客。"

阿荣手撑在五助肩膀上，借力敏捷地站起来。

来客站在土间里，看到阿荣后，郑重地鞠躬。

1　走廊。

"在下名叫川原。"

来客约莫四十岁,说着一口很少听到的口音。

"在下是个绘师,在长崎的阿兰陀[1]商馆里做事。"

"长崎?"

"是。求见北斋先生。"

"我是他女儿阿荣,有事和我说就好了。"

听阿荣这么说,这个叫川原的男人稍微犹豫了一下,又马上想通了似的,坚决地抬起头来:

"阿兰陀国想请北斋先生画画,请看,我带来了彼国的画纸。"

川原举起颇为沉重的包袱,放到板间地上。

---

[1] 即荷兰。

第四章
花魁与禿图

花魁と禿図

一

　　阿荣坐在茶屋座席上，嘴里还在嘟囔。

　　正确临摹出眼前的东西——这究竟是什么意思？

　　眼前男男女女人来人往，垂落的紫藤花枝拂过众人肩头。此处，龟户天神社的院内，紫藤萝正盛开，赏花之人络绎不绝。无论什么季节什么花，江户人都喜欢聚集到花下。只要花开，大人小孩都来赏花，托身花海，谈笑风生。

　　茶屋座席里的单身女客，也只有阿荣了。茶屋座席设在藤萝下，浓香从头顶袭来，让人难以招架。阿荣无心要酒，只端着烟管自言自语。

　　——要说哪里不一样，那就是远近和阴影。你们看，异人的画酷似真景。对他们来说，正确临摹出眼前的东西，才叫作画。

老爹的这段话，阿荣翻来覆去想过好多次。

三天前，有个名叫川原庆贺的人来工房拜会老爹，自称也是一名绘师，长年受雇于长崎的阿兰陀商馆。

川原带来的订单，不是浮世绘，而是西洋画法的西画。

大概是嫌午觉睡得正香却被搅扰了，老爹一脸不高兴。

工房里没有能让客人安坐的地方，阿荣让五助带着客人走出正门，从庭院小门绕进来。趁这工夫阿荣赶紧去叫老爹，根本叫不醒，直说到"是阿兰陀国的人想请你画画呢"，老爹才微微睁开一只眼。

"不会是商馆的医生吧。"

"我还没问，赶紧起来吧！"

老爹喷了一声，不情愿地坐起来，盘起腿，一脸不耐烦，朝工房里的众人喊道：

"喂，谁给我倒碗茶！大福饼还有吧？我记得昨天剩下了。"

五助推开矮木扉，引领着怀抱包袱的川原走进来。

庭院里散乱放着装颜料的陶罐和大瓮，甚至还有开裂的锅。川原好像不知道该把视线落到何处，干脆抬起眼睛，望向屋顶。屋顶上正晾晒着阿荣为制作颜料而收集来的成捆干草。下个月就要入梅了，必须在梅雨之前把草彻底晒干。

在面对庭院的缘侧上坐好后，川原先向老爹鞠躬行礼，报上姓名，脸上泛起亲近笑容。

但老爹根本不正眼看客人。徒弟们有眼力见，端来茶壶，摆上三个茶杯。老爹只给自己倒了一杯，捡起大福饼咬一口，吃得吧嗒有声，嘴角沾满白色米粉。

即便如此，川原也丝毫不以为意。只见他一张脸以及手脚皮肤都黝黑，睫毛浓密到吓人。

"江户真是个好地方。无论商家还是职人工匠，美人还是汉子，都气性爽朗，直率好说话。就和北斋先生画上的一样。在我这种乡下人眼里，这里是梦中的东都啊。"

川原言谈里虽有客套的一面，但不招人讨厌，话说得不紧不慢，显得很诚恳。但老爹照旧不理人家，还在吧嗒他的大福饼。于是阿荣代问道：

"您何时抵达的江户？"

"昨日到的。入住在日本桥本石町的旅馆里。"

据川原说，这是他第一次得到允许，和阿兰陀商馆馆长一同出行。说到此处，他情不自禁地忽闪着睫毛，甚是自豪。

"可是长崎屋旅馆？"

"正是。"

阿兰陀商馆的人来到江户，必然入住长崎屋。老爹过去应该画过这间旅馆，画的内容正是为了窥看一眼红毛碧眼的异人，长崎屋的格子窗外挤满了人。画上还有个孩子坐在父亲肩头，好奇心不输任何大人，土生土长的江户儿，活灵活现。

这位远客昨日刚到，今天就上门来求画，看来是个急件。阿荣看向川原身边的包袱，川原见状连忙解开风吕敷，取出一张递过来。

"此乃阿兰陀国的纸。"

阿荣接过兰纸打量着。尺寸大小，约与大锦绘相同，厚度也是。纸面不仅光滑很少起毛，里面还铭着水印。大体估摸一下，川原这一包里大约有五十几张。

"这些如果不够，我会再送一些过来。"

这时老爹发声了："喂！"白色米粉跟着声音一起喷散开。

"接不接单，这边还没同意呢。你别以为一说是阿兰陀国的生意，所有人都会迫不及待地抢着做。再说了，官府现在管得严，谁知道会不会找我麻烦。你找别人画吧。"

说到画的订单，老爹一贯来者不拒，但他一碰到有身份耍官威的人，就爱搭不理。阿荣虽然知道老爹脾气，依然在心中暗暗不解，还有刚提到的官府管得严，就跟老爹怕官府似的，这不像他口中说出的话。

川原一听,立刻站起来,双膝触地,在泥土上跪倒,低头恳求道:

"请先生原谅,在下见到先生后,高兴得忘了形,头昏脑涨,没说清事情的前后顺序。"

"等等,你别这样。把头抬起来。"

川原更是窘成了一团,跪得更低了:

"都是在下的错。商馆的西博尔德[1]先生和蔼谦逊,绝不低看日本人。他和其他兰人都不一样。西博尔德先生喜欢北斋先生的画,他手边已经收集了很多先生的作品。"

这时川原抬起头来,声音里更多了一份热切。

"西博尔德先生说,他想让母国之人也见识一下北斋先生的大作。他想让母国人知道,日本的江户城里有这么高明的绘师。西博尔德先生说毋庸置疑,葛饰北斋是现在世界上最好的绘师,在下也这么想。在下好容易买到了《北斋漫画》,买到后,每日都在临摹先生的手笔。临摹得多了,渐渐产生了一种连先生的脾性都摸到了的错觉,早把先生当作身边至近的老师,就像昨日凭借画刚和先生对过话一样。实在抱歉,都怪在下刚才失礼了。"

---

[1] 菲利普·弗朗兹·冯·西博尔德,德国内科医生、植物学家、旅行家,1823 年被派驻到日本长崎。他出版关于日本风土文化、植物和艺术的相关论著多达 60 部以上,构筑了日本与欧洲相互认识的桥梁,被认作日本近代文化开拓者。

鸟笼里的金丝雀轻啼。

老爹舔了舔手指，舒展了眉头。

"快起来，别趴着了，上来坐。"

川原听罢脸上重现喜色，连连行礼致谢后站起身，拍掉膝头尘土，说声"多多打扰"，侧身坐回到走廊里。阿荣为他倒一杯茶，递过去。阿荣很少做这事，动作有些不协调，几滴茶水洒到了茶盘上。

"那么，他想订什么画呢？又是庶民的一生吗？"

川原惊讶地望向老爹：

"不是。西博尔德先生想要江户的日常生活图景。二十张也好，三十张也好，画题请先生自定。唯独有两项请求：一，每张画要地点不同，季节不同，人物的身份和活计不同。"

老爹双手交叉抱肩："那第二呢？"

"西画，请按照西画方式来描绘。"

老爹斜眼睨视，川原紧张起来，话语也开始含混。

"西博尔德先生看过先生的版画、读本、绘手本以及肉笔画之后，认定北斋先生笔下的远近透视法准确清晰，远非其他绘师可比。所以热切期待这一次先生能挑战西洋的画法。"

"说来说去，还是想考验我的手艺。"

"不敢，西博尔德并非先生所想。西博尔德对世上的万事万物都兴趣十足，乃至想要见识一下先生创作的西画。他身为医师,也是一位学问家。"

老爹松开双臂,大手落到腿上,拍出一声响。

"不,考验手艺也没关系!"

看到老爹收起凶相,露出恶作剧似的一笑,不仅川原吃惊地"啊"了一声,就连阿荣和一群竖着耳朵偷听的徒弟也都一齐惊讶起来。

"这岂不是很有趣!前葛饰北斋,现在的为一,挑战西画!这可不光是我一个人的事,这是让异国之人知道日本的绘师能画到什么程度。"

阿荣还没从震惊中醒过来,只小声自言自语"考验手艺啊"。

一阵喧哗人声传来,藤萝架下的座席转眼坐满了十来个客人。

阿荣的左右身边,分别坐下一对衣着讲究的老伯和老太,二人完全不在意中间还夹着一个阿荣,身子前倾,拄着手杖隔空聊起天来。

"借光。"

阿荣右手撑地,总算从座席上站起了身。

她一边走,一边四下观望。

时值午后,阳光强烈,走在神社里的人都拖着自己的影子,从头到脚,有的甚至映出了指尖。突出的额头和鼻梁沐浴着阳光,显得光亮白净,咽喉处的肌肤在半暗影里，看上去颜色深重。

但阿荣平时画的人物，从发际线到脖颈，乃至手足，颜色全部一样。衣服也如此，只用线条来表现衣纹和皱褶，不会在颜色和花纹上画出光影浓淡。

真景完全不一样啊。

阿荣感叹着，停下脚步。

老爹和川原说定了，十天之内，画好十五题，即十五张画，四月二十四日交货。川原说工期不用这么紧张，多几天也无妨，但工房里原本就忙碌，老爹正在准备和版元先前就约定好的新锦绘，只能拿出十天时间来。

送走川原，老爹巡视工房一周："那，就开始吧。谁想接题？画几张都行，有干劲的人举手给我看看。"

众人面面相觑，谁也不动。大弟子弥助小心翼翼地开了口："那个，西画……该怎么画啊？"

"西画你们都见过不少次，怎么就不懂呢！"老爹不满地撇嘴，转头看向阿荣。

"一个个拉长着脸，真没用，阿荣你也是。没想到北斋工房里的人，眼睛都是虚摆设。五助，去后面的柳条箱里找找，那儿有西画，都拿过来！"

老爹说着，自己也转身，探头去架子上寻找。

"师父，没找到。"

"那就去其他地方找，一两张总是有的。"

这个世界上，阿荣最最讨厌做的事，就是找东西。

她的案几周围看上去再脏乱,也是她按自己的顺序放好的。老爹就不一样了,谁知道他的"总是有的"塞到哪里了。

等五助好不容易从走廊边堆积如山的书物中找到一张时,天都快黑了。

那真是一张奇妙的画。画上一个异人小孩,裸身,背生纯白翅膀,头顶黄色卷曲头发,闪着黄金般的耀眼光亮。明明没有使用金泥颜料,看上去却与金色无异。脸庞和身体的肌肤颜色还不一样,有细微的光影浓淡,栩栩如生,像个活物。

"这,这不会是禁图[1]吧?!"

有人发出惊恐之声,老爹听后爽朗地大笑起来。

"这个,就当是佛前的小童子。既然是佛前童子,就不是禁图。"老爹拿着画给众人看,讲解说,"要说哪里不一样,那就是远近和阴影。你们看,异人的画酷似真景。对他们来说,正确临摹出眼前的东西,才叫作画。"

一群人更糊涂了。

十五张图的任务,阿荣只接了一张。画题为游女,从底稿到上色,全由阿荣一人担当。大弟子弥助接了两张,画题分别是端午节和赏樱。其余十二张由老爹画底稿,徒弟们分管上色。老爹只用了一天时间就画好全部底稿,

---

[1] 十七世纪上半叶到十九世纪后半叶,日本禁止基督教传播,相关物品被指定为禁物。

连具体怎么上色也交代完毕。

到了阿荣这里,她连底稿构图也还没拿定主意。今天早晨一起来,她就觉得焦躁胸闷,想干脆出去走一走。脚刚伸进木屐,小徒弟五助眼尖,问:"姐你去哪儿?"

"唔,出去走走。"

"可就剩七天了啊!"

"还有七天呢,不错嘛!"

甩掉监督,阿荣走出工房,沿着竖川一路走下去,心中构想着该怎么画,再定睛一看时,发现已经走到了龟户附近。

我真没用,阿荣想。游女本来是早已画惯的题材,但一想到西画,就不知怎么下笔了。

长叹一声,转身走上回家路。换作往日肯定是迈大步向前走,可今日,连步伐都变小了。

二

越是紧急关头,越有人添乱。这不,那俩人又来了。

母亲小兔,外甥时太郎。

老爹去找版元谈事,不在工房,小兔趁机来捡草纸打扫卫生了。

"这儿就没有干净过,什么时候都这么脏。唉,这谁干的?竹叶上还沾着米粒,放得还挺周正,等着长霉呢？"

"草纸别扔。"

阿荣一边忙着手里的工作，一边提醒母亲。她刚往小碟里放了胶水，化开了朱红，正用手指搅拌均匀。之后还要加水，等着颜色分离。分离好的上清色移到别的小碟中，用来表现脸和手的肌肤；沉淀在碟底的浓朱红，正好画花魁身披的华美打褂。

今天是四月二十二日，眼看着后天就要交货，但阿荣现在才开始上颜色。她画了几十张底稿，终于决定了要怎么上色。

阿荣话音未落，小兔已接上一句"我懂"。

"你以为呢？！我给绘师当了多少年老婆了，哪个是草纸，哪个是垃圾，我能一眼分清。时宝，你不能进来，会沾一脚底脏的，去缘侧那儿玩吧。虽然那边也不干净。"

今天的小兔比平日更饶舌。也许别人感觉不出来，小兔今天心情格外好。理由？还用说吗，当然是阿兰陀国的订单。

不知是谁走漏了风声，阿荣好久没回家了，前天晚上刚进家，小兔就迎面来了一句："听说是一百五十两？"

对方出价一张十两，堪称一掷千金下订，老爹没再讲价。有了这么多钱，不仅能付清半年一结的赊账，还有相当富余，无须在心里打算盘，也能随意买下想要的颜料和画纸。老爹在江户城的浮世绘师里，算得上能挣钱的，但即便如此，优质颜料价格不菲，老爹只要看见就想买；再加上来往多年的版元出的订金也不高，老爹看重交情，很少计较。

"一百五十两呢！好久没见这么大场面了。"

粗心大意了，本来想着好久没回家，打算回来喝点小酒，哪知道有这一出在等着。

阿荣看见小兔一副鼻翼扇动乱嗅的样子，就想转身回工房。小兔一把攥住她袖子不松手："这儿不是你家吗？进来呀！"赶工忙乱的时候，老爹和阿荣嫌回家太麻烦，常常在工房里留宿。

没办法，阿荣只好抱着酒壶进去了。

"时宝呢？"

"楼上。刚才还在闹别扭，好容易把他哄睡着了。你吃饭了吗？"

"吃过了。"

其实阿荣没吃，但是说实话会更麻烦，什么离得这么近为什么不回来吃饭，什么光喝酒对身体不好，都是阿荣不愿意听的。阿荣这点像老爹，对食物滋味不讲究，只要能填饱肚子，吃什么都无所谓。喝酒也不需要什么下酒菜，空口喝酒更香。

"这事说准了吗？听说下订单的是个医生，不会又来砍价吧?"

"什么叫又来啊?"

阿荣倒一杯酒,拿起来喝一口。小兔从柜中取出小罐,往手心里倒几粒。

"又不是没遇到过。唉?这个盐豆别看便宜,味道真不错。你不知道吗?你爹以前跟人争执过。"

不知道,头回听说。

"以前那个甲必丹[1]也来江户跟你爹订过画。"

"谁是甲必丹?"

"不清楚,估计是出岛的哪个大官?他跟你爹订画,要庶民的一生绘卷。从出生到死,男的女的各一卷。"

"庶民的一生……"

阿荣端着酒杯的手,蓦地放回到榻榻米上,她好像听老爹提到过。

"那时,一起来的还有一个阿兰陀国的医生,他说也想要一份同样的。你爹花了五天时间画好四卷,就去长崎屋交货了。"

"男和女的一生,各两卷,五天就画好了?"

简直非凡,阿荣都不敢轻易感叹。

"从人出生落地后第一次温水洗浴,到满月参拜神社,女孩三岁结和服带,男孩五岁第一次穿裤,成人礼,

---

[1] 江户时代东印度公司日本商馆的最高负责人,商馆长的葡萄牙语音译。

媒人说亲，定亲结纳，搬运嫁妆，婚礼，之后年纪大了，还有祝寿礼，慢慢地人老了，得病卧床，最后到死。死后还有擦洗尸身，出殡队列。人这一辈子啊，画成卷轴就那么短。从呱呱落地到老死火葬，几眼就看完了。这么说起来，图上倒是没画和丈夫分手回娘家。"

小兔不怀好意地笑了。闻到她口中的豆臭气，阿荣没理会，又倒上一杯酒。

上次是庶民的一生，这次是市井生活图，兰人有意思，总是订这么奇妙的东西。

"还没说完呢，你爹去交货，甲必丹倒是按照约定付了钱。医生一开口，就拦腰砍了一半价，说他不像甲必丹那么有钱，一开始不知道约定好的价钱这么高，说是漫天要价，就争执起来了。"

"那是得吵起来。接订单画的画，那得先看对方出多少钱，这边估着价钱，再决定用什么颜料和画纸。全部画好后再被砍价，这边就亏大了。"

"是吧？！吵来吵去，最终对方理亏，低头了。说那就用正价买一卷吧。但最终，你爹把两卷都拿回来了。我都气傻了，骂了你爹一顿。兰人说买一卷，你就卖给他一卷呗，为什么不卖，反而把两卷都拿回来了呢？看，现在一分钱没拿到，亏大了吧！"

小兔这话，把阿荣想说的意思带偏了，但小兔不在意这些细碎差异。

"你猜你爹说什么，他反过来教训我！说这种画卷留一半在自己手边，对日本人来说和废纸没什么区别。人人都知道庶民的一辈子什么样，谁会专门找画看。"

老爹这话有道理，阿荣暗自点头。对兰人来说，这是珍奇的异国习俗，值得花钱去了解异国人的一生仪式和日常生活。

"还说向异人低头是江户绘师的耻辱，不，是日本之耻。"

"这是什么时候的事？"

"你爹的画号从宗理变成北斋没多久的时候，四十岁出头？"

"那都是二十八年前了，我怎么会知道，我那会儿才一岁。"

小兔一听，手里捏着一粒盐豆愣住了，怔怔地看着阿荣。

"阿荣，你都二十九岁了啊？明年，就三十了……怪不得没人上门说再嫁的事了。"

"妈，你又跑题了。"

"没跑题，你给我听清楚。夫妇可是个好搭档，我和你爹这么一吵一闹，事情就传开了。所以，后来甲必丹才派人上门道歉，把两卷都买走了。"

"这是兰人佩服老爹的骨气和心意，和夫妇有哪门子的关系？！"

"这都是我这个当妻子的把你爹教训好了,你爹才有了骨气,想起来不能当江户之耻和日本之耻。你想想,要是我是那种逆来顺受的人,那这两卷图早就被卖到废纸店了。"

这都什么道理啊,听不懂。话说回来,为什么夫妇间的吵架能传出去?甭问,肯定是小兔和哪个邻居发牢骚了。这么一看,还真像母亲刚才说的,里面确实有她一小份功劳。阿荣抿干一口酒,像遭遇了一场戏法,酒有点上头,晕乎乎的。

第二天早晨,时太郎又尿床了,小兔尖声高叫,像只吵闹的棕鸟。

阿荣只用视线追了一下,看到时太郎听了小兔的话,坐在缘侧,默不作声地仰望着笼子里的金丝雀。他一脸不高兴,整个小人儿像个塞满了愤懑的口袋。

但是小兔很满意地笑着:

"这孩子今天格外听话,看来是和阿善玩好了,心里满足了。"

听到那个名字,阿荣停下揉合颜料的手。

"善次郎来过?他来做什么?"

"我怎么知道?他说路过进来看一眼。估计是从版元那边听到了传闻,想进来激励一下人心,没想到光从外面看一眼,就被工房里的热气给烫到,没出声就走了。"

小兔把揉成一团的草纸展开，放到膝头上压平。

"可能是不愿意打扰众人工作吧。"阿荣停下的手又开始动了。

善次郎要是进来，就可以给他看这张西画了。她正在挑战啊，放下用惯的画法，换上完全不同的技巧，苦闷了那么久，踯躅了那么久，现在终于有了形状，多么想把心中的兴奋分享给善次郎，只分享给他一个人啊。

"再说，他还带着个女人，是怕不方便吧。"

阿荣扭头盯看小兔，只见小兔俯着身子，媚笑盈盈地仰视过来。

"善次郎呀，真是小看不得。以前也没少听他吹牛，什么身边从没断过女人。但这是头一回带着女人来工房。那女的，举止有品，不怎么说话，可一看就明白道行深，不是一般女人。那手，别提多好看了。"

阿荣明白，小兔故意想气自己才这么说的。她肯定在不怀好意地乱猜，以为自己和善次郎关系亲近。不过，说到好看的手，阿荣倒是认识。

想看我笑话的老妈呀，哈哈，那姑娘我也认识。

自从上次善次郎把妹妹们引见给阿荣，已经快一个月了吧。阿荣又想起了她们用纤长的手指合奏三味线、古琴和胡弓的情景。

"她是不是长得有点像善次郎，面皮白皙，凤眼高挑？"

小兔误以为那是善次郎的女人，阿荣知道，八成是善次郎的大妹妹伊知。

我也想见她。

阿荣这么想着，手里调着颜色，不想再跟小兔废话了。

"啊，阿荣你认识她？"小兔无趣地哼了一声，离开阿荣，向缘侧走去。之后，间或传来她教育时太郎的说话声，不知为什么，时太郎突然号啕起来。

扭头去看，时太郎正一边哭一边委屈地跺脚。

"你再耍小性子也没用，这儿不是有鸟吗，有了小六，为什么还想要知更鸟，谁来喂啊？你别以为哭一场我就能听你的。"小兔的口气很是严厉。

"都赚一百五十两了，买只知更鸟怎么了，我要！给我买！"时太郎身体前倾使劲跺着脚，扯着嗓子号个没完。

三

老爹把十五张画并列摆好，站在那里默不作声地打量。

老爹的头顶和往常一样，月代部分的碎头发支棱着，长短不一，下巴上胡茬凌乱，黑白相间。他年轻时的高鼻深目，此时已被皱纹拉坠着眼角下垂。他和川柳同伴嬉笑言谈的时候，甚至有了几分慈祥老爷爷的风貌。

但站在画前的老爹五官表情与平日迥然不同。在他锐利眼神的扫射之下，徒弟们战战兢兢，不敢大声呼气。阿荣也比平日紧张，僵直地站在老爹斜对面。徒弟们则隔着画站在对面，大徒弟弥助打头，身旁跟着四个。

阿荣画的，是一张花魁和秃[1]。花魁侧着身子，头扭向右，脚向前跨出一步，正好突出了层层叠穿的小袖和打褂的宽大衣裾。画面进深处，是与花魁同行的少女秃的小小身影，正面脸正面身体。两个人物，近大远小，这样就有了透视。

人物没有用黑墨勾线，绯红色外裆就用绯色勾勒，松叶色的带用了同样的松叶绿。因为在真实世界里，并没有用黑墨勾线的东西，无论脸庞手足还是衣裳，都是颜色的集合。当然，这并非阿荣的新发现，凡是绘师都懂此理。画法中原本就有一招，即先勾线，再上色盖住勾线。有时，一幅画中可以大量使用这种技巧，只在最想惹人注目的部分，留下墨线作为强调。

但是，这依旧不真。

如果凝神去看，会发现这世上无论何处，都是由浓淡不一的色彩构成的，阳光照亮之处颜色浅淡，光线暗淡的地方，颜色也深重。

---

[1] 原指童花头发型，代指妓楼里的童女。

对啊，是光。光决定了事物的形状和色彩。

一瞬间阿荣似乎明白了，于是变得意气昂扬，然而一旦动手去画，又没了头绪。焦躁之下她走出门，去看人，观察事物，漫无目的地打了无数草稿。画着画着，该怎么去表现肉眼看见的阴影和色彩浓淡，她慢慢地找到了一点门道。

大徒弟弥助也和阿荣一样苦闷过，阿荣听他一脸苍白地诉过苦，"简直想吐"。

"远处的东西小，越近的越大，老爹以前一直是这么画的，我也早就铭记在心了。但是说到阴影，我怎么也弄不懂。看完老爹指令上色的那十二张，我有点明白了是怎么回事，可一到自己动手画，手就不听使唤。我还从来没这么费劲过。"

阿荣把自己的想法说给他听，弥助也出了门，大半天没见人影，直到黄昏时分才回来，一脸丢了魂的样子。

"仔仔细细想一想，这不都是明摆着的事吗，有的东西在阳光底下，有的就背阴。人的脸和身子也是，有没有光，颜色看上去就不一样，不是同一色。那你说，我们从过去到现在，都画了些啥？"

"我也一头雾水，唯一明白的是，西画就是把你看见的样子画出来，从头顶到指尖，有的地方浓深，有的地方清浅，有的地方得晕染上色。"

听罢，弥助终于开了一点窍似的，心无旁骛地画起来。

但是现在,无论是弥助还是阿荣,两人都惴惴不安地低着头。

花魁和秃的画上,有明显的大小远近和阴影浓淡,这些地方还算接近真景,但是整张画寡淡无味,干巴巴的。这种水平的东西,怎么拿得出手。

老爹依旧抱着胳膊,沉默着不说话。阿荣实在忍不住了,正想开口,弥助先探出半个肩膀,领先了一步。

"师父,请允许我重新修画一遍。"

弥助几乎在哀求,但老爹坚决地摇了摇头。

"不行。明天要交货。"

"但,如果就这么交过去,有损师父的名声。"

"这不是你操心的事。"

"日本的北斋,我们不能糟践师父的名声啊。"

老爹听罢,抱着胳膊挺直胸膛,严肃地叫了一声"弥助"!

"那我问你,给你多长时间才够?三天够不够?三十天?给你三年就一定能画好?"

老爹的声音越来越高,弥助和其他徒弟低下头,说不出话来。

"都听好了,我们这可不是画着玩,我们在靠这个挣钱讨生活。既然约定好了工期,那就尽全力去画,如果连这点胆识都没有,那你别干这行,只当个业余兴趣,去轻松享受好了。"

老爹的目光扫视了众人一周,也扫过阿荣的脸。

"但是,就算是三流职人,也胜过一流的业余。你们知道为什么吗?因为职人得去忍受这份耻辱。就算自己不满意,也得咬紧牙关,任世人点评。就算做得不好,与其没完没了地后悔不甘心,不如把力气用在下一个工作里。"

阿荣用力咽下了什么,听见自己喉咙里一响。

"阿荣,你明天去交货。"老爹命令道。

次日早晨,弥助说要同去,阿荣拒绝了。

"这么重的东西,你一个人……"

纸变成了画,分量截然不同,不光有了能换来金子的价值,而且纸上刷了明矾水,覆盖着颜料,沉重了很多。

"万一出点事,那可了不得。"

"嗐,我一直都是大力气,身体也敏捷。放心,不会受伤的。"

弥助皱起眉头:"我说的不是这个。"

"我是说这一百五十两金钱的画要是出了事,那可了不得。"

他说着,指派了一个小徒弟和阿荣同行。

"我去交货了。"

进到土间，阿荣一边穿木屐，一边向老爹打招呼，只听见老爹回答了一声"唔"。

走近长崎屋，才知道那些传闻都是真的，门口果然聚集着看热闹的人。

"借光，借光！"

从人群中劈开一条路，走进长崎屋，指定要见川原庆贺。旅馆的伙计像是早就被嘱咐好了，一见阿荣等人到来，便将他们带入土间旁的小茶室。茶室里摆着高脚圆桌，室内无须脱鞋，伙计请他们在靠背椅上坐下，阿荣浑身不自在，不知道该怎么坐才舒服。

"你先回去吧，辛苦啦。"

在圆桌上放好货物，阿荣吩咐小徒弟先回去，并给了他一点零钱，让他在路上买点吃的。小徒弟低头一礼：

"好，那我先走一步。姐，加把劲儿啊！"

"事到如今，加什么劲儿呀。"

阿荣心绪不宁，小徒弟也面露忧色地走出门去，紧接着川原走了进来。

"早安，画已经完成了吧？"

川原还和初见时一样笑容可掬，话音中更带了一丝亲切。阿荣极力掩饰住心中忐忑，点点头。

"请验货吧。"

"我哪里当得起验货职责，不敢当不敢当，今天正好西博尔德先生也在，请稍等片刻。他正期待着看画呢，我这就拿过去。"

川原拿起包袱，走出房间。

没想到这么简单，阿荣顿时浑身失力地坐倒在椅子上。过了片刻，女侍端上来茶点。待到茶水润湿了喉咙，阿荣才平静了一些，四下打量起房间来。

房间里铺着木地板，墙壁贴着半人高的深色木板，木板上方贴着类似隔扇的浅茶色纸，纸上描绘着精细的花草纹样。凑近用手摸摸，毫无疑问，是用阿荣平日习惯的岩绘具画的。

阿荣忽然想起了什么。

这么说起来，那个长着翅膀的小孩是用什么画的呢？说不定，异国用的是其他的颜料？

等川原回来一定得问问他，阿荣想着，而川原却地老天荒地不露面。

阿荣越来越不安，如坐针毡，她仿佛看见了那个异人正怒目圆睁着呵斥川原。他们不会原封不动把包袱杵回来吧？

真要是这样，那可是大麻烦，她一个人处理不了，得请老爹过来。不行，负责交货的是她，如果对方退货，她坚决不能让步，一定得把一百五十两工钱要过来。不管你异国不异国，在日本下订单买画，就得守规矩。

阿荣正在心里打主意，想着措辞的时候，川原回来了。

"让你久等了。今天先生不外出,这个众人都知道,所以来客络绎不绝,我好不容易才找到空当让他看画。"

"那,意下如何呢?"阿荣口干舌燥,嘶哑地低声问道。

"先生甚是高兴。五十两订金前日已付,先生说,剩下的一百两和前次一样,将用汇票于明后两日送至府上。"

怎么拿钱老爹并没有详细叮嘱,阿荣点头同意了。

没想到这么顺利,没有任何拉扯。阿荣放下心来,长出一口气,却一下子站不起来,只在膝头握紧了双拳。

阿荣一心想要知道川原看画的感想。因为刚才除了货主看画后的喜悦,他没说别的,这让阿荣很介意。并非是她想听赞美,只是川原语气平淡,没有提及画作的质量,阿荣甚至觉得他在故意回避。

"那些西画,敢问川原先生也过目了吗?"

"拜见过了。"

"意下如何?"

阿荣大胆地问,川原慌忙避开视线挺起了下巴。片刻后他重新和阿荣对上视线,终于有所顾虑地开了口:

"我是受雇于阿兰陀商馆的绘师,他们让我画什么,我便画什么,商馆员的人像也好,出岛风景也罢,有时还进山去画花草鸟虫。三年前,西博尔德先生赴任长崎,自那之后，他教给我要去正确描绘身边的万事万物，无论是鱼、花草，还是工匠工具，种种细节之处都要彻底写生。阿荣小姐，你知道这是为了什么吗？"

"因为，那是真景？"

川原听后笑了，笑容里有几分自嘲。

"正是如此。西博尔德先生教给我，要放下所有的个人感情，只关注眼前的事物，去正确地描绘……但是我也不知道，描绘出真景，就真的叫作画了吗？越正确写生，似乎离真越远，最近这种感觉在我心里越来越强烈，所以我才去临摹了《北斋漫画》。最开始我还觉得，啊这种姿势真人是做不出来的，手脚不可能这样弯曲，但慢慢地，越看越有真趣，让我想起了小时候对画画的迷恋，我好像又找回了初心。"

川原深深地叹了一口气。

"说老实话，那些西画我觉得不算好。尤其是端午节和赏樱两张，用力过度，显得生硬，看后心里没有感动。当然，远近透视和阴影都用得很好，西博尔德先生很满意。但我毕竟是日本的绘师，平时无论画什么，日本的画法早已渗进骨子里了。啊，对了，那张花魁和秃的画，我觉得有点在意。"

阿荣的心怦怦跳起来。

"嗯，在意？"

"唔，那张画也显得心有余而力不足。也许过分讲究色彩的浓淡了，衣服纹样反而显得粗糙简陋，花魁和秃也站得太过接近，看不到距离和身姿动作，显得死板了。"

阿荣像被一桶冰水浇了个透。她完全清楚画中的不足之处，没想到一问之下，绘师同行给出的评价如此尖锐刺痛。

"话虽如此，画中的心思目标、努力的方向，我感知到了。"

说罢川原低下头来。

"万分抱歉，我不该说如此放肆的话。北斋先生和诸位弟子只用十天时间，便画出如此有水准的西画，实在了不起。如此神笔，不才甘拜下风。"

阿荣走在路上，双手握拳，边走边捶打大腿和肋下，不时惹来对面路人的好奇目光，然而她顾不得，停不下手。

我失败了。

就算我的心思目标传达到了，但有什么用。我靠画讨生活，可不是什么业余画一画。

她只觉得无力，既不甘心，又生自己的气。

回工房后就别想了，忘记这些，把力气用到下一个工作里。所以要趁现在，用尽全力对自己愤怒一场。

一路上无数次，她想大声尖叫出来。

穿越两国大桥后,心情稍微平静了些。天空与河面一片晴朗空旷,让她羡慕,让她心生愤恨。

走进街巷,看见五助正蹲在工房前。

阿荣故作轻松地打招呼:"我回来啦!"

五助抬起头来,双眼通红,脸颊也肿了。

"你怎么了,五助!"

"小六……"

"小六怎么了?!"阿荣声音刚落地,五助就哇地哭出了声。有谁从后院里走出来,阿荣一看,是早晨帮她送货到日本桥的徒弟。

"姐,你回来啦。"

"五助怎么了?哭成这样。"

"笼子开了,小六飞了。"

"怎么会呢,五助平时换水打扫笼子不都一直很小心嘛。"

"不怨五助,是时宝干的。时宝故意打开笼子放跑了小六。"

"什么?!"阿荣高声吼着,冲向家门。

第五章
手蹈图

手踊叉

一

阿荣眉飞色舞地用手打着拍子。

"起!"

善次郎也合上节奏鼓掌,屏风前的伊知闻声发出"呵"的一声,扬手拨弦,乐声奏响。之后,小雪的古琴加入进来,片刻之后,又响起名实的胡弓声。

三人是善次郎的异母妹妹,在吉原青楼里是炙手可热的姊妹艺者。她们不仅精通音律,能歌善舞,而且八面玲珑,左右逢源,既能为花魁和新造甘当绿叶,又自带明艳,即便是初次上门的新客,也会在她们的款待下松弛下来,很快高谈说笑到一起。

在吉原这地方,有格调、讲排场的青楼里的游女会给客人估价。上等客人不直接上楼,而是先去引手茶屋[1]

---

[1] 游廊中专为客人去游女屋作指引、向导用途的茶室。

里召唤艺者，摆上酒宴。过去花魁要到这时候才出门到茶屋里迎客，这就是花魁道中的起源。身穿绚烂衣裳的花魁带着身边侍者列成一队，款款慢步，其容貌身姿，对来吉原玩耍的客人来说，不啻梦中才有的风景，也是众多绘师爱画的题材。

但现在是正午，阿荣所在的地方是吉原界内的一间歇业隐退商家，伊知姐妹三人借住在这家楼上。此时这里正开着一场宴会，众多艺者同行、青楼帮间、引手茶屋的男众和女侍来往其间，一起祝贺一件喜事。明天，是小雪出嫁的日子。

阿荣和善次郎并排坐在一起，身前身后挤坐着众多伙伴亲友，众人举杯畅饮，击掌打拍子，高声唱歌，谁中间退场了，空出的位置马上有人补进来，跪坐到善次郎面前道喜。

"善大哥，恭喜了！"

"听说是京桥的香粉屋？小雪真有福气。"

善次郎点头："多谢嘞！招待多有不周，别客气，请多喝几杯。"说着转过身去，下令"哎，那边再往左挤一挤"，来客说着"借光借光"，屈身前行，在空当里坐下来，马上面前已摆上了酒壶。

"没想到这么多人，早知道这样，租借个店面场地就好了。"

房间里坐满了人，让人惊讶两间六个榻榻米大的房间竟然挤下了这么多人。

"大家都舍不得小雪呀。"阿荣看着屏风前的姊妹，幽幽地说。

小雪未来的婆家是经商的，即做正经买卖的坚实人家。明天只有善次郎、伊知和名实姐妹两个出席婚礼，对方是再娶，不打算兴师动众大办喜事，家里人庆祝一下就算了。

"多保重，要幸福啊！"

刚才，弯腰驼背的遣手婆也来了，在小雪面前哭到哽咽，仿佛今生便要从此永别。

"瞧您，我就是嫁到香粉屋啊，今后我还要进吉原大门，让您买好多好多我们的香粉呢。"

小雪明眸闪亮，神情快活，抚摸着婆婆后背。

善次郎看着她，脸上又浮上愁容。

"你还是不放心？"

阿荣悄悄问他，善次郎高挑起眉毛，歪头："我也说不好。"之后便沉默不语了。小雪要嫁的是香粉店的少当家，听说前妻死在了产床上，这次是妓楼老板夫妇给说的媒。

这些都是五天前善次郎路过工房时说的。那是一个太阳落山越来越早，街巷里回荡着兜售秋日七草悠长叫卖声的深秋午后。

"能在欢场上对女艺者一见钟情,甭问,肯定是个花花公子。"

盘腿而坐的善次郎抬起腿,悻悻地啧了一声。阿荣和老爹对视一眼。没想到,一向以好色之徒自夸的善次郎竟然会这么说。没想到,这个以画为命,以写戏为生,嘴上说着"为了睡到漂亮女人",难辨真心还是假意反正大言不惭地说过"在我的花言巧语下没上钩的女人唯独阿荣一个"的自恋家善次郎,居然会这么说。

善次郎何时向阿荣施展过花言巧语,阿荣根本没印象。听善次郎的口气,像是阿荣十几岁出嫁之前。那时,善次郎正借住在工房里,两人一起画过春画版画的底稿。

"一看是自家妹妹的事,善次郎你就忘了自己干过的那些,一本正经起来了。"老爹啜饮着粗茶,半开玩笑地说。

"再怎么说,那家的失恃小儿年龄还小,公婆正当壮年,连祖母都还康健。婆婆和祖母早就漏了口风,什么吉原的女艺者要来败光家本儿了。他们也早调查了我是干什么的,说小雪她哥不过是个画笑印的,更加狗眼看人低。小雪忒要强,要我说,干吗非要进那个火坑自找苦吃,如果不愿意咱们拒绝了就是,媒人楼主那里我去说。可小雪不听,坚持说只要哥哥姐姐同意,那她就要嫁。"

"唉,看来小雪和那个男的已经打得火热了。"

老爹放下茶杯,善次郎也无奈地用手抚摸头颈:

"是啊"。

"开始我以为,她想赶紧找个人家,好让哥哥姐姐放心。但说到这是恋情,那我也不好多嘴。"

"这么说,男方母亲和祖母也是知道两人已经分不开,才不情愿地点头同意了?"

"没那么简单。抵不住中间做媒的楼主夫妇是一对人精,好话歹话,都能说到人心尖儿上。他们就说了,别看溪斋英泉现在家道中落,原本也是水野壹岐守大人手下的武士。"

这些事阿荣具体知道的不多,只知道善次郎原来是挎刀武士,因为什么事隐退了,流浪多年后,为了生计改行画起了秘画艳本。老爹没信过他这套说辞,一眼就看穿了,说"这家伙,幼年时肯定学过画,狩野派无疑"。狩野派都是御用绘师,武士家庭若是让有绘画天分的小孩学画,都会学此派。

"哼,一听说是武士家的女儿,马上就换上好脸色了吧?这些僵化了的脑子。"

"对,我就是看不起他们这点。无奈小雪本人愿意,姐姐妹妹一齐来说服我,我也没办法。"

善次郎双亲相继亡故时,他曾抱着三个年幼的妹妹日暮途穷过,这些阿荣听伊知讲过,老爹就未必知道这些事情了。

"我懂你的心情。事到如今,你只能全心全意地祝福她。毕竟，男女只有走到一起过日子，才知合不合夫妻缘分。"

"是这样吗？"善次郎一脸认真地问阿荣。阿荣只好点头："可能吧。"

阿荣和已分手的前夫第一次见面时，只看了一眼，就觉得"这男的看上去很没意思"，过起日子来，更是发现前夫无聊透顶。

这话说出口就像给喜事浇冷水，所以她沉默着没说。

"是这样啊，只有走到一起试一试，才知道有没有夫妻缘分。"善次郎嘟囔着，像是在说给他自己听。

阿荣注视着小雪的正脸，手里打着拍子，满心酸甜，就像在送自己的可爱小妹出嫁。

小雪白皙的脸上微染桃红，向诸位来宾低头行礼。阿荣听到背后有谁在感叹："今天的小雪格外标致呀！"

回头一看，后面坐了一排女艺者，按艺者辈分算的话，她们都是善次郎姐妹三人的大姐辈。因为是家常酒席，她们没敷白粉，依旧一个个柳腰花态，连鼓掌时口中发出的号子声都那么银铃婉转。

"那当然啦，明天小雪就是新嫁娘了。"

"可惜了她弹琴的好技艺。一说到今后再也听不到伊知三味线、小雪古琴和名实胡弓的三人合奏，就连三园屋的头牌花魁，都一半祝福，一半伤心。那个一眼相中小雪的少当家,真有点招人恨呢。"

"听说花魁送了一份惊人大礼!白绢七匹,山吹七幅,连衣箱和妆台都给准备好了,都已经抬到婆家了。"

"这个啊,还用说吗?肯定是善次郎给花魁下了迷魂药,把人家迷倒了。善次郎这家伙啊,真是骗女人的老手。"

像是背后被人戳了一下,善次郎吃痛"哎哟"一声,半个身子倒向阿荣。他顺势扭头向后看去,一张脸正冲着阿荣下巴压过来。阿荣为了躲避猛地向后仰头,右手杵地,侧身歪倒,险些碰洒膝前的酒杯。

"对不住啊,添乱了,衣服没弄湿吧?"

有人给阿荣赔不是,并从袖中拿出手巾递过来。阿荣一看,正是五个女艺者里举止沉稳,又风情无限的那位,嘴角带笑,双眼清明,手巾更是纯白。

"还好,不要紧。"

阿荣说着坐直了身体,又去推善次郎的胳膊:"阿善你给我坐正了!"

"你们这帮人,从刚才就叽叽喳喳没完没了。"善次郎冲着身后发牢骚,"阿泷,你倒是管管啊,都是你的手下。"

"那,我们给大家跳个舞吧,这曲子听上去快弹完了。"名叫阿泷的艺者理顺衣裳,小声问善次郎。

"好啊,大家肯定高兴。"

阿泷拉着两个伙伴走在前面,站到屏风旁,伊知见状,会意地放低了三味线的音调。

小雪从身后拿出一面小鼓,名实也拿出一个同样的在膝头放好。三味线琴声一直低回着,小雪和名实举起鼓槌,阿泷移步屏风前,微微屈下身体,弯曲右臂,以手遮面,左手从腰际向前滑出,另外两个艺者在背后鼓掌打起了拍子。

咚咚踏踏,小鼓轻快地敲响,伊知将三味线弹出一串高音。阿泷就像被三味线和鼓声引导着舞动起来,她身后的两人也跳出同一套舞姿,动作不差分毫。

阿荣鼓掌打着拍子,心中满是雀跃,仿佛正在场中和她们一齐起舞。

"到底是艺者的手踊,好看吧?"善次郎凑近阿荣耳边,轻声嗫嚅。

"唔,真不错。"阿荣目视前方,面不改色。

确实好,和街巷里秋祭时年轻姑娘们聚堆跳的手踊截然不同。

"尤其是阿泷姑娘,身体里像有一根笔直的内芯。"

阿泷虽然和身后两个艺者动作一样,但仔细看就会发现,她的舞姿格外细腻流畅,无论如何舞动,姿势再难,她身体的重心始终沉稳。随着三味线乐声越发激越,她的手肘也从袖口间隐约可见,身姿那么轻盈敏捷,令人陶醉。

"起!"

鼓掌拍子声越发响亮起来,阿荣身后几人也站起来,加入舞群。

善次郎呻吟一声:"哎!你们悠着点!"

"地板都要被你们踩塌了,这儿原本就不是什么结实好房。"

群尾的老年长辈学着善次郎的口气说:"不是什么结实好房"。

"哎哟,是房东!"善次郎缩起身子,"谢谢您的贺礼!"

"少客气了你!"房东睨视着善次郎,从怀里掏出手巾,三下两下,拧成一条布绳绑到额头上,摆好姿势,拧着下巴挑战善次郎。

"地板踩塌了,重新铺就完了。大家跳起来!"

"哟,既然房东说话了,阿荣,站起来一起跳啊!"

"我就算了。"

善次郎轻快地站起身,手脚已经潇洒地跟上了节奏。三十多人一齐舞动起来,欢喜地祝贺小雪出嫁。

前方,弹着三味线的伊知正眯细了眼睛,注视着击鼓的小雪,两人互相点头,嘴角浮现出微笑,最小的妹妹名实也轻巧地挥动着鼓槌。

当年善次郎养活不起三个妹妹,走投无路之际,将她们托给了艺者置屋。伊知三姐妹慢慢学艺在身,她们并不记恨兄长,难得一份从容俏皮。当着阿荣的面,她们故意叫善次郎"哥哥",让他脸红无措。

但阿荣知道,无论是三姐妹还是善次郎,这兄妹几人走到今日,一定经历了无数不为外人所知的危崖时刻。

伊知用眼睛示意阿荣,阿荣跟着抬头一看,果然,善次郎一边舞动着身体,一边哭得直流鼻涕。

这个兄长,真让人拿他没办法。

阿荣徐徐站起身,学着阿泷的身姿,一只手伸到脸前,微微沉下腰身。

好几年没跳舞了吧,阿荣忽然想。上一次跳,还是离开夫家的那天晚上,已经遥远得如同隔世了。

二

这一天是文政十一年(1828)正月初二,时逢清晨。

阿荣坐在厨房火盆前,正在温酒。每年正月初二是新年开工头一天,来客络绎不绝,不是门人拜年,便是版元来访。

小兔从清晨便开始忙碌,没空坐下来休息。虽说忙碌,也只不过是把大晦日[1]准备好的菜肴装盘而已。烤鲷鱼,是从常去的鱼店里买的。煮黑豆,看样子也是买的现成品。

---

[1] 除夕。阴历每月最后一天是晦日,一年的最后一天称为大晦日。

小兔亲手做的各种菜肴滋味实在一般,伊达蛋卷一股焦煳气,大虾和煮芋头则口味太咸。

之所以老爹和我都不讲究吃,原因一定在母亲做的菜肴上。阿荣最近一直这么想。可是小兔根本不在意,经常兴致勃勃地炖一大锅萝卜干或羊栖菜什么的,分送给邻居品尝。

而且一进入十二月,她就故作忙碌,还不嫌麻烦地拎着饭勺到工房找老爹诉苦:"阿荣不帮我干活。"

"阿荣自有工作。准备年货的事如果你一个人忙不过来,买就好了嘛!现在想买什么,街上都有。"

听老爹说得这么轻松,小兔火气更大了。

"工作工作,阿荣可是你女儿,她如果连饭都不会做,女婿能上门才怪!"

小兔好像已经不指望阿荣再嫁,不知从何时起改了主意,想找个上门女婿。

"还得有多少年,时宝才能长大成人?你算过没有?眼看着你就快七十了,到了这个岁数,什么时候倒下都不奇怪,你得考虑好后事。不然一直这么下去的话,你什么时候才能退休?"

小兔终于说出了心里话。她早就盘算好了,让阿荣招个上门女婿,老爹退休隐居,和自己去安享晚年。

老爹一听退休隐居,立刻横眉立目起来。

"我早就说了,我不会归隐!我想画的东西还多得是！"

老爹平时什么都听小兔的，和小兔说话，从来都心平气和，没放过大声。没想到小兔一提退休，老爹就神情陡变，怒发冲冠，变成了打鬼驱邪的钟馗。

小兔本应心知肚明老爹的态度，但她忍不住，逐年越来越絮絮叨叨。有次老爹实在听不下去，活儿干到一半，就撂下笔出门了，徒弟们只能暗自叹息。

盛满热水的平底锅里温着三壶酒，阿荣掐住瓶颈拎出一壶，稍微倒出一点，试试口感。阿荣喜欢冷酒，趁酒还没变温热，赶紧从每壶里都倒出来一点。老爹不喝酒，正月里必喝的屠苏酒也只是在嘴唇上沾一下而已，就算现在每壶里都少了一些，他也不会留意吧。

阿荣不动声色地观察着小兔，小兔正往大盘中盛炖菜，似乎没看见阿荣正在偷酒喝。

盛个菜花了这么长时间，难道过去一直是这样？阿荣想着，却又发现，不知怎的，小兔弯腰驼背得很厉害。

昨日小兔尝着杂煮的滋味，说过一句"一转眼啊，我今年都五十八了"。

小兔和父亲相差十一岁？阿荣在心里暗算，六十九岁和五十八岁的夫妇，确如小兔所言，此时应该休业隐退，外出游山玩水，泡温泉看戏，春看樱花秋赏月，安享晚年。然而现在的小兔连江户城也没走出一步，天天忙着照顾时太郎。

"唔，这菜怎么摆都不鲜亮。"

小兔用长筷夹起一块胡萝卜，歪头打量，在大盘四处摆放，试看效果，嘴里嘟囔着"正月真是忙不过来啊"。

"妈，红色的最后再点缀，先放深颜色的魔芋和藕。"

"那你来盛嘛。"

小兔把长筷杵给阿荣，阿荣只好离开火盆，坐到小兔身旁。这装盘真难看啊，芋头被拨弄得太久，上面戳着一个个筷子眼儿。阿荣按着颜色和形状重新摆了一遍，菜立刻有了模样。

"阿荣，只要你有心，肯定能做好饭。你从小就手巧。"

小兔换招，改奉承了，阿荣可不吃这套。

"我会摆盘，因为和画画是同一个道理。做饭该放多少酱油和盐，那我可搞不定。"

"那是因为你不做。"

阿荣在心里回嘴，要是有做饭的闲工夫我宁愿拿笔画画。她和小兔的这种对话，这些年来重复了无数次，懒得再多说。

"嗯？时宝呢？"

阿荣想换个话题，故作惊讶地在厨房里四处搜索。

"在外面玩呢。他最近好像在附近找到了玩伴，那些孩子比他大几岁，对他还不错，省了我好多事。"

阿荣知道他在外面玩，但有了玩伴还是头一回听说。

"那就好。他最近没再缠着你要知更鸟?"

"知更鸟?大正月的,别跟我提这种烦心事。唉,真是的。"

"是我不好。"阿荣说出知更鸟后,自己也马上后悔了。

那是前年初夏的事,时太郎故意放跑了五助特别疼爱的金丝雀。

阿荣怒火冲天地从工房一路狂奔回家,攥住时太郎想问个究竟。

"你知道自己干了什么好事吗?!"

时太郎恶狠狠地反瞪阿荣,正缝衣服的小兔闻声过来训斥阿荣:"等等,这是干吗呢?上来就这么凶。"时太郎趁势躲到了小兔身后。

"外婆!"

时太郎发出撒娇的甜声,小兔顿时没了脾气:"唉,你看你姨,一脸凶相。"

"外婆待会儿就带你去买知更鸟,你等会儿啊,等我缝好衣服。"小兔哄着时太郎。

"妈,买知更鸟是怎么回事?"

"你凶什么,就是那个,五助不是不小心把金丝雀放跑了嘛,我也没办法,干脆买只知更鸟在家里养得了。"

"不是五助,是时宝!是时太郎故意把鸟放跑了。"

"这怎么可能呢?"

小兔笑着不当回事,时太郎更是全身黏在小兔身上不松开,只露出一双眼睛。

"不光是五助这么说,别人也看见了。"

小兔惊讶了一声,回头去看背后的时太郎,时太郎趁势一拳捅在小兔后背,想侧身跑开。小兔坐在那里被捅得向前伏倒,未等时太郎跑出门口,阿荣已经从后面一把攥住他的手腕,把他从门口拖回土间地上。时太郎坐了个屁股墩儿,干脆双腿用力撑在地上,任阿荣怎么拽,也不动地方。

"你给我站起来!去给五助赔礼道歉,不然的话,看我怎么收拾你!"

"外婆!"

时太郎高声叫着小兔,就像再也忍不住了似的,哇的大哭出声。小兔跪坐在门框上,不知如何是好。

"阿荣,别对孩子胡来。"

"妈!你知道这孩子刚才对你做了什么吗?他从后面使劲推了你一把,拿你当盾牌了。"

"不会的,那怎么可能呢,就是膝盖碰了一下而已。都怪你吓唬他,把他吓着了。好了好了,就一只鸟儿,没什么大不了的。"

"你怎么能这么说。这孩子随随便便抢了别人的心爱之物,还不当回事。不能就这么完了,时太郎,你给我站起来!"

阿荣坚持要让时太郎去给五助道歉,小兔阻拦着不让,时太郎见状,更是故意放声号啕起来。

"现在你就饶了他吧,以后我再好好教育他,一定让他去给五助道歉……"

话没说完,小兔抬起头,后面的话没了声音。只见老爹站在门口,双手叉腰,横眉立目,身后站着一个低头不语的五助。

"这种事没什么以后,时太郎,现在就过来给五助道歉!"

即便如此,时太郎依然像小婴儿一样左右摇头,大哭不止。

"混蛋!站起来!"

见老爹大声怒骂,小兔连忙赶过去紧紧抱住时太郎。

"连你也这么对时宝!你先消消气。"

"不行!除非他给五助赔不是,我绝饶不了他。"

老爹抱着胳膊,在门口坐下来。阿荣揽着五助的肩膀,俯视着小兔和时太郎。

足足耗了一个时辰,时太郎才一脸不情愿地向五助道了歉。这期间门扉大敞,引得邻居路过时纷纷张望,好奇里面发生了什么事。

自那以后,时太郎再没去过工房,在家偶然和阿荣照面，也绝不开口打招呼。阿荣觉得，时太郎狠狠挨了老爹一顿骂是他自找，既然他挨过老爹训斥，也向五助道了歉，这事就算过去了。就如小兔所说，时太郎还是个孩子，而且是亡姐的遗孤，自己不可能永远不待见他。

但无论阿荣怎么挑头儿找时太郎说话，那孩子都一副臭脸，顶多点头或摇头，什么话都递不进去，阿荣也毫无办法。

"菜盛好了，就这样吧。"

阿荣摆好盘，才想起来那边还温着酒。

"糟了，酒都煮开了。"

小兔不在意，只坐着不动，用手揉着肩膀："煮开就煮开吧。"

阿荣走到火盆前，试着摸了一下酒壶，热得烫手，根本拿不起来。垫一块打湿的手巾，才勉强拿起放到木盘上。

"这怎么拿得出手啊！"

"阿荣，不能扔，煮开的酒可以拿来做菜。"

"好好，那正好分出一点来，我以后用它调颜色。"

"你用酒调颜色？"

"唔，想要颜色出光泽，就得用酒。"

"真的吗？你不会一边画一边喝吧。"

阿荣从橱柜里拿出酒壶，重新倒满，放进盛满热水的锅里。做饭得在旁边守着，耐心等候，所以阿荣讨厌炊事。给她一个捣钵，让她去捣碎岩绘具，再加水搅拌的话，她一点都不觉得费劲，可如果递给她一个捣钵，让她去磨碎芝麻，她立刻就会不耐烦。

小兔终于忙完了，解下袖带，端起温吞茶水喝了一口。

"阿善每年正月初二都会来，今天都这个时间了，还不见他人影。"

"他会来的。"

"哎，阿荣，你说，善次郎会不会上我们家门？"

"不是说过了吗，他会来的。妈你不用费心等他，上楼躺着歇一会儿吧，你脸色不好，显得特别疲惫。"

虽然酒可能尚未温好，阿荣还是把酒壶从锅中拿出来，放到了餐盘上。端着餐盘膝盖点地站起身，又伸出左手："把那个盘子递给我。"

小兔递过大盘，嘴里却说："我说的不是拜年。一次端这么多，哪有你这么偷懒的，小心别弄翻了。所以啊，善次郎能不能来我们家当上门女婿？"

阿荣险些弄翻手里的盘子。

"看，我说对了吧，不能偷懒。"

"怪我吗？你猛地来这么一句不着边际的话。"

"你和阿善，到底能不能成？"

小兔一只手伸过来扶住大盘，眼睛水汪汪地看着阿荣。

"成不了。"

"让你爹去说,好不好?你早晚要继承工房,对阿善来说,这是门好亲事。"

"妈你别说了,连我都替阿善难受。要是老爹亲自去说,阿善想拒绝也不好开口。"

"他怎么会拒绝呢,不会吧。要不然我去说?"

小兔嘟起下嘴唇,兀自拿定主意。

"阿善要是能来我们家,我心里也能卸掉一块大石头。你看时太郎和他那么亲,干脆你俩认时宝当养子吧。"

"妈,你算盘都快打上天了!你别自作主张,谋划我的事好不好?!"

"你看,我一说你就急,小点声,里面的人都听见了!"

小兔总是这样,一看局势不利就马上自己断掉话题,反过来督促阿荣"别那么心急火燎的"。

阿荣一肚子闷气,站直,调整好餐盘和菜碟。

为什么总是这样,说着说着话题就跑偏,生出龃龉,阿荣自己也觉得难为情。平时她总是工作优先,没时间陪母亲说话,说到照看时太郎,看样子母亲身体已经有点跟不上了。所以阿荣暗自下了决心,至少过年这几天她要多孝敬,就算小兔说了她不爱听的话,她也想好了,坚决不去争执。

没想到,现在又回到了老样子。

这么想着,阿荣刚走出板间,就迎面撞上了善次郎。只见他站在门口,抬起一只手向这边打招呼,"嘿"。

"啊,你早来了?"

"啊,嗯,刚来。刚给老爹拜完年。哎,把那个给我,盘子盘子。好烫!怎么这么重!你居然一只手端。干我们这行,手可是本钱,不能乱用。"

善次郎端走阿荣左手上的炖菜大盘,嘴里说个不停,都是些没头没脑的废话。"西村屋的老板也来了。"他嘴里说着版元的名字,拉开六帖间[1]的障子门。

阿荣把视线从他后背移开,仰望天花板。

毫无疑问,他听见了刚才的对话,啊啊,不知道被他听去了多少。

无论多少,都糟透了。这一年正月刚开始,就糟透了。

阿荣慢吞吞地端送着酒壶,心情越发郁闷起来。

三

撤掉空餐盘,阿荣走到二层的四帖间去找围巾。

奇怪啊,昨天刚围过,今天就找不到了。

徒弟们都已各自回家,只有五助留在工房后面的长

---

[1] 六个榻榻米大的房间。

屋里一个人过年,阿荣不放心他,昨天刚去看过。去年,五助的母亲去世了。五助和母亲两人相依为命,他母亲原本是品川驿站的饭盛女[1],被拉货的马踢中了要害。

好不容易找到围巾,她匆匆围好,走下楼梯,窥探了一下厨房,向正坐在火盆前抽着烟管的小兔打招呼。

"我出去一下。"

"出去?去哪里?"

"工房。赶一个底稿,美人画的肉笔画,马上就到工期了。"

"你怎么不早说?那客人怎么办?"

小兔不擅长招待客人,尤其最近几年,她一直躲在厨房里,把出头露面的事都交给了阿荣。

"有善次郎呢,他会招呼客人的。"

小兔又连忙说了句什么,阿荣没管,逃跑一样跑出门外。明知小兔不可能一路跟过来,她依然一路小跑到了工房。

工房里寒意刺骨,比室外还要冷,外面好歹还有充足的阳光。

阿荣脱下木屐,走进板间,寒气从脚底侵袭上身,冻得她浑身发抖。阿荣耸肩缩颈,暗想早知如此,就该把火种带来。房间里应该有老爹的棉袍,她从坐垫底下

---

[1] 私娼的一种,原指旅宿女侍。

使劲拽出棉袍,刚想伸胳膊进去,手不由得停在了半空。

她看见平日五助所坐的那个角落位置收拾得整整齐齐,于是放下了手。

昨天,就在这间冰冷的房间,她看见五助抱膝独自坐在那里。

"五助,去我家过年吧。老爹也让你过去呢。"

五助兀自坐在那里,一动不动,只在嘴上说:"不用了,姐你不用在意我。"

"这里太冷了,久待会染上风寒的。你好歹去我家吃碗杂煮,暖和一下呀。想待多久你随意,哪怕吃完就走呢。"

阿荣心细,担心五助不愿和时太郎照面。也难怪,前年五助丢了金丝雀小六,去年秋天又送走了母亲,而他刚刚十四岁。

即便如此,五助干起活来任劳任怨,从不叫苦。他还是小学徒,只能干洗笔或跑腿等杂务,只要手一空下来,就会认真观察老爹和师兄们怎么运笔描绘。阿荣画画的时候,也经常发现五助不知什么时候已坐在身边,像模像样地指点阿荣的画,"姐画的手指又细又长,特别好看"。

大徒弟弥助也不放心:"五助那家伙,是个要强的倔头。"

"你来吧,我把时太郎关到楼上,不让他下来。"

五助没动,依旧双手抱膝,叫了一声"姐"。

"我早就不记恨了。再说,小六从笼子里被放出来,自由地飞到天上,小六说不定特别高兴呢。没准儿,现在已经找到雌鸟,生出小雏鸟了。"

"这都是你自己想出来的?"阿荣吃惊之下,目不转睛地看着五助。

"马琴先生说了,被人喂养的鸟儿,出了笼子活不长久,不仅不会自己找食,还容易被猫和蛇或者乌鸦吃掉。所以马琴先生再三叮嘱老爹,说开合笼子门的时候一定要注意。"

五助说到此处停下,许久之后,才又接上"但是"。

"但是,说不定小六活下来了。不是生就是死,一半一半。所以姐,请你别为我担心了。我妈刚去不久,我现在还笑不出来,如果每个人对我都这么小心翼翼,那我就会想,我是不是得勉强装笑给你们看。我现在这样一个人,心里反倒轻松。"

说着,五助的嘴角微微上翘了少许。

"啊?我现在好像能笑了。"

五助有点难为情似的,用手指蹭蹭鼻子底下。

昨晚,阿荣对老爹一个人说了五助的事。

"啊,不是生就是死,一半一半,他这么说的吗?"

老爹反复说着这句话,闭上双眼,仿佛在回味。

阿荣回想着这些,手不由自主地叠好落在地上的棉袍，轻轻放到一边。她再次凝视五助的角落，从心底祈愿："五助，长大了要当一个厉害的绘师啊！"

绘画的世界非常残酷。有人就算人品不好，可画技一流。有的人一辈子善良忠厚，画画却不开窍。阿荣想，将来五助学画进这行，唯一能确定的，就是他不会变得庸俗而精致小气。这个孩子不会满足于技巧小聪明，不会去画那种糊弄人的俗画。

阿荣在自己的案几前坐下，明明房间里寒气令人抱肩哆嗦，但很奇妙，想着五助的事，身体也渐渐变得暖融融了。

是啊，五助这孩子，将来会有大出息的。不是大绘师，就是大笨蛋，一半一半。

"起！"阿荣嘴里喊声号子，动手磨墨。

咚踏踏踏，咚咚，咚踢踢踢，咚踏踏。

工房有铁规矩，必须先平心静气，才能坐到砚台前磨墨，像今天这样喜形于色地磨墨，阿荣还是头一回。平日在徒弟们面前可不能这样，阿荣干脆哼起歌来。

画底稿只是说给小兔听的借口，其实，是她想逃进工房里躲避一下。底稿即使拖到明天再开始也不耽误事。

稍微画一会儿就回家。回去坐到火盆边，抽着烟管和母亲聊聊家常。嗯，不对，应该带着时太郎去参拜神社。对，先去神社。

想好这些，阿荣的笔动起来了，她能感觉到身体里回荡着小鼓的节奏,三味线也响起来了。

手踊,对啊,我想画一张女艺者的手踊图。

阿荣闭上双眼,回想起祝贺小雪新婚宴会上阿泷的舞姿,左臂斜斜挥出,从手指到肘间都露在袖外。这么构思着,阿荣运起笔来。右手要收拢到耳朵后面,那腿部动作呢?

"阿荣!"

阿荣闻声回头,门口站着善次郎。

"快回家去!"

"太不巧了,我刚开始画。"

她这才发现,善次郎的背后已是一片苍茫暮色。她突然醒过神来,看看自己座位周围,不知不觉间,她已经画了这么多草稿,一张又一张,像纸牌一样散落得到处都是。

"老爹有点不对劲,像是中风了,身子颤得停不下来。"

"大过年的,少用这种不吉利的话哄我,我再画一会儿自然就回去了。"

"阿荣这不是开玩笑!老爹忽然拿不住筷子,口齿也不清楚了,右半个身子使不上劲儿。"

"我爹?你说的这不是我妈?"

小兔才经常倦怠使不上劲儿,老爹从未有过丝毫异常迹象。

"刚才西村屋老板派伙计去请医生了,应该马上就能请到。老爹叫你呢。哎!阿荣,挺住!"

"我知道,我没事。"

阿荣爬着出了板间,脚半天伸不进木屐里。

她从未想过自己会这么狼狈。双腿发软,就像踩在棉花上。善次郎一把抱住她,抵住她的右半身,伸手从背后搂住腰。

"跟着我,向前迈步!"

"嗯。"阿荣抬起头,一路踉跄。

第六章 柚子

柚子

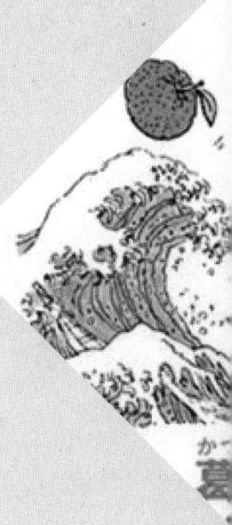

一

老爹在最里间的卧室里横躺着。

阿荣一进房间就看到了，老爹的脸以鼻梁为中心左右两边状况不一样，右眼和脸颊以及下巴的形状都歪斜了，口涎从嘴角不断涌出，淌下。右边半个身子，从肩膀到手臂，再到胸腹，乃至脚跟，都在不停地微颤。

"怎么会这样……"

目睹老爹的病状，阿荣双腿一软，虽然有善次郎在旁支撑，她还是软趴趴地坐倒了。

为什么，怎么会这样。

老爹自己好像也不知道发生了什么，他转动着左眼，看向阿荣，嘴角痉挛着，说不出话，只发出一阵唔唔低哼。阿荣感觉到老爹在叫自己的名字，她无力地爬到老爹身边，握住老爹的右手，感知着那停不下来的震颤。

阿荣浑身寒毛都炸起来了。

"老爹，我们还有上州名主下订的美人画没画呢，我刚打了个草稿，我想画手踊，想画手踊美人啊！"

情况如此危急，你在说些什么啊。她心里明白，嘴上却控制不住。

小兔偎依在老爹枕边，对阿荣，都不抬眼看。阿荣知道，这更是一种无言的责备。

身为女儿，真是薄情。

不，也许因为阿荣问心有愧，所以才自责薄情。明明不是什么紧急的活儿，非要在正月里离开家去画，自己不在的时候，父亲倒下了。

小兔紧紧握着一块布巾，专心致志地为老爹擦着口涎。

"老爹，要挺住啊，求求你了！"

阿荣再一次呼唤出声，却感觉到老爹右手冰凉，握在手中，就像握着冰柱。

"阿荣，让开，你挡住医生了。"

阿荣抬起头，看见眼角通红的小兔从对面恶狠狠地瞪过来。西村屋版元请的医生来了。阿荣往后跪远，与西村屋老板和善次郎一起，越过医生肩头注视着老爹的脸。

"这症状，是中风没错了。"

医生确诊说出病名，接着又说："也许是长年酒毒所致。"

善次郎听罢，探身说道："您说是酒毒？"

"没错，中风者不是肥胖，便是酗酒。此位病人并不肥胖，想来病因只有酗酒。今后断酒慢慢休养吧。"

"不对，老爹从年轻时就滴酒不沾。"

"哦？"

医生思忖片刻："病人是否嗜好甜食？"

"啊，是的。"

"中风病因不光是酗酒，日常饮食起居也会消减体内真气，先少食甜物，专心休养吧。"

"但是他平日比青年还健壮，几乎没见过他风寒躺倒过呀。"

"所谓无病无灾时，修身养性更能防患于未然。疾病大多来自生活习惯，此位病人已经高龄，想必是长年硬撑，劳累成疾。体内真气日益消减，不仅旁人难以察觉，就连病人自身也难自知。其结果因人而异，有人体内生出肿硬，有人中风身体麻痹。"

这位看上去性情温和的医生耐心讲完一通病理之后，拿出药匙来开药。

善次郎陪着阿荣，送医生出门。

"先生，这种震颤要到什么时候才能好？"

听到善次郎如此询问，医生慎重地缄默，也许他把

善次郎当作了病人亲属,所以片刻之后,他对着善次郎而不是阿荣开了口:

"很难说具体要花多长时间,只是,要让病人多多活动身体,哪怕病人辛苦不愿意。否则会越来越麻烦。"

"怎么个麻烦?"

"很遗憾,此疾一旦久病卧床不起,此处也会变得迟滞。"

医生说着,用食指抵住自己的太阳穴。

"心性变得像个幼童,忘掉所有人,什么事都不记得了。"

阿荣停下脚步,呆立在原地,久久挪不动身子。

——葛饰老爷子病倒了!

没几天时间,此事不仅传遍了江户,也传到了各地版元和绘师的耳朵里。每日从早到晚,慰问礼品或信件源源不断送到,访客川流不息。

阿荣其实不愿意让外人看到老爹半身不遂的样子,小兔也一样,故意拉长着脸,不给人好脸色。

但是有些不辞辛苦特意从远方赶来的客人,就无法冷落。而且,有些版元背后的金主在手下人的警卫陪同下也前来探望。要知道,多色多版印刷的浮世绘版画颇费工本,版元单独拿不出那么多本金,要结交高门大户来当金主。所以金主提出想"探望北斋",版元也无法婉拒。

阿荣懂得这些情理，所以会客客气气带着客人去寝室探望老爹，小兔则表情僵硬，躲着不见人。

"我还有左手呐！"

老爹冲着来客高高举起紧握画笔的左手，笑容灿烂。只有阿荣明白老爹话中真意。

"他老人家既然如此说了，您敬请放心吧。"

虽然有阿荣配合着老爹故作轻松地化解难堪场面，但在来客眼里，病床上的老爹就像暮年老犬在高声吠叫，众人无不是受到了内心冲击，避开视线，说一句"敬请安心养病"后便早早退散了。

那些真正和老爹交情甚笃的绘师、戏作者和川柳伙伴，都止步于门口，更有不少人默默放下慰问礼品便转身离开。每当阿荣看到，都会对他们悄悄低头行礼。

当着来客的面，老爹像是在故意虚张声势，示意自己没事，客人一走，他就扔掉画笔，久久呆滞不动，仿佛此前的威武声势已耗尽了他所有的力气。小兔煎好医生开的药端给老爹服用，老爹总是因为药汁从嘴角漏下来而心烦意乱。

"这都是因为什么？我造了什么孽才遭此报应？"

阿荣仿佛能听见老爹在如此哀叹。

而她自己，最初知道了老爹的右手不再听使唤，光这一点，就让她内心受到了巨大冲击。

绘师葛饰北斋,说不定从此就要从世上消失了。

阿荣从小在老爹的画环绕下长大,稍懂人事时,老爹就手把手教她怎么入门。对阿荣来说,老爹不光是父亲,更是师父,是工房的顶梁柱。

老爹如果久病下去,恐怕连我,连母亲都不认得了,还有比这更荒唐的事吗?

阿荣没有对小兔说起这些,她害怕一旦说出口,事情就会变成真的。再说小兔的性格脾气,她如果知道了,在老爹面前根本就遮掩不住。老爹已受了这么多痛苦,不能再雪上加霜。

阿荣想着老爹不能这么躺下去,得多多活动身体,她满心焦虑。但时间不够用,只和弥助商量工作日程就很费时,还得招呼来客,眨眼间一天就过去了。

到了一月末,再有客人探望,老爹也都紧闭着双眼,不再发出故作强势的低哼。医生开的药格外苦涩,极难入口,无奈之下只得另请医生,换了药方。

"这次的药里有甘草,来,张嘴,甜丝丝的哟。"

小兔用哄小孩的声调哄着老爹吃药,老爹也听话,乖乖吃下,迷迷糊糊地睡过去,醒过来先找小兔的身影。老爹要什么,小兔都满心欢喜地顺其心意。

"有没有憋着尿?不能勉强呀,憋着对身体不好。啊?什么?想尿?好,好,来吧!"

还没等老爹有表示，小兔就上手了。可能对老爹来说，这么做是最省心的，所以他根本不抵抗，任由小兔摆布。小兔更加干劲十足，把老爹照料得殷勤周到。老爹半个身子的细微颤抖倒是停下来了，这回，干脆变成了纹丝不动。

现在老爹很少召唤阿荣，所以阿荣有了去工房的时间。

工房里，老爹一贯的座位上现在空无人影，一片落寞。阿荣小错频出，不是调错颜色，就是画不直线条，或许因为睡眠不足，她拿着颜料碟站起身时都会感到一阵晕眩。

"姐，这里有我们撑着呢，你回去专心照看老爹吧。"

阿荣在弥助的力劝之下回到家，小兔片刻不离老爹身边，只给她下口头命令。

"去把马桶倒掉洗了。啊不行，先洗裆布吧，再不洗就没得换了，不要拖，今天就全洗干净。再有，去把药汁热上，不能太烫。顺便切点渍菜，放粥里的，切得越细越好，你干什么都粗剌剌的，要细致耐心地做。啊对了，等卖鱼的过来了，买点盐鲑，剩下的你看着办吧。"

"妈，时太郎呢？"

"正在外面玩吧？"

事到如今，小兔一心守护着病倒的丈夫，至于外孙怎样了，以及一家的生计之本——工房又如何，她都不放在心上。

现在的小兔神采奕奕，简直称得上容光焕发，充满生气。阿荣见状，却心下烦闷。

"差不多到时候了，老爹该练习拿笔了。"

只要阿荣在寝室一提此事，小兔立刻就杀气腾腾："你爹正在养病，你怎么能说出这么没良心的话？！你爹辛苦了一辈子，到了这个岁数，你还想让他起来干活？！"

"不是，我不是这个意思。"

小兔现在像照看婴儿一样看护老爹，这么下去，老爹会忘记自己是个绘师。这才是阿荣最害怕的，但她对小兔说不清。

"妈，爹拿画笔可不光是为了糊口。"

对老爹来说，没错，画画确实是为了生计，但又不仅如此。小兔一心认定退休隐居才是人一辈子最幸福的结局，阿荣不知道该说什么，才能让小兔理解。

小兔撩开老爹身上的搔卷[1]，翻起老爹身穿的单衣，让衣裾大剌剌地敞开着，刺鼻的粪尿臊臭飘来，阿荣不由得屏住呼吸。

"阿荣你自己看，你爹这身子骨瘦弱了这么多，哪里还有油水供你蹭？你爹长年劳累过度，连医生都这么说，

---

[1] 一种带袖子的棉被。

你怎么就忘了呢!"

但是如果老爹一直这么躺着不动,可能会变得痴呆。

话快到嘴边,阿荣又咽了回去。比起老爹木棍一样的难看身躯,他的沉默不语更令阿荣心痛。老爹微睁着一只眼,无力地仰望天花板,他一定听到了妻子和女儿的争执,但他连眼睛都不眨一下,只无声地仰卧在那里。

莫非是我想错了?真正不理解老爹的人是我?

阿荣看着眼前的病人,拿不定主意。

我不想失去绘师身份的父亲,莫非这是我的私欲?莫非只有我一个人,不肯舍弃老爹作为北斋为一的那一面,莫非是我太过贪恋?

就这样,阿荣心中纠结着,早晨为父亲擦拭过身体,清洗完衣物后,离开家去工房干自己的那份工作。午后未时,再回到家中收回晾晒的衣物,叠好,为照顾老爹的小兔打下手。

她正月里打过草稿的手踊图没有时间接着画,下订的货主宽容大度,"养病最重要",放宽了工期。看来,这位和其他货主一样,并不知道画是阿荣的代笔。徒弟替师傅作画并不稀奇,不止北斋工房如此。老爹只要在一幅画上落款自己的画号,自然不会在交货时特意交代"这是徒弟代笔"。货主之所以愿意为一幅肉笔画支付重金,也是因为画上有北斋的大名。

如果老爹从此卧床不起,最终工房也会日暮途穷。

弥助和阿荣两人支撑不起老爹创下的画业。不用说，版元和金主，乃至追捧老爹的众多收藏家，也会渐渐人心离散。

阿荣心里都明白，但依旧默默地听从着小兔的指挥。

温水和药汁容易从嘴角洒出来，就先用葛粉勾个芡。小兔见状，高兴得像是阿荣终于和她一条心了，做出了她想做却没做的事。小兔兴奋地对老爹高声说："你看，这是阿荣做的，这心思，多么周到！喝起来容易多了吧？真好呀。"

老爹右脸依旧松弛无力，只收紧了左脸，看不出老爹有多么高兴，倒是小兔兴高采烈地代言了老爹的心情。若是阿荣没找到空当去工房，一天都在家里，小兔更是心情愉悦。

"外面好天气，我说，我们晒晒被子吧。"

想得虽好，实际做起来没那么简单。老爹身体原本就高大，重如一盘石磨，阿荣和小兔一起用力也搬不动他，两人马上就累得气喘吁吁，腰酸背痛。

"时太郎，你在不在？过来帮把手。"

阿荣支撑着老爹的身体，大声召唤时太郎。可是时太郎总是指望不上，他不是假装没听见径直跑出门外，就是借口出门买东西。在外面一晃就是一整天，而且半路上必定弄丢找剩的零钱。

阿荣知道必须得好好教育一下时太郎，但能看到他

老妓抄

冈本加乃子 [日]

蕾克 / 译

日本文学知名冈本加乃子经典名作集首次倾囊译本十月上市
文学奇女冈本加乃子经典之作集结 川端激赏成盛宴！
《雏妓》《蜻蜓》国内首次收录
她的笔刻出"生"之执念
年龄、地位、恋爱……统统让一边去！

一叶轻舟
只用
沉入一片海，

葉文庫

試し読み 试读

浑沌未分（节选）

小初解开松系在肩头两侧助的绳组，脱下通风舒展的大檐式青海流泳衣，露出紧贴身体的黑色泳衣。衣下的身体紧实有力，此时的小初就像一个精心雕琢出来的象牙人像，完美而非人，鲜活者才有的虚静之美。她轻巧地走到跳板边缘，双足立定，双臂向前平伸，拱直胸膛数番呼吸。左手指尖的前方，是坠落的夕阳披风般走了一天的无奈，只剩一轮淡桃色空虚的圆。

芦苇荡姿作响，东一块西一块露出被风吹倒的芦苇根部，无声地涨潮时荡起的无数泡沫、浪潮之后滑留在芦苇根部，无声地荡漾着。

青海流泳法的翠鸟入水式，调整好姿势，全部动作有三，听到号令一，起跳；听到二，双手后摆，就马上变了主意。

今后站到跳板最前端，准备起跳入水。

小初沉默地刚摆出一的姿势，调整好姿势，双臂前伸，双手后摆；

她姿态敏捷而满溢，刚才雕刻般的身体，现在生出浓尖妖艳光华，鼓荡着水中鱼影，犹如站立岸边木桩上翠鸟，洞察着周自然风景中唯一的人工非自然，鲜活而魅惑，撩动人心。只听她喊着"三"纵身跃起，仿佛一种无形之力托着她轻盈上浮，回旋着转入落势，双腿如桨加后伸，双臂笔直向前，身体反折出优美弧度破水而入，几乎没有发出任何声音。

贝原看着一整套动作，不停地眨眼，恍若被光亮眩晕刻，又情不自禁地赞叹 "太美了"。他热切地注视着碎至的水面。

小初一心想重返青都中心，她轻蔑了十多岁初老男子的梦幻初恋，所寄希望于贝原这个五十多岁初老男子的财力和处世手段，所

如果说那是枕垫，
那便无处不在的枕垫；
如果说那是羽绒，
那便全部都是羽绒
但溶化在水中的
是自由
是更美好的东西——爱
怎么蹦跳也不会开裂的
指甲裂了，也抚摸不破的爱
所以海豚微合起眼睛
一生，永不上岸

据说这是一段希腊拟古诗歌的翻译。父亲老庄思想中找到类似之意，他告诉小初，这叫作"浑沌未分之境"。

*

今天是青海流泳场举行远程游泳大会的日子。
众人从扇形开阔的河口，进入了广漠无边的水域，渐渐分不清自己究竟在前进，还是在后退，只是在无限之中挥动着手脚，兴奋而忘我。最

开始，她看见薰不时游到她身边，心头还会一阵欢悦移动，又听到贝原呼唤她的声音。薰和贝原交替着出现，让她烦恼。掺杂着反感的兴奋渐渐消耗了她的体力，这时她再看薰的身体，只觉得通道，觉得他是压力。贝原的高声更让她厌倦。小初拼命向前游去，无心顾及身后的学生，任他们去吧！游着游着，小初心头涌上一阵豪迈之气。扔掉那些小气顾虑的生活算计，回归到初生天然的赤子心吧。如果前方是命运，那就用尽力气，游迈命运这深根。如果前方是活着的不得已，那就直面起因，孤军匹马，一决胜负。别做算计，别做计，压上一切，扔出手中的骰子，找回打不死的重生中的所有不值得得可惜，扔了吧。远远地，无所畏惧地扔开。

浑沌未分……
浑沌未分……

小初孤勇想要闯进的世界，是一个浑沌未分的世界，荒茅无根，浊浪翻涌。

"我要游到浑沌不动为止……你们都别跟过来！"
这句话小初没有说出口，她从浪尖缝隙里展高抬起头，看到两个男人正跟随她而来。薰默默地伸展着手臂，大力划着水，贝原一边拼了死动儿向前游，一边对着小初老师，一边高喊：
"傻子！你要疯了！小初……小初老师……混蛋……"
"混蛋！你要去哪儿？小初……"

风雨交加的大海正中，小初身后已经着两个男人的身影了。灰色恍惚中，她眼泪泪潸涌，抢回了胳膊划开水面，向着无边无际的浑沌，又反顾地游去。

昭和十一年九月

正脸的时候，阿荣总是手里有活计。等她稍微缓过来一点，已经错过了时机，时太郎早已躲进了二楼。

"这孩子，已经十一岁了，怎么就不懂事呢？照顾外公这种事，还得人一次一次说给他听。"

阿荣忍不住发牢骚，小兔这会儿倒不以为然，故作大方。

"算啦，随他去吧。"

"妈，这么下去，对时宝并没有好处。"

"等时宝再大一点，就得出门去别人家学徒干活，看别人家眼色。到了那时候，他就算忍不下去，也得咬紧牙关。也只有现在了。他想干什么，就随他去吧。"

老爹原本打算等时太郎长大一些，就送到哪个版元或者租书店里，吃住在那里，为人家当学徒。这个阿荣也知道。今年正月，老爹刚问过西村屋老板，"可否把我家外孙拜托给您"，西村屋老板如何作答，阿荣并不清楚，但她没有力气和心情去与小兔争执。

一说到时太郎，阿荣就一肚子怒气。为此她自己也烦恼，所以干脆不去理会，只和小兔一样，每日一心一意地照看老爹。

然而，老爹丝毫不见好转，就连善次郎来看望，他也半张着嘴打着鼾，双眼紧闭。

善次郎把阿荣叫到门口，小声问她："不要紧吧？老爹看上去情况并没有好转，中风后只有多多活动，身子才能恢复,要不要我来帮忙?"

"我提了好几次,我妈不同意,说不能硬来。老爹自己也好像不做任何指望了,天天就那么睡着。"

"画笔呢?画笔还是想拿的吧?"

阿荣深深叹一口气,摇了摇头。

老爹已经不见了原形。原本俏皮诙谐的口舌,如今成了涎水汪洋。过去令徒弟胆战心惊的锐利眼眸,现在蕴含着浊泪。还有那灵动的右手,现在岂止不再握笔,只那么软弱无力地翻出手心,横在榻上,仿佛死章鱼的触手。

善次郎抱紧双肩,长叹一声。

"你甘心吗?你能视而不见,就让葛饰北斋这么离开吗?你放得下吗?"

"我怎么可能甘心呢?但是,每次看着我父母那样子,就一头乱绪理不清。"

阿荣再也说不下去,慢慢从善次郎身上移开了视线。

二

二月仲春,余寒尚在。

午后,不知哪里盛开的梅花将一阵香气送进家里,在强烈的花香对比下,寝室里的臭味越发浓重刺鼻起来。阿荣拉开障子,让清风驱赶臭气,但药汤味、粪尿臊臭以及一股不由人的年老衰败的气息，早已渗进了房间墙壁和榻榻米里。

"有人吗？"

听到访客声，阿荣从洗衣盆里拔出双手，小兔正在厨房火钵前温药，明明离门口最近，反而催促阿荣"有客人来了"。

"最近好不容易探病的客人少下来了，今天这是谁呀？"讨厌见客的小兔面露愠色。

"对了，我得去浴堂。哦，带时宝一起去。不对，得先去买点东西，棉布快不够用了。"

"妈，棉布不是刚买了吗，寝室里堆着那么多呢。"

"哦，是吗？我还得去买点别的。时宝，去浴堂了！你在哪儿呢，时宝！"

小兔大声呼唤，外面来客一定听得清清楚楚，她根本不在乎。

时太郎照旧在躲避阿荣。最近他开始变声了，连小兔也不怎么理，个头忽然长高，嘴边寒毛变得浓重，仿佛生了一层薄苔。小兔拽着他手腕，才把一脸不情愿的时太郎从二层的四帖半小屋里拉出来。两人一起出了后门。

阿荣甩掉手上的水滴，解下袖带向门口走去。

来客是一位带着男仆的六十余岁的老人，身穿羽织袴，佩戴着胁差短刀，面貌清癯，更显出四方下颌和貌似因不胜其烦而紧皱的眉头。

阿荣觉得来客眼熟,却想不起来在哪里见过。昨夜也一样,她好几次被小兔叫去,直到凌晨才入睡,现在身体内和脑子里笼罩着朦胧雾霭,想什么都很吃力。

阿荣在门口跪坐下来,来客这才抬起薄薄的眼睑,瞟过来一眼。

"我叫泷泽,来客渐少你们终得喘息之际我却上门打搅实在过意不去,只因我路过此处想顺便拜访,请问葛饰老翁现在可方便?"

"泷泽,先生?"

"听说你们放跑了我的鸟儿。真是的!那么漂亮的金丝雀世上少有。北斋工房的人干什么都粗手大脚,轻率至极。"

啊,这位老人是马琴先生。

阿荣想到这里,忽然一下子清醒了。

这位江户最顶尖的戏作者,泷泽马琴,戏号曲亭,素以性格傲慢狷介闻名。而且他格外看不起绘师,众人皆知他与老爹水火不相容。此人平日厌见生客,更厌倦出门,可谓深居简出。

然而此时,他却来探望老爹了。

"承蒙您在百忙之中光临寒舍,不胜感激……"

阿荣结结巴巴地致谢,却见马琴干脆利落地摇了摇头。

"路过。路过而已。我来附近办事顺路去了工房,听说北斋这个老不死的侥幸逃生,好奇之下我想来看看。"

听他这么轻描淡写的一说,看来他已去过工房。

弥助真倒霉,他肯定对付不了这个人,不定出了多少冷汗。

阿荣一瞬间有点犹豫。

带他去探望老爹真的好吗?

老爹最近不仅右半身不遂,连左半身也变得虚弱无力,睡觉翻身都需要别人帮忙。他倒是不对小兔和阿荣闹脾气,因为一天大半时间都在沉沉入睡。阿荣已经放弃了,渐渐习惯了寝室里的样子,觉得就这样吧。

但这位,是老爹昔日的吵架对手,在他眼中,现在的老爹会是什么情形呢?

马琴死盯着屋内,额头上几度暴起蚯蚓般的青筋。就这样把他赶走吗?阿荣下不去手。

阿荣心里还在踌躇,头却点了点,"请进吧",为马琴拉开了障子。

马琴一跨进寝室,就倒吸一口气,忍不住出了声。

老爹横躺在褥子上,左眼睁着,精光四射。他一定听见了门口的对话,此时抬起眼皮盯住马琴,慢慢歪曲嘴角,低吼着呼唤阿荣。

老爹好久没有发出这么大声音了。此时他嗓子眼里似乎有痰,虽然声音嘶哑又含混,依旧说着什么,拼命地想抬起头。

"要坐起来？"

阿荣走到身边扶起老爹，老爹的身体因为全身使不上劲儿而沉重无比，好容易让他靠坐在墙上，但他病身难以坐直，以至于上半身斜斜向前倾倒着。阿荣推着老爹屁股，给他调整坐姿，把两条腿摆成弯钩形放好，然后坐到右侧，用自己的身体支撑住他。老爹身上的单衣敞开着，裸露出的胸腹越发显得干瘦，腰带不知何时松散开了，衣襟歪歪扭扭，无从下手整理。

马琴在距离被褥一个榻榻米远的位置上坐下，沉默不语地看着眼前这一通忙活。片刻之后，脸上泛起嘲笑。

"看你那德性。"

语气中满是嫌弃。

"葛饰北斋，躺在这么个垃圾堆里，神志恍惚。就这身子骨，怕是拿不起画笔了吧。"

被褥周围放着木盆，堆积着棉布和换洗衣物，却没有一张纸，一支笔。小兔坚决不允许把纸笔带进寝室。

马琴猛地瞪大了眼睛，狠狠盯视着老爹。

"没想到你往日的绘师风姿今日已如草木般干枯殆尽，此事于我，没有半分痛痒。就算你再负盛名，也不过一匹浮世绘师而已，如今被浮世之波席卷，做起了隐退安度晚年的市井俗人梦，此事于我，也毫无关联。人无法选择如何出生，却能选择怎么去死。你想抛下奢望，舍弃欲求，寻个世人都羡慕的安稳死法，也随你便。"说到这里马琴停下了，接着又提高声调，"但是！"

"如此安稳死法，我看不上。正因有此觉悟，我才削落武籍甘为低贱写书之人，养家糊口至今。即使我的右手废掉，不，哪怕双目皆盲，我也绝不会放弃写书写戏。因为，我还什么都没有写出来。因为，我从未有过一次，能把自己的所思所想顺顺当当地写到纸上。想必你也一样。至今为止，你画过的那些，与儿戏也相差无几，难道你已知足？现在，难道不正是你北斋发挥真本事的时候吗？你想画的东西，想挑战的东西，难道不是堆积如山，数不胜数的吗？！"

马琴哪里是探望病人，分明是在侮辱谴责。

"老师，我求求您，不要再说了。"

阿荣支撑着老爹身体，向马琴低下头去。

"求求您了。"

马琴见状，猛地站起身来，愤愤地丢下一句："葛饰北斋，你要休养到何时？！"

阿荣咬紧后槽牙，仰头看着这个远比老爹矮小的戏作者。她满心委屈和悔恨，不该把马琴带进寝室。

不管他是多了不起的戏作者，如此冷酷，也太过分了。

马琴说罢转过身，亮出后背，掸了掸衣裾上的灰，没再回头看老爹，径直拉开障子走了出去。阿荣跟上去，简直想冲那个后背撒一把盐，驱一驱晦气。

男仆正在门口土间里等候，马琴从他手里接过一个东西递给阿荣，是一只蒙着茶巾的篮子。

马琴睁大小眼睛，盯视着阿荣。今日至此，两人这才第一次对上视线。

"你就是阿荣？"

"是我。"

"我听绘师英泉说起过你。你也能画画？"

阿荣知道善次郎在给马琴的《南总里见八犬传》画插图，但据说两人之间经由版元传话，并未直接见过面。

哦，原来是这么回事。

"我们家的事，莫非是英泉告诉您的？"

马琴微微点头。

善次郎你个王八蛋。跟谁说不好，偏偏告诉了这个马琴。

饶不了你。

马琴用下巴指指篮子。

"敝宅树上结的柚子。虽早已过了时鲜旺季，亦可拿来切碎加酒慢煮。小心不要煮焦，煮到状如糖稀，从火上取下，用热水冲兑，让病人喝下即可。"

阿荣摸不着头脑，只能鹦鹉学舌。

"柚子加酒，一起煮？"

"既然拿来做中风药，酒要选择佳酿。一个柚子搭配一合酒[1]。别担心，放在火上慢煮，酒毒自会随热散掉。即使不加砂糖，柚子和酒也能煮出甘甜滋味，口感甚佳。另外，万万不能用铁刀和铁锅，切柚子丝要用竹片，炖煮只能用砂锅。"

马琴飞快地一口气说完，便挺胸抬头走出了门。

从头到尾，态度傲慢。

正如传闻中所说，他真是个吝啬鬼。明明是戏作者中最能赚钱的一个，探望病人的慰问之礼却是自家院子采来的过季黄果，以为自己是医生呐，装模作样地交代怎么煎药。

这人，根本没想过病人家属有多辛苦，阿荣越想越气。她可没有时间去切什么柚子丝，小兔想必也嫌麻烦。这一篮子，最后会发霉长毛吧。

阿荣满腹恶气，把沉重的篮子搬进厨房，返身回到寝室。

一拉开障子，阿荣就惊讶地叫出声来。老爹仰天躺在地上，正发出吓人的呻吟。

"怎么了？哪里疼？还是想尿？"

"扶我起来……"

老爹左肘撑在褥子上，扭曲着后背，努力想跪起身来。

---

[1] 约180毫升。

"爹你看你这样子,你站不起来。会栽跟头的,就像乌龟那样。"

老爹喘着粗气,依旧拖着不听使唤的半边身子试图站起来。阿荣伸出两手帮忙,才扶直老爹后背。

"别费劲乱来,要是弄断了骨头,麻烦就大了。"

"阿荣。"

"嗯?干吗?"

"我休养够了,已经烦了。"

虽然口齿不清,老爹还是把话说出来了。

老爹开始练习活动身体了。

柚子煮成的中风药每日两次,按时服用,也许此药起了作用?即使是旁人也能感受到老爹在渐渐恢复体力。最开始是展开右手再握拳,慢慢变成每根手指弯曲后再伸直的反复练习。尽管还握不住笔,老爹将画笔放在枕边,须臾不离。

阿荣把这些告诉工房弟子,众人一起高声欢呼起来。欢声中阿荣不禁低下头去,这段日子徒弟们跟着担了多少惊,受了多少怕啊。

"给大家添麻烦啦。"

"姐,我也想帮老爹锻炼身体。我早晨早点起来,陪老爹练习走路,哪怕一步也行呢。"

一听五助这么说,众人也争相响应,当场排定了轮班顺序。

但小兔根本不让别人碰老爹。
"不用,有我呢。"
挥挥手,赶走了徒弟们。
而阿荣一直在用竹片切柚子,指甲都染黄了。到了二月末,柚子酒吃得见了底,接下来怎么办,正打算找蔬果店老板商量,马琴又给送来一批。

就算里面水分干了,果皮软塌塌的,也令人感激。看样子老爹彻底相信只要坚持吃这个,身体就一定能恢复。

"阿荣,我们回来了。"
听见小兔叫她,阿荣起身到门口迎接。小兔一边用手背擦拭脖颈上的汗水,一边说"啊,好热"!
老爹左手拄着手杖,右半身靠在小兔身上,由小兔扶着肩,刚在家附近的街巷里练习了走路。
从服用柚子酒到现在才一个月,老爹恢复得如此之快,连医生都咂舌惊讶,甚至向阿荣求教柚子酒的详细配方。阿荣告诉医生,此乃马琴先生所创,没想到医生两眼放光,说自己本是《八犬传》书迷,还曾给版元寄过一篇字斟句酌的感想文。
小兔把老爹的手杖放在土间,一只脚踩上地板,阿荣也过来把肩膀交给老爹扶着借力,并支撑着老爹的屁股,帮他走上板间。

两人扶着老爹在房间里坐好,小兔心满意足地回望老爹。

"我们今天沿着隅田川散步了呢。是吧,她爹?"

"还,还吃了大福饼。好久没吃了,真,真香啊。"

"瞧你,不是说好了吗,这个不能告诉阿荣。"

"没,没办法嘛,我现在,嘴巴关不严。"

老爹盘腿坐在褥子上,右半边脸向上扬起露出笑容。小兔也一脸温柔,轻声笑起来。

听着和尚诵经的声音,阿荣跪坐在那里,握紧了手中的念珠。

来吊唁的访客依次走近,向老爹,再向阿荣说出吊唁慰问的话,老爹无言啜泣着,阿荣没有流泪,只茫然地低下头。

小兔在上个月,梅雨刚结束时骤然病倒,进入水无月[1]没几天便离开了人世。

连续十天不休不眠之后,某日清晨,阿荣去看病况,发现小兔呼吸已弱。唤一声"妈",小兔微微睁开眼睛,闭上双眼后,就像忘记了该怎么呼吸似的不动了,大张

---

1 日本旧历六月。

着嘴，脸和手一眨眼间泛上了土色。

临终前她轻轻吸了一口气，再没有呼出来。

老爹彷徨无助，只一直呼唤着小兔的名字。

小兔似乎早已察觉到了自己的结局，病倒前一天晚上，她对阿荣说："老爹就多多拜托你了。"

说这话的时候，她正吃着一碗浇了味噌汤的冷饭。不对，说这话的时候，她好像正嚼着一块腌萝卜。

小兔担心的，不是品行越来越坏的外孙，更不是三十几岁离婚回了娘家的女儿。只有丈夫，让她心中充满了牵挂。

老爹现在虽然还不能画画，但已经恢复到握紧笔不至于落下的程度，逐渐能拄着手杖和阿荣一起走去工房了，阿荣正为老爹的进步满心欢喜着……

而如今，频频浮现在阿荣心头的，却是清晨送老爹和阿荣出门时小兔的身影。

"路上小心啊。"

不知何时，她已经驼了背，塌下了肩膀。

那个时刻，母亲一定很寂寞。

总是不在家的丈夫和女儿，活在自己遥不可及的绘画世界里的丈夫和女儿如今终于安生待在家里了，可是病情稍有好转，她又将目送他们离去。

母亲苦心经营的小巢，他们又要忙碌到无心顾及。

啊，不对，只有我无心顾及。至少，我作为女儿，应该去理解母亲的心。除了我还有谁呢，但我没能做到。她的百般照顾，被我嫌弃，她的牢骚抱怨，被我厌烦。

回想一下，正月时母亲的身体状况就已经不太好了。

如果那时医生也给母亲诊断一下……如果母亲照料老爹时不那么殚精竭虑……

阿荣放不下，她心里反反复复地想着这些念头。

"姐姐。"

听到呼唤，回头一看，是弟弟崎十郎。他有酷似老爹的高鼻深目，身穿着裃[1]，更显得瘦高。

小兔是老爹的续弦，生下三个子女，小妹早夭，崎十郎是阿荣唯一的同胞弟弟。但崎十郎早早便过继给武士加濑家做养子，与阿荣来往甚少。

"啊，你来啦。"

小兔眼看快不行的时候，这边派人去给加濑家送信，可惜崎十郎正在执行公务，没能赶上见小兔最后一面。这本是没办法的事，无论世人如何看，老爹和阿荣不拘泥这些临终之礼。

送行之人聚集再多，启程去彼岸的，也只是孤单一人。何况崎十郎还是别人家的。

"理所应当的，我要来悼念自己的亲生母亲。"

---

[1] 一种正装礼服。

小时候温顺老实的崎十郎，如今言谈举止已变得像事业有成的大人般成熟。

"有劳你了。"

"姐姐不必道歉。"

崎十郎脸上露出困窘之色，他身后，年轻新妇异常郑重其事地重整身姿，跪好，双手在膝前触地。阿荣想起来了，这个女人好像叫弥生，是崎十郎的妻子。

"听闻令堂仙去，心甚憾矣，在此衷心致哀，万望长姊保重身体，切莫过于操劳。"

弥生根据礼法，穿了白无垢[1]，礼服映衬之下，更显得皮肤黝黑。阿荣默默还礼。弥生看上去贤淑，又出口成章，阿荣一时张口结舌，不知该怎么回话。

阿荣你白活了这把年纪，连这个都不会，真让世人笑话。

半空中仿佛传来小兔的声音，阿荣不由得仰起头，望向天花板。

夏日的灿烂阳光照亮了房间的每个角落，能看见纤尘在空中轻舞。光亮之中，一只小虫悠然飞起。

是虻。阿荣向右转过头去看老爹，老爹也在仰望。虻从喧杂人声中飞起，越飞越高，阿荣依稀听见了那纤薄羽翼发出的细微扑打声。

---

1 江户时代，白无垢一般是嫁给武士时穿着的新娘礼服。在当时，生育、葬礼等场合也会穿着。明治以后，受西方影响，丧服才逐渐由白色转为黑色。

三

阿荣大步走在隅田川岸边路上。

早晨忙着去版元那里交货，现在回家，顺路买了很多老爹喜欢的便宜茶叶和大福饼。

老爹可能是被中风折腾怕了，不再像以前那么贪吃，但依旧不甘心，央求阿荣顺路买好吃的，还给自己找好了理由，"我在吃中风药呢，不要紧的"。

不知他从哪里听来的，说是把叫作龙眼的南国果实用烧酒和砂糖渍起来，可做长寿之药。此药据说要在陶罐里浸渍六十日为佳，小兔去世未久时老爹让阿荣泡上，每日早晚各喝两盅，喝到现在快一个月了。

自从天天准时服用治中风的柚子酒和龙眼长寿药后，无论见到哪个来客，老爹都昂首挺胸，充满自信，"老子一时半会儿死不了"！

老爹中风躺倒的这半年，每一日都恍若徘徊在三途河的中央。如今的老爹就像后怕了似的，天天握着画笔不松开，以令人震惊的速度画着富士山和诸山瀑布图，这些图早晚会以锦绘的形式刻印出版，所以老爹经常在五助的陪同下去版元那里商量具体事宜。

出了小兔的七七之日，时太郎开始在西村屋学徒了，这让阿荣松了一口气。现在家里剩下阿荣和老爹两人，工作繁忙时，晚饭去饭摊上吃一碗荞麦面就能打发，不似过去还得操心家里有个时太郎在等着。何况无论阿荣说什么,时太郎根本听不进去。

"在别人店里吃苦做学徒,总能学会怎么做人吧。"

老爹也这么想,所以才低头去求了西村屋。时太郎去的时候,还不是新旧学徒更替的时节,阿荣甚是担心,怕他融不进去,怕他没几天就逃跑回家。然而现在已经九月了,时太郎的学徒生活似乎还在勉强维持。

这么多事情过去,阿荣终于心境平静下来了,她抬起头,仰望秋日的高远晴空。

芒草闪着银光,窸窣作响,让阿荣慢下脚步,不着急回家。她走下黑红色的地榆和青蓝色桔梗花盛开摇曳着的堤岸,在河边坐下来,将手中的包袱紧紧抱在怀里,凝视起波光粼粼的水面来。一旁,白鹭迈开伶仃长腿,啄食着水中的小鱼。

一个人这么坐着,阿荣不禁心潮起伏。现在终于可以痛快哭一场了吧,她想。葬礼上,出殡时,她都忍着没哭。也因为太多来客需要招呼,她没时间哭。

妈……

她试着小声叫了一声。说来也真不可思议,眼中并没有涌上眼泪,还是干的。

我真是个心性薄凉的女儿啊,连自己都瞠目结舌。

侧耳倾听,远处传来鸟鸣。

我就这副德性,妈早都看透了吧,现在她也不会为之惊诧哀叹了吧。

就这样吧,妈,请你在彼岸好好休养羽翼,不要再为我操碎心了。

又响起一声鸟鸣,在高空中清脆地回荡,不知是鹎,还是伯劳。

鸟鸣声越来越近,阿荣回头,是善次郎。

"嘿!"

挥手打招呼的善次郎嘴里叼着一片青翠草叶。

"什么啊,原来是你在吹草笛。"

善次郎耸耸肩,眯起眼睛。

"你这是什么见面问候?干吗呢,在这儿?"

"原话还给你。"

"我正想去看望老爹,走着走着,看见一个女的独自坐在河边,我就被勾引过来了。"

"你不会以为我想跳河吧。"

善次郎走到阿荣身边坐下,手里握着草叶。

"嗯,比平时更显得一脸凝重。但说老实话,沉思的样子别有一番风情哦,让我动了风流之心。"

"不敢当,您太客气了。"

"好吧。最近老爹怎么样?"

"嗯,势不可当,连医生都惊呆了。"

"那就好。"

阿荣平静了一下心情,毕恭毕敬向善次郎低下头,深施一礼。

"这些日子承蒙关照，实在给你添了太多麻烦。"

自小兔去世那日起，善次郎就一直留宿在工房，帮着弥助四处通报消息，招待来客。就连求助四邻给小兔开设灵棚通夜守灵，也是善次郎一手操办的。阿荣没起到半点作用。

"别说了，你这么客气，我都不知该怎么办了。"

"那好。把老爹的事告诉马琴先生的，也是你吧？"

如果不是马琴臭骂了一顿老爹，说不定现在阿荣已经办完了父母两人的丧事。光想象一下那种情景，阿荣都后怕得浑身发软。

"哈哈，你猜。我这人，嘴上没把门的，不定什么时候就说走嘴了。"

善次郎侧过脸去。

"伊知和妹妹们，还有阿泷，也都来问候过了，真要好好谢谢她们。"小兔出殡时，善次郎的妹妹伊知，已经出嫁的小雪和小妹名实，以及她们的前辈艺者阿泷都赶来送别，四人站在路边双手合十为小兔送行。虽然她们衣着远比一般人朴素，但与念经的和尚一起走在棺后的阿荣仍然一眼就看到了她们。

当时阿荣觉得一股热流暗涌，现在想起，也不由得湿润了眼角。

"阿泷也来了啊？"善次郎像是不知道这事，只惊讶地用指头搔搔鼻翼,"这么说起来,阿泷在你家见过你妈。所以她想过来送别吧。"

"阿泷?在我家见过我妈,什么时候?"

"好像是去年?嗯不对,是前年?你们刚接下阿兰陀国西画,对,就是那时候。"

细碎回忆一转眼浮上心头。

是呀。小兔确实提起过,善次郎带着女人来过。

——善次郎呀,真是小看不得。以前也没少听他吹牛,什么身边从没断过女人。但这是头一回带着女人来工房。

阿荣回想起手踊时的阿泷抬起手来半遮面的样子,她的手,那么白皙。小鼓咚咚咚敲响了。

—— 一看就明白道行深,不是一般女人,那手,别提多好看了。

啊!手踊图我刚画到一半,得赶快画完。

阿荣忽然感到一阵焦躁,只紧紧地把包袱搂在怀里。不知为什么,她浑身无力,怎么也站不起来。

"阿泷那家伙,从小就离开了亲妈,再没见过面,所以她很想亲近你母亲。其实,就是我和时太郎一起玩的那么短的一个空当,阿泷和你母亲也没说上几句话。她后来和我说,小兔真是个好母亲呀。我没想到她也来送葬了。我们天天脸对脸,却从来没听她提过。真搞不懂她。"

"天天?"

"嗯。现在我和阿泷一起住呢。"

阿荣感到自己的嘴唇马上就要颤抖起来了,立刻用手捂住。

我这是怎么了,我的心,为什么在悸动狂跳?

这不是稀松平常的事嘛,善次郎什么时候缺过女人。他那些风流韵事,我一向拿来当下酒菜的呀。没什么了不起的。

但这是第一次,善次郎依偎亲近的女人有了具体形象,阿荣想起阿泷的脸庞,想起她的舞姿,她的美丽那么真实,那么迫近。

善次郎从怀里掏出个什么东西,在阿荣眼前展开。

"给你瞧瞧这个,怎么样!"

阿荣好不容易才挤出声音。

"这,这是什么蓝颜色?"

"这叫柏林蓝[1]。你也知道吧?就是那个南蛮传过来的西洋蓝色颜料。现在价格已经便宜多了,我和版元商量,让摺师试用了这个颜色,这可是柏林蓝第一次用在浮世绘上。我想让老爹看看效果。啊啊,我怎么就先让你看了呢。原本想让你们父女一起大吃一惊来着,这下可好……"

看来,善次郎是想和父亲显摆这个西洋蓝色,想煽动起老爹的竞争之心,才专门跑了这趟。

老爹最是争强好胜的人,对他来说,和其他绘师竞

---

[1] 即普鲁士蓝,也称中国蓝。

争之心,是最好的治病良药,能让他浑身是劲。阿荣似乎能看到老爹已经挽起袖子,说着"我也得试试,不能慢吞吞地落在人后"。

"唔,这是浓深的花绀青色,岩绘具里没有这种。"

阿荣仰头望着天空,顺口敷衍。

善次郎,你真是个温柔的人呐。

"哎呀对,不愧是阿荣。你知道这个柏林蓝……"善次郎手舞足蹈,兀自喋喋不休。

但是,你的温柔是毒。抿过一次,就会上瘾。让我思慕眷恋,不能自已。

"阿荣你没事吧?身子不舒服?"

善次郎把脸凑近,眉头紧皱,深深望向阿荣。

阿荣伸出手,抚摸他的眼角。身体里小鼓声咚咚回荡,包袱从她膝头滑落。

阿泷白皙的裸足向后一步,手摆出一个舞姿。阿泷的面庞已经模糊发虚,被吸入深蓝色的远方。

等阿荣察觉过来,才发现两人的嘴唇已经叠在一起。

善次郎把她紧紧搂进怀里,阿荣也渴望地贴近善次郎的脖颈,手指攀缘纠缠在他后背和腰上,两人又吻到一起。

我终于,大口吞到了这份毒。

这么想着,阿荣感到一阵晕眩。

第七章 莺鸶

一

　　阿荣从被褥中站起身，拉开二楼的纸窗。曙光中几根枝条低垂轻摇着，上野的樱花早已过了花季，这枝也许是晚樱？长满花苞的枝条刚泛出烂漫之色。

　　阿荣肩披一件衣服，走到窗边坐下，肩膀依靠到窗框上。尽管风还很凉，她任凭乳房就那么裸露着。放眼望去，一层屋檐下还飘荡着夜晚残余的深蓝色，东方的天空正渐渐放亮。

　　早晨的阳光穿过樱花枝条纷涌而来，阿荣伸出手，领受着新鲜晨光。从哪里传来了水流声。

　　回头，善次郎睡得正香，双手举在头顶，吊儿郎当的，像在投降。

　　阿荣绽开微笑，转回头继续眺望盛开的樱花。

四下没有街市人声，静谧之中，只有流水潺潺，阿荣心下一片清澄。紧紧相拥、尝尽了所有滋味的情热之夜，迎来了黎明。

今天会是个晴天吧，阿荣在窗户栏杆上托着腮。

一次就好，最初这么想着。两人互相宽衣解带，那是去年秋草漫漫之时。

无法细数后来两人又几度肌肤相亲过。薄暮时分在阿荣家里。深夜工房的角落。甚至，在一间叫不上名字的小寺的苍茫古树下也曾匆忙撩起过衣裾，那时，脚边的重重落叶那么柔软，槠树巨木的树根处，不知为何堆积着遍生青苔的屋瓦。

她都清楚地看见了，她压下了呻吟，却抑制不住喘息。啊，善次郎正在我的身体里。光这样想着，身体的中心便回荡起沉重又激烈的大浪。阿荣似乎第一次摸清了自己的脾性，慢慢地，她也洞悉了善次郎的热点。她会故意挑逗着放缓，故意交给他去撩拨。她知道了善次郎的手会怎么动，明白了他的癖好，却丝毫没有厌倦，只相吻着把自己的身体细密地贴上去。

即便如此，每一次，阿荣都想，只要这一次吧。

当然，两人还没有满足到决定不再有下一次，阿荣也不愿意把关系发展到要忧虑今后怎么办的程度。

这个正月里，老爹去和川柳伙伴聚会了，阿荣独自在家，自酌自问了一番。

和善次郎成了这个样子。你对阿泷不内疚吗？

内疚。我不讨厌阿泷。

但你一听善次郎说正和阿泷住在一起，就失去控制，鲁莽行事了，对吧。也许善次郎就摸准了你这一点。

我也说不清。现在去找事情的条理已经太晚了，说什么都是借口。

——你明明在想，要不要干脆把善次郎抢过来。

不知何时，阿荣的自问变成了已经亡故的小兔的声音，让阿荣僵在原地。小兔的提问总是那么尖锐，总是想看女儿的笑话。

要说不想抢，那肯定是谎话，多半是这样。但是她心里一清二楚，这无从抢起。善次郎这个男人，并不是她想要就能抢过来据为己有的。

善次郎和阿泷住在一起，同时还来找阿荣，此外他身边还有几个女人，这些事他从来不遮掩，都开朗地摆到明面上。他挥笔作画谋生，好像只为了能够随时随地又随心地睡女人，他生性如此。看到女人遇到困难，他尽全力去帮忙，然后把女人搂进怀里。善次郎从不多想，他只管交合。

也许，无论他和哪个女人在一起，都是认真的，是一起在浮世中求生的关系。所以阿荣也很坦然，同床共枕的夜晚，两人谈的是画。他们深深了解对方的画技和想法，他们毫无保留地互相倾诉，现在正在画什么，遇到了哪些难题。他们伏在榻上，一根烟管换着吸，随口聊着雕师的手艺好坏，谈着诸如哪个读本销路不好已成废版的业内小道消息。

只要兴头上来，哪怕浑身上下只有一件汤文字小衣[1]，阿荣也会乘兴打开枕边的画账，拿起笔来画上几笔。善次郎会凑过来看，两人说的哪怕是可有可无的闲话，也足以让阿荣心醉神迷，她不禁想，当下一刻若能变成永远，该有多么好。

但是阿荣从心底里明白，她和善次郎若要真在同一个屋檐下过日子，也过不下去。如果整天待在一起，早晚有一天她会嫌弃善次郎的画技。就像她过去看不起前夫那一手烂画一样，早晚会有一天，她也会嗤笑善次郎。

一想起这个男人画的画，连情事也变得无聊起来。一上来就会觉得他的手指动作不合心意，会不耐烦地咂舌，希望早点完事。

我就是这样的女人。

所以阿荣在正月里独自喝完酒就去了工房，一口气画好了因为各种事情拖延了一整年的《手踊图》。她半醉着，下手却没有丝毫颤抖，描线准确又淡定，想要的颜色也准确地调出来了，简单到令人不可思议。下笔如有神助，人物衣裳哪里该有浓淡，哪里该有阴影，也都

---

[1] 日本的传统女性内衣，又称腰卷。

一气呵成。唯有构图不够大胆，毕竟底稿是早就画好的，如今画已经开始上色，阿荣已无意回头去修改。

画到最后几笔，该给人物眼珠中填上黑色时，阿荣才犹豫着停下了手。黑色瞳仁画小了，人物会显老，显得狡猾。画大则显得天真幼稚。稍不留神，人物就会呆板。

在祝贺善次郎的妹妹小雪出嫁的宴会上，阿泷跳了这场手踊，当时就算是不懂舞艺的外人，也能一眼看出阿泷作为一个艺者，舞技和气质都截然超群，阿荣想用画表现的，也正是这些。然而，此时的点睛之笔阿荣却迟迟不敢出手，只呻吟犹豫着，当她终于有勇气用手肘撑住画案，俯身在画上，先画左眼，再点好右眼时，才发现自己一直屏着呼吸，大气都没敢出。画完后腋下满是汗水，湿黏黏的，不舒服。

画好的那一瞬间，自己的心情好像也整理好了。

也许那会儿，无论我遇到的是谁，我都会投进他的怀抱里吧。只是恰好，我遇到的是善次郎，恰好和这个我也喜欢的男人交合到了一起。我这个女人中的烂渣，能做到这一步，相当不错了。

对啊，就当作转瞬即逝的一场沉醉好了。要什么未来？拥有毫无执念的当下就已足够。

所以阿荣把自己的画号改成了"醉女"。荣和醉两个字发音一样[1]，听上去是一回事，阿荣为此暗暗得意。

---

[1] 醉女，日语发音为 eijo，这里的醉和荣发音一样，都是 ei。

垂枝樱花在晨光中摇曳着，阿荣趴在栏杆上，半张脸埋进胳膊，眺望着越来越明亮的天空。

"真好看啊！"

阿荣扭转头，看见善次郎单膝跪在薄被上。阿荣忽然觉得心中有什么声音在轻响，为了掩盖，她故作冷淡地问："什么嘛？"

善次郎像是刚睡醒，揉着眼睛漫不经心地打个哈欠，慢腾腾地站起来，衣衫不整地走近。他在阿荣身边坐下，探出半个身子，看着窗外繁茂的樱花枝条。他那睡乱了的顶髻歪歪扭扭，一缕头发落在额上，被风吹散。

"瞧，啄得多香啊。"

顺着善次郎的视线，阿荣看见几只鸟正在枝头频频点头啄食，灰色的身子，头尾皆黑，只有脖颈下是薄红色。此鸟比麻雀稍大，灵巧地在摇曳的树枝间跳跃，紧抓枝条颤巍巍点头啄食的样子真是说不出的可爱。

"莺最喜欢啄食樱花的花心了。"

是我听错了。阿荣想着，悄悄整理好衣襟，掩住乳房。真是，都怪善次郎，猛地说什么"真好看"，让自己心中狂跳。但为什么会心中狂跳，阿荣又觉得自己好傻气。说到底，还是心境不稳，七上八下的。

善次郎的下巴和脸颊上冒着胡茬，额头上挂着几缕乱发，被风吹得凌乱四散。那个侧脸，有着令她心动的魅力，又那么清冷无情。

阿荣调转视线，嘟囔着回答："但莺不是该搭配梅花吗？"

每年一月二十四、二十五两天，在龟户天神神社里，有"换莺"神事。因为正当赏梅时节，所以游人熙攘。在这两天里，人们从神社门口小店里买来涂着绿青和丹红颜色的木莺，与素不相识的人互相交换。

人们把木莺藏在袖子里，一边唱着"换一下，换一下"，一边伸手摸进对方的袖口。

只要换一下，就能拭去至今为止发生的令人郁结的烦心事，把凶更换成吉。

这就是换莺。所以在阿荣看来，莺搭配的是梅花。

"你这话说得俗气，梅花时节的莺是人做出来的，真正的莺当然要配樱花。"

善次郎说出难解的一句后，吹起了口哨。

"又是草笛，又是口哨，你真闹得慌。就没见你安静过。"

"是吗？"善次郎低语着，又噘起嘴唇吹起口哨。和清脆明亮的草笛声不一样，善次郎的口哨声柔和婉转，连樱花也像眨眼一样轻轻摇曳了几下。

"啊？奇怪，不学我！"

"谁不学你？"

"莺啊！人一吹口哨，莺就会学舌，唱出一样的声调。"

"真的吗?"

不出所料,枝头上的莺只是在兀自啄食花蜜而已,间或从花中抬起头,观察一下四周。每一次抬头,咽喉处的红色细羽就时隐时现。那种红色,比樱花花蕾浓艳,更接近曙光的颜色。

"这鸟儿黑头巾红围脖,可真会打扮。"

阿荣也试着吹了声口哨,一声高音,鸟儿们一齐展翅飞远了。

"鸟都吓跑了。"

阿荣塌下肩膀,善次郎却像听到了什么似的,抬起头,眼角带笑。阿荣也侧耳细听,晚春的天空中传来了和口哨一模一样的柔和婉转的鸟鸣声。

周身收拾停当后,阿荣下了楼。

此处是汤岛天神附近的一间料理茶屋,表面上是正经店,实际上二层有专供男女幽会的小房间。这种买卖明面上被禁止,但只要在袖底捏一把钱偷偷递过去,街巷管事的和手下人自会睁一只眼闭一只眼。偶尔也有几家实在不走运,被抓了典型杀鸡儆猴,其实这种店到处都是,公家人根本管不过来。

上到这种店二层的小房间,在里面过夜,对阿荣来说,这还是第一次。

自家的中年女儿去了哪里，干了什么，老爹根本不在意，所以阿荣也无意遮掩。

老爹现在很忙。每天从早到晚，门人、版元、绘师同行、川柳伙伴等访客络绎不绝。去年冬天，大徒弟弥助出师独立了。借这个机会，阿荣和老爹把家搬到了尾上町的一间背对着大街的门面里，一半做工房，一半日常住居。房子里天天都有人，几乎没有父女二人独处的时候。

阿荣对老爹还是开不了口，说不出"我要去见善次郎"，总是在出门办正事的时候撒谎编个借口。两天前的三月十九日，老爹临时起意，出门去了相州浦贺，据说还想趁机四处走走。尽管老爹现在离不开手杖，但外表已看不出中风的痕迹，在古稀之年的老人中，算得上腰背笔直。

所以阿荣心无牵挂地度过了一个纵情之夜。不管善次郎中途是否会走，阿荣不着急回家，要熟睡一觉再说，满心都是外出游山玩水的放松心情。

下得楼来，阿荣打算结账，探头往账房里一看，里面一个人也没有。

"阿荣，房间钱昨晚就结清了，这儿是先付账的。"善次郎苦笑着，推着她出门。

"那这次算你请客。"下次我来付……话到嘴边，又收了回去。如果说出来，好像自己在催促下一次似的，未免滑稽。

在小饭铺或路边食摊上吃饭时，阿荣有时候会付两个人的钱。她和善次郎相识多年，发展成现在这样之前，就一直是谁带了钱谁付。

这么说起来，他俩还有过这么一次。两人在店里坐下了，才发现谁也没带钱，慌忙叫停了要好的饭菜，逃出店门后吵了一架。

"什么，你一个人见人爱的溪斋英泉，竟然身上没有一个子儿？"

"你还说我？你可是北斋的女儿，分文不带就出门乱逛？"

"哼，我就不带，你要是看不惯，你给我钱啊！"

"嚄，你想得美！老子可是吃女人靠女人，在床上用身子伺候讨女人欢心的渣男，身经百战，吃你这套？"

善次郎昂首挺胸，大言不惭。

知名人气绘师善次郎，最近好像和版元大坂屋闹翻了。这话从西村屋的小伙计嘴里传到工房徒弟那里，被阿荣无意中听到了。事情的详细阿荣并不清楚，只知道去年秋天善次郎颇为得意的那张柏林蓝画后来没了声响。善次郎本人没提，阿荣也不知道他后来有没有拿给老爹看。最终，无论是问善次郎还是问老爹，阿荣都没开口。

最近善次郎经常挂在嘴边的名字，是同为戏作者的为永春水。阿荣只知道他俩过去就是好朋友，现在也情同手足，经常出入对方家里。据说两人一边喝酒一边聊着戏作和插图，彻夜畅谈到天亮，接着便留宿在对方家中了。

作为绘师和戏作者，善次郎和春水都曾经红过。但江户这地方的流行更替迅疾，令人目不暇给。善次郎和为永春水两人，现在都已年过不惑。

而醉女阿荣，三十多岁了没闯出名声，至今不温不火。

去神田川岸边的路上起了风，风越刮越猛，吹得人衣袂翻卷，猎猎有声。

岸边的樱花和柳条也被吹起，花红柳绿在风中狂舞。

阿荣和善次郎走在路上，间或停下脚步避风，间或迎风前行，直至刚才还算安稳的心情，现在仿佛被狂风吹跑了，阿荣渐渐烦躁起来。她不愿意让工房的徒弟们看到她在外留宿到现在才回来，要不然干脆装作清晨有事早早出门，午饭前再回去？一想到要做这些机巧算计，更添心烦，只将被风吹乱的衣裾猛地叩击着按紧了。

忽然看见圣堂前昌平桥下泊着猪牙舟，阿荣头也不回地飞跑过去："我坐这个回去，先走一步。"

猪牙舟沿着神田川而下，再横渡大川，时间上划算。工房所在的尾上町位于两国桥畔，如此计算一下，巳时前能到家。

"等等，我也要坐船。"善次郎追上来，飞奔上船。

"阿善你不顺路吧。"

猪牙舟向东，而善次郎住在新桥的惣十郎町，应该从这里步行向南。

"啊，我要去深川的门前町办点事，其实明天去也行，这不，今天正好顺路。"

阿荣没再多问，转身向前。船夫撑动船篙，船向前滑动。

越是希望它快的时候它越慢吞吞。"老板，能不能再快一点？"阿荣用孤注一掷的心情求老板快点，但声音被风吹散，倒是坐在身后的善次郎大声替她说了一遍。不愧是擅长吹口哨的善次郎，嗓音也清朗通透。

扎着钵卷头巾的船夫冷淡地摇头："最近根本不下雨，河都干了，你看看水位。"

确实，岩石堤岸上到处露着浮萍水草留下的绿印横纹，说明水位线原本有多高。而今天的河面，足足比绿印低了两尺。

"没办法，就交给老板掌舵拿主意了。"

阿荣无奈之下的自言自语这回倒传到了船夫耳中，"行嘞！"船夫满意地回答。

船快撑到和泉桥，闻到一股火烧焦臭气。船开始左右乱晃，阿荣回头一看，是善次郎站了起来。

"不好了！着火了！那边起火灾了！"

"哎呀，是佐久间町河岸！"

神田川边的佐久间町河岸聚集着众多木材商店，易燃之物堆积如山。

"老板，你往南边靠一靠。"善次郎叫喊声未落，半钟已经响起。钟声响个不停，雨点般地从半空中倾泻而下。

"老板，我让你往南岸上靠！"

"你说得倒简单！"眼见着火焰越来越旺，火星在众人头顶飞舞，船夫害怕犹豫起来，不继续往前撑了。

"你别磨蹭！这儿是下风口，不赶紧冲过去，这船马上就要着了！"

干燥的西北大风狂吹之下，火柱四起，跳动的火舌舔舐着逼近河面，阿荣被木材焦臭气和浓烟包围，难以呼吸，眼睛和喉咙越来越炙痛。

"阿荣，低头！"

身后传来善次郎的吼声，阿荣却浑身发僵，手足无措。

"实在不行就跳河，你会游泳吧？"

"不会，旱鸭子。"连阿荣自己都觉得声音里透着没出息。

她那么喜欢火焰的颜色，无论多远的街巷起火，都会撩起衣裾跑过去看热闹。只听到半钟的声音，都兴奋得寒毛倒竖。有时喝着酒听到钟声响起，连酒杯都没时间放下,如果在画着画,更是捏着画笔便跑过去了。

江户城里不分昼夜,时常有大火。火炎烧焦了天空,呈现出既非朝霞也非黄昏火烧云的颜色。每当阿荣看到这种非同寻常的壮观绯红,都会暗自憧憬,哪怕只有一次呢,什么时候自己的画笔下也能流溢出这么有气势的颜色就好了。

但是现在,阿荣身在火焰正中,却软得站不起身。

"阿善,别管我了,你跳吧!"

阿荣这么喊着,背后善次郎早已扑过来,把她压在身下,护住她的头,用自己的双臂覆住她的胳膊。阿荣只能勉强睁开眼睛,或许是睫毛被燎着了,左眼一阵灼痛。

"我们走到哪里算哪里,我不会离开你。"

善次郎的手臂更加了一把劲,一脸胡茬扎到阿荣额头上。阿荣左眼上下眼皮已经粘在一起,完全睁不开了。船头对面,烈焰狂舞。

二

四月里的一天,西村屋永寿堂版元老板与八,来工房拜访了老爹。

今年,文政十二年(1829)的春天,西村屋老当家归隐,迎来了二十七岁的第三代新当家。

"我今年刚继承了与八的名号，一场大火就烧光了家底。还有比这更荒唐的事嘛，现在我真的一丝一毫的办法也没有。"

上月二十一日的大火烧死了一千九百余人，加上投水溺亡者，据说死者近三千人。由此，此次火灾被称为"己丑大火"。最先起火的是位于神田佐久间町河岸的木材仓库，那一带聚集了众多木材商店和柴薪店，因此有了神田材木町的俗称。火上浇油的是，当日刮着西北大风，火借风势烧过了神田川，一路点燃了对岸的日本桥、京桥和芝，偌大一片街区被烧成了平地。

西村屋是一家大门面老字号，位于日本桥马喰町，既出版娱乐地本[1]，也出版典籍书物。西村屋的第二代当家与老爹来往甚笃，正是这位老板，在去年正月老爹中风病倒时叫来了医生，小兔葬礼时也亲自吊唁过。

第三代当家是个嘻嘻哈哈性情洒脱的人，曾当着阿荣的面，缩紧了肥圆的肩膀，自嘲"世事多艰，令我形容萧索啊"。

"近来可好？"

"阿荣你真是遭罪了。"

---

[1] 明历万治年间(1658—1661)，随着俳谐书、净瑠璃本、御伽草子等大众喜闻乐见的娱乐向书类开始出现，日本出版业界迎来了大发展。之后又出现了洒落本、草双纸、读本、滑稽本等大众书，锦绘、浮世绘等编撰成册的绘本也大受欢迎。

那天，阿荣缩在猪牙舟里咬着牙硬挺，待到小船撑进大川，这才发觉捡回来一条命。回看身后，只见无边烈焰一路向南烧去，那漫天的绯红，激烈迅猛，席卷了一切。

在船上时没觉得，等她好不容易回到家后，才察觉到头发和脸颊被火星子烫伤了。额头烫起无数蛙卵似的水泡，又热又痛，让她哀叫出声，三天后才好转了些。小徒弟五助沾湿了手巾照看她，为了买烫伤药膏，还特地去了两国桥的对岸，回来时他一脸青绿，看来是被沿途的灾后惨状吓坏了。

"我这点伤，根本算不上遭罪。"听与八这么说，阿荣连连摇头。

头发被火燎了还能再长出来，额头烫伤也会痊愈。就算留下一些疤痕，我天生不好看，无所谓。再说，我又不靠脸吃饭。阿荣早想通了。

反倒是西村屋遭受了致命打击。版元的命根子——原版，被烧了个一干二净。安放古书珍本的仓库虽然是不过火的土屋，但运气不好，土屋为了通风换气打开了小窗户，以至于书被灭火之水淋湿，还沾染了煤烟子。

老爹啜饮着茶水，皱起粗眉。大火的第二天傍晚，老爹才旅途归来。据说大火的消息立刻传到了相州。

"听说，全江户的书店这回都不行了。"

"是。鹤屋、森屋、山口屋、大坂屋，都差不多。众人都在议论，怕是有些店撑不下去要关张了，话说得就跟和自己没关系似的，真没办法。唉，先生，我好不容易投胎到西村屋大门大户，人家都说，西村屋的今后就看我这个第三代了。所以我也摩拳擦掌，迫不及待，琢磨着要当个什么样的纨绔子弟才能把这份家业败光。可没想到，家业连带招牌一天之内就全玩完了，根本没有我糟蹋的份儿。"

据与八说，谨慎周到的大店不仅建有土屋，甚至还有地下仓库，店主更是把贵重文书放进藤条箱里再放置枕边，连睡觉都片刻不离。有的店干脆在材木商店里寄存了足够建一间屋的木材。

"我们印书行，没几家能那么从容富裕。再说了，木头原版分量重，三下两下搬不出来。我和底下伙计说，这次店里没死人就已经烧高香了。"

这正是阿荣想问的，她不禁向前跪出一步。

"这次伙计们都平安无事吧？"

"托您的福，都平安。家里的、店里的有几个被烫伤了，还有的是碰撞轻伤，大体还好。"

"那，时太郎他也没事？"

阿荣担心在西村屋奉公学徒的时太郎，曾几次去过马喰町打探情形，但目之所及，处处火后残垣，就算阿荣想打听西村屋的人在何处避难，也找不到人问。

还有那天渡过大川之后在两国桥畔分手的善次郎，

阿荣纵然心中牵挂，也无法寄信询问。听五助说，京桥到芝一带都烧平了，这让阿荣焦虑不安。善次郎和阿泷住在新桥的惣十郎町，听说那附近的三十间堀[1]上的桥梁被烧断，有人因此落水溺亡了。

那天，阿荣被善次郎护在身下，依旧烧伤了额头，那么善次郎肯定伤势更重，阿荣几次想去新桥探望，半路又折返回来。不能去，现在去善次郎家探望，和阿泷照了面，这之前的种种心思就全白费了。阿荣额头上的烫伤，马上就能和善次郎身上的火伤对上号，别人都无所谓，阿荣唯独不愿意被阿泷看破。

听阿荣这么问，与八环视一下工房，严肃地坐直身体："这么说，贞吉并没有回家？"贞吉是西村屋给时太郎起的学徒小名。所有奉公学徒，都有一个通称小名。

"他，莫非闹出了什么事？"

不知不觉间，阿荣的嗓音变得生硬。只见西村屋第三代当家说过"万分抱歉"之后深深地低下了头。

"实话实说，我今天正是为此事而来的。"

此话一出，工房里所有徒弟都停住了手。尤其是五助，手握一只细字小笔抬起头来，一脸担心，眉头紧皱。

"与八，那孩子到底惹下了什么麻烦？"

老爹声音低沉，似乎已经有了不好的预感。

---

[1] 堀，人工挖掘的水渠、运河。

"具体的我也不清楚,只知道贞吉在火灾前一晚就跑了,一直找不着人。"

"去向不明?"

"不是我找借口,我那里奉公学徒人数众多,就连管家,也是第二天火灾之后才察觉这件事,他一心以为贞吉跑回您这里来了。"

"火灾前一天的晚上……"

阿荣自言自语,再找不到其他合适的言辞。时太郎离开西村屋的晚上,正是二十日,阿荣那晚没回家。

老爹长叹一声:"是我们给西村屋添麻烦了。学徒不打招呼就擅自离开,这真是,我家外孙都这么大了,还是不懂事。"

阿荣眼前浮现出时太郎在家门前心神不安地徘徊的样子,她不知道他究竟遇到了什么事。只能猜测时太郎离开西村屋,却又进不了这边的家门,时太郎也许在门口抱膝而坐,走投无路了吧。

他在等我回家啊。他无处可去的时候,而我……

时宝,你现在在哪儿?

"老爹,说不定时宝在哪儿被卷进火灾了。"

抑或是过桥时遇到了大火?光联想一下,阿荣的额头便针扎似的痛起来,她连忙伸手捂住。

"这可怎么办?"

"阿荣,沉住气。我们什么都不知道,担心也白搭,时太郎可能死了，也可能还活着。"

"但是……"

老爹瞥了一眼阿荣，转而看着西村屋老板。

"那孩子在贵处表现如何？万勿客气，请尽管直说。想必你也知道，他是你父亲看在我面上才勉强收留下的孩子。这孩子，虽然没胆量做下极恶之事，但无论是我，还是我的亡妻，都拿他没有办法。他是我女儿的遗孤，我自然无法厌恶他，然而说实话，该怎么相处，我一点头绪都没有。所以才想把他交给外人去重新锻造。都怪我，只顾自己方便。你看，我经常去贵处商量诸般事宜，每次去，我都小心观察过那孩子的状况。他和以前一样，还是一脸不高兴，不像是能和其他小学徒关系融洽的样子。我一直在犹豫，是索性把他接回家，还是再坚持一下。"

听老爹如此说，阿荣才第一次知道，老爹心中一直藏着这样的担心。西村屋老板听罢，用手指搔着鼻翼，似乎有话要说，又说不出口。

"唉，如此看来，那孩子并没有好好学徒。"

"管家和手下一直瞒着不说，我也是最近才知道，而且事情令人难以置信。先生，请您听我慢慢说，可千万别生气。"

西村屋老板叮嘱一番后，再次沉默，半天，才启口说道。

"我们店的学徒,平时都住在店铺楼上。据说,贞吉在那里聚众赌博,弄走了不少学徒的钱。而且,他设赌时作弊,于是有些小学徒向我的手下哭诉,对,就是常来先生这里办事的那个甚助,没错,就是那个眼角下垂的。这个甚助呢,最开始先骂了一通小徒弟。西村屋开店至今,二层成了赌场,这种丑事还是头一回发生,原本应该严肃处分,打发所有学徒回老家,这时甚助又发现,贞吉和众人亲近不到一起去,就教训了一番其他徒弟,说都怪他们平时把贞吉隔阂在外,贞吉想讨众人欢心,这才想出了赌博这种游戏。嗐,小孩子之间闹纠纷,本该一起受罚,不能轻信单方置辩。所以那之后,甚助把贞吉一个人叫过来问话。先生您猜怎么着,贞吉倒打一耙,反而凶起来,摆出了十二岁孩子的所有蛮横,吓唬甚助说,你以为老子是谁,老子是葛饰北斋的独外孙,你们这破店在我外公眼里算屁,一小指头就能戳倒。"

门外的街巷里,回荡着叫卖金鱼的悠长吆喝,还有四邻的孩子们笑逐颜开地跟在小贩身后发出的嬉戏叫嚷声。

"甚助一听这话就慌了,这种小学徒之间的丑事纠纷,原本他想自己一个人压下来就行,没想到贞吉这么棘手,他就去找管家诉说详细。之后,甚助和管家一起暗中监视贞吉,贞吉好像也察觉到了,越发地不服管。让他去给店门前洒水,他连过路人一起浇,惹怒了过路人不说，他还用脏话骂人，向人乱吐唾沫。好话歹话都跟他说了，他听不进去，管家实在没有办法，才来找我商量。唉，我最开始听到时，简直怀疑自己听错了，这实在太离谱，令人不敢相信。所以，我就把小徒弟们一个一个单独叫到后面问话，这才知道，好几个学徒都见过贞吉的同伙。"

"同伙？"

阿荣这么一问，西村屋老板更是垂下了短眉毛。

"是。据说有几个游手好闲到处作恶的孩子，经常来我们店后门。一个个身材不矮，看上去要比贞吉大几岁，总是三四个人一伙，叫贞吉出去。"

阿荣忽然想起小兔曾说过的话。

——他最近好像在附近找到了玩伴，人家比他大，对他还不错，省了我好多事。

"不仅如此，贞吉好像还把什么东西给了那些人。有的小学徒说，说不定贞吉设赌骗到手的钱，又被这帮人抢走了。所以甚助就去问到底怎么回事，贞吉根本不搭茬，只是狠狠地斜瞪回来。就在那天晚上，贞吉跑了，谁也找不到他。"

西村屋说到这里，停下歇了一口气。

"直到第二天早晨，学徒们才发现贞吉不见了。当天遇上大火，事情太多，话传到我那儿，已经是大火后第三天了。您把外孙托付给我们，我们给弄丢了，这让我没脸见您。我还想,要是把这事随随便便就告诉您,万一出点什么差错,贞吉也不好做人。所以我犹豫了一下,想先尽我所能,找到人再说。"

"这真是,对不住你,给你添麻烦了。"

老爹双拳紧握,放在腿侧,向西村屋低头道歉,一反常态,话说得断断续续。

"您不要这样。他没回家,这实在让人担心。我会让手下人扩大搜索范围。这件事,我没直接和官府商量,怕越闹越大,于名声不好听,您意下如何?这么下去恐怕也顾不上别人怎么说了。"

"时太郎的事我们自己处理吧,不敢再劳烦你们了。老爹,就这么说定了吧?"

现在西村屋正处在危机时刻,还为时太郎的事费心至此,阿荣万分感激,又着实过意不去。

"西村屋当家的,实在给你添麻烦了。"

阿荣连连低头致歉,惶恐又惭愧,身体恨不得缩成一团。

西村屋走后,阿荣和老爹对坐着沉默了很久,说不出话来。老爹移坐到缘侧,双臂抱在胸前,原本宽广挺直的后背此时也显得苍老佝偻起来。

阿荣坐不住,她想起以前租住的绿町。那群比时太郎年纪大的同伙,想必就住在绿町附近。虽然不知道他们的名字和相貌,只要问问当地住户,也许能找到线索。

五助也下到土间:"姐,我陪你去。"

阿荣点点头。两人一起去了绿町。

四月中旬的一个清晨,阿荣在二层的梳妆台前坐了下来。

对映照在镜中的自己的脸,阿荣倒没什么兴趣,只是这座桑木梳妆台是小兔用过的,所以阿荣也慢慢习惯了坐到这里。

蓦地,她想起了善次郎。他最近在做什么呢?

听西村屋的甚助说,善次郎在惣十郎町的房子也在火灾中被烧毁了,他现在正借住在为永春水那里。至于阿泷是不是也在一起,就不清楚了。

阿荣无言,只是心中觉得,如果善次郎和她没发展成这种密切难言的关系,遇到这种灾难,肯定会二话不说地带着阿泷上门求助。

他会笑着说,"嘿,过来给你添一阵子麻烦",还会转头对阿泷说,"进来呀,在阿荣家,你不用跟她客气"。

看来,两个人的关系发展得越深,就会越疏远。

在这场关系中,我究竟失去了什么?

阿荣问着镜中的自己,又马上移开了视线。她额头到眼睑至今残留着火伤痕迹,皮肤上落着点点薄茶色。也好久没有梳头了。

时太郎依旧去向不明,唯一弄清楚的是,他还活着。

前几天她又去绿町寻找时太郎。一个和小兔有交情的女邻居说:"这么说的话,我三天前看见时宝了。"

"阿婆,真的吗?"

"你要这么问,我可不敢说死。我最近眼病越来越厉害,肩酸背痛,这么下去恐怕不能再干活补贴家用了。"阿婆满口抱怨。

"时太郎一个人?还是和谁在一起?"

"啊,那帮坏孩子?嗯,在一起呢。时太郎至今还是那帮人的小跑腿。阿荣啊,那些人难惹,少来往为好。那个带头大哥都十八九岁了,早不是顽皮小孩子了,欺软怕硬,专门威胁小儿,让小孩子从家里偷钱偷东西。那帮人没一个好东西。"

听得阿荣一时不知该说什么。

"小兔没少受罪呀。时太郎那边一撒娇,叫一声外婆,小兔就拉不下脸来训斥。这是人之常情嘛,我懂。可小兔也太娇惯孩子了,时太郎要多少钱,小兔就给多少钱。所以啊,那帮人就拿时宝当好欺负的冤大头了。"

阿荣这才知道,小兔给了时太郎不少钱。

一下子,事情就全说通了。

小兔死后不久,就有几人上门讨债。老爹不知道发生了什么,去小兔唯一的衣箱里寻找,发现了一大把欠债文书。

"为了操持这个家,真难为她了。"老爹看着那一摞欠债文书,难过不已。

阿荣也哑口无言,她一直以为母亲是个精简持家的人,足可以存下一些私房钱。没想到最后剩下的,竟然是她偷偷欠下的债。每张数额都不大,看上去像是补贴家用。细看日期的话,虽然也有老爹中风病倒之前的欠债,但绝大多数,是正月以后的。阿荣一想到困窘家境曾让母亲如此独自为难,就伤心得说不出话来。

但是,比欠债更让阿荣难过不已的,是这个梳妆台。那天晚上,阿荣想着莫非梳妆台里也有文书,就坐下来查看了一番。倒是没发现欠债文书,抽屉里是全新的发梳和簪子等杂货小玩意儿,塞得满满当当。阿荣觉得不对劲,又去打开柳条箱,发现了大量连包装纸都没有打开的半襟衬领和木屐鼻绪[1],都是便宜的粗陋货色,让人难以理解这些东西有什么好,小兔买这么多,图个什么。

母亲买这些,不是为了用,也不是真心喜欢,只是想花点小钱消愁解闷。想到这里,阿荣就觉得心酸难受。

阿荣把这些琐碎一件一件拿在手上细细抚摸,现在再难过也来不及了,只剩下满心的悔不当初。

这些事她没和老爹说,也不打算告诉任何人。她想,就这么藏在自己心底吧。老爹从版元那里预支了酬金,

---

[1] 夹趾木屐上的人字布带。

还掉了几家高利贷和来路不正的放债,还剩下一些,至今尚未还清。

邻居阿婆的话重新回到阿荣脑海里。

"唉,你家有你爹这个大名人呢,总能想出办法来。不像我们家老头子,一个盖房的木工,想宠孙子也没有闲钱。托你的福,最近一把大火烧出了好景气,我家这日子,还能勉强过下去。"

一场大火烧过,有人哭就有人笑。商人和职人工匠找到了好时机,如今到处都在盖房,木工和瓦匠忙得不亦乐乎。站在大川岸边放眼望去,日本桥一带的景色一天一个样。越是有钱的大商人,新屋建得越快,有些店已经开始重新营业,客流一转眼就回来了。

然而书店、版元和租书店的日子依旧不好过。西村屋也一样,即使想恢复重建,也尚未找到机会。

老爹每天依旧在埋头画画。尾张、京都和大坂的版元以及文人作家那里不断有订单过来,老爹的日程排得满满当当。但是,北斋工房每一百件订单里,一件是肉笔画,四件是插图,剩下的九十五都是被称为"一枚绘"的版画。江户城里的版元若是一蹶不振,那北斋工房早晚也得跟着倒闭。

阿荣从梳妆台前站起身,走下楼,老爹不知何时已经起来,在握着笔画着什么。

屋外传来五助用竹帚清晨打扫的声音。

三

梅雨过后六月中旬的一个夜晚，阿荣和老爹走在大川岸边的路上。刚才阿荣正坐在门前的木台上乘凉抽着烟管时，听见老爹招呼她"今天就干到这儿吧，出去吃碗荞麦面"。

每日阿荣懒得做晚饭，总是让五助出去买现成的来吃。阿荣听见老爹招呼，看来今天连差使五助的事都省去了，就痛快地答应下来，父女两人一起出了门。到底去哪里吃，两人都没主意，路上随便找个饭摊就行。

夜空晴朗，星星闪烁，让阿荣不禁想，就这么一直悠闲地漫步在夏日的北斗星光之下也真不错。但夜空虽晴，阿荣的心事却如重重雾霭，一不小心，漏出一句自言自语。

"时太郎这家伙，究竟躲到哪里去了？"

半个月前，老爹和阿荣应邀去西村屋永寿堂做客，当天是西村屋的重新开张大典，江户城中名人绘师汇聚一堂。阿荣在人群中寻觅着善次郎的身影，别说看见他本人了，连传闻都没听到。

同一天里，时太郎回了家。这天阿荣和老爹都不在，不知是不凑巧，还是他故意选了这个日子。据五助说，时太郎一声不吭径直上了二楼，没多久又阴沉着脸离开了。

时太郎还活着，这让阿荣如释重负。直到第二天早晨，当她无意中拉开小兔梳妆台的抽屉，才"啊"的尖叫出来。抽屉里空空荡荡，东西全没了。阿荣心想不好，连忙打开箱柜，果然，放在里面的钱袋不翼而飞。徒弟们也赶来诉苦，说画底稿用的分规和尚未用过的新画笔，也都不见了踪影。

"五助！时太郎不光上了二层，还进了工房？"

听见阿荣如此质问，五助垂下视线。

"我和他说了，这段日子大伙一直在担心他，也问了他现在到底住在哪里，可他根本不理我，就在那儿东翻西找，我在后面也不好再说什么。"

见五助低头道歉，阿荣连忙安慰他"这不怪你，没什么好道歉的"。都是自己外甥做下的好事，阿荣只觉得难为情。

那之后，时太郎再没露过面。倒是有各色人等手拿文书替他上门。

"这个叫时太郎的，是你家外孙吧。"

据说时太郎参加路边赌局，输掉一两金，没钱付账，放赌的局头让他写下欠债文书，并盖了印章。

打开文书一看，确实是老爹落款用的画印，那一笔歪扭烂字，也与阿荣记忆中的无异。

——本所尾上町 小右卫门店 葛饰北斋为一嫡孙 时

太郎

不知是谁教给他的，嫡孙。老爹震惊到双眼圆睁，声音颤抖："这什么东西！我不认！"

"不认？葛饰师傅，那咱们就去见官吧。"

"你们设赌拉小孩入局，官也不会轻饶你！"

对方一听这话，不怀好意地一笑，抖搂出了来意。

"小孩？那小孩和同伙一口咬定他是北斋的外孙，用你作保，这边才借钱给他。你就算不想认，也得掂量掂量！要不然我替你去教训一下那孩子？别瞅我这样，我口才不好，到时候可别怪我下手没轻重。老子今天特意上门，辛苦跑这一趟，不能空手回去，教训费和跑腿费加一起，你给二两金[1]吧！"

这人一听时太郎是北斋的外孙，从最开始就认定了这是一桩好买卖。其他上门的人也都是一样的说辞，不是厉声威逼，便是冷笑嘲讽。阿荣甚至觉得，时太郎在故意这么做，为的是让老爹难堪，就像最初他在西村屋吓唬甚助时一样，充分利用了"北斋外孙"的名号。

"这小子，真是个喂不饱的饿鬼。"

就算老爹不情愿，阿荣再生气，也只有用钱换回文书。一两二两金额不算小，但也不是筹集不到，手头的钱不够，阿荣就去低头向老爹的众多相识求情，众人也大方，看

---

[1] 此处的二两，指的是当时文政小判金币两枚。

看金额尚可，便出手仗义帮忙，也不多询问缘由。

时太郎和狐朋狗友早就看准了这一点吧。阿荣这么怀疑着，莫名觉得非常害怕。就算她想揪住时太郎好好教训一顿，可是连他住在哪里都不知道。时太郎不露面，只频现诡异暗影，到处欠下三两左右的债，转眼间，欠款已超过七十两。

为了还债，老爹只有画画。有时候干脆用一幅肉笔画换回欠债文书。不用说，阿荣一直在帮老爹画。

"这日子什么时候是个头儿啊。"

阿荣唔然难过，老爹也边走边叹气："没想到活到了这把年纪，还要被外孙折磨，唉，我们就在那边吃吧。"

老爹看到荞麦面摊的灯光，便改变了话题，老爹在这一点上和小兔不一样，不会唠叨个没完没了。两人走到面摊前，阿荣也换了一副心情。

吃着荞麦面，老爹随口说："最近不见善次郎那家伙来家啊。"

"嗯，确实很久没见他了，他这人就这样，没常性。"阿荣掩饰着心情，胡乱敷衍一句。自从那日大火之后，三个月了，两人没再见过面。

"本想给他当面道喜的，偏偏这个时候找不到他。"

"道喜，道什么喜？"

"阿荣你不知道？善次郎最近成家了。而且不知道他怎么想的，搬到根津去了，据说在做什么新买卖。"

阿荣拿着筷子的手停在了半空。

"成家？是和阿泷吗？"阿荣假作镇静，声音却嘶哑。

"谁知道呢！我听西村屋说的。不知道女的叫什么名字，你认识她？"

"唔。给妈送葬的时候，她也来了。"

"哦。"

善次郎的女人那么多，谁知道是不是阿泷。

啊，不对，那个男人，他会娶的只有阿泷。不可能再有别人。

"好久没遇到这么喜庆的事了，真替他高兴。"

阿荣嘴上这么说着，话说出口，心里也似乎真这么觉得了。只是荞麦面索然无味，如果不是和老爹在一起，可能早已放下了筷子，但今天，阿荣大口大口拼命吃着。

适逢夏夜，微风送来河水的气息，而阿荣心中弥漫的，却是那日清晨的垂樱。

阿善，你事业不顺又遭遇火灾无家可归，但现在成家了，一转手就把凶换成了吉。

你换掉了莺，和阿泷走到了一起呀。

吃罢荞麦面，两人走在夜路上。

"阿荣。"

"嗯？"

"西村屋的状况还是不行。"

不仅西村屋一家，各家版元虽然新建了店铺，生意却不见起色。纵然各家都明白那种被称为"一枚绘"的版画是立刻就能变现的畅销货，无奈原版在大火中毁于一旦，请绘师画新作再雕新版耗时太长，只要新版尚未刻好，那么这段等待的期间就没有任何盈利。何况大火之后人心嗜好也变了，有的店推出以前畅销过的货色，却发现已无人问津。

"第三代当家的跟我说，他们现在面临危急关头，越是在危急关头，越想推出那种能让世人都大吃一惊的东西，所以，他想求我画大判锦绘。"

"大判锦绘？"

夜风中阿荣扭头凝视老爹的侧脸。这种多色套色印刷的彩色版画，前期准备需要重金，万一卖不出去，后果不堪设想。

阿荣眼前浮现出西村屋老板与八那张圆溜溜的脸。那是一张好人脸，和善亲切，平凡不起眼。

"说不定，这第三代当家的，才是个孤注一掷的大赌棍呀。"

老爹咬着牙感慨附和："唔，接下来，会有一场豪赌。"

"爹，你打算画什么？"

"富士。"

老爹像是早就准备好了答案，阿荣不由得睁大了眼睛。

"富士？就是你以前画了大量草稿图的富士山？"

"对。第二代当家在隐退前就和我商量好了，等到时机成熟，要出一套风景画。"

这事阿荣也知道。小兔死后不久，老爹一直在画富士山，就像在用画笔哀悼亡妻。

"在江户人眼里，富士便是天意吉祥。我要从最头画起，画一套全新的交给西村屋。"

看来，老爹想用这套锦绘挽救困境中的西村屋。阿荣从"天意吉祥"这几个字里感到了老爹的心气和力量。

"好，我懂了。那其他工作，都交给我吧。"

仰望着夜空中的星辰，阿荣浑身颤抖。她在心中呼唤，善次郎，你等着看吧，我和老爹要干一场大的，把厄运换成吉祥。

第八章 富岳三十六景

富嶽三十六景

一

"唰！唰！"马莲[1]擦过木版上的画纸，发出轻快的响声。

阿荣大气都不敢出，坐在摺师以藏身后，看着他工作。

以藏半跪在地，手肘撑在膝上，马莲所到之处，细处用力微妙不同，刷得又快又准。

二月中旬的这一天，终于开始了试印。一般来说，试印时版元会邀请绘师一同参加，当场见证工序过程。所以今天西村屋永寿堂第三代当家与八和老爹一起，来到了位于茅场町的以藏家。

---

[1] 印刷版画时用的擦子。

以藏的老婆没想到会来这么多客人，惊讶得瞪圆了眼睛。

老爹身边有阿荣，西村屋带着管家和伙计，雕师仙太郎也露了脸。以藏的工房设在家中最里面的六帖间，房间里堆放着版木和画纸，进不去更多人，所以老爹、与八和阿荣一起坐在隔壁的四帖半小房间里，其他人蹲在门前路上，不时把手笼在以藏老婆端出的火盆上取暖。空气中已经弥漫开梅花的香气，但今日从早晨开始依旧冷彻如严冬。

尽管天气严寒，众人还是聚集到了此处，因为今天至关重要，西村屋老板和老爹联手合作的新画即将问世，众人将亲眼见证西村屋的豪赌输赢。

去年，文政十二年（1829）发生的己丑大火，烧毁了西村屋珍藏的所有原版。江户城中其他版元的运气并不比西村屋好多少，所以，这次新画的小道消息早已传遍了全城。

"你听说没有？葛饰老爹和西村屋的第三代打算出一套风景画，据说是大判锦绘！"

"就现在这景气？大判锦绘风景画？西村屋上哪儿找来冤大头出的资本？"

不仅全江户城的各大版元、书店、租书店等同行在关注这件事，诸多绘师、戏作者和浮世绘收集家也都竖直了耳朵。最初，所有人都皱眉摇头，表示不解。毕竟现在市面上受欢迎的，都是美人画或歌舞伎役者绘等描绘当下浮世的绚烂图景。地貌题材不够华美，怎么可能赢得人气。至今为止，即便有几家版元出过此类画作，也都因为卖不出去而马上废版了。

何况，说到大画幅的多色套印版画，哪怕只印一张，都工序繁多。尤其是细节精巧、配色复杂的画作，需要雕师刻出七八块原版，再交到摺师手里上十几次颜色。

"掏钱买风景画？谁？真有人会买吗？第三代当家的这是身披西村家的三巴家纹战袍亲自上战场了呀。"

"那就是个疯子！可怜葛饰师傅，被西村家拉上了马上就要沉底的泥船。都是北斋心太软，抹不开情面，现在自身难保了吧。南无阿弥陀佛。所以啊，老师傅名气虽大，一辈子也割不断穷根儿。这次他也知道不行，纯是出于仗义，才出手相帮的吧？"

"并不是。我听说啊，西村屋还说服了仙太郎和以藏。"

听到这里，众人无不倒吸一口凉气。

"什么？那二位，也接了这个险活儿？"

雕师仙太郎、摺师以藏，是当代数一数二的名匠。凡是和浮世绘沾点边的人，都知道两人的大名。

老爹在十四五岁时，曾跟随雕师学过手艺，所以特别看重雕版。对雕工极其苛刻的老爹目前最看重的雕师，便是这位仙太郎。仙太郎比阿荣小三岁，今年三十整。

还有这位手握马莲的摺师以藏，版元凡是遇到重要的硬活儿，必然求他出手。在不同的摺师手下，即使用的都是同一种颜色，出来的效果也截然不同。最后的颜色究竟是神采鲜明熠熠生辉，还是灰蒙黯淡毫无灵气，都取决于摺师的手艺。

据说以藏年过花甲，看上去头发黑白参半。相比之下，倒是七十一岁的老爹头顶的发髻更粗一些。

这次能请到仙太郎和以藏，都是第三代当家的功劳。当时，前来报信的西村屋管家是这么说的：

"那二位师傅一看到先生的底稿，二话没说就点了头。甚至反过来请求我们，一定要把这活儿交给他们去做。"

老爹在去年秋末画好了十张底稿。场景、季节、人物大小和视角各自不同。每一张，都是富士山景。

第三代第一次看到画稿时，半天说不出话来。等全神贯注地再凝视十张图后，他才抬起脸来。

"先生，这十张，就交给我吧，我一定卖出去让世人看看。"

西村屋兴奋地鼓起了圆乎乎的鼻孔。

"所以，还要请您接着再画二十六张。"

老爹双臂抱在胸前："要出这么多？三十六张，全部都要富士山景？"

"是的。我先出这十张，剩下二十六张明年出版。"

接着，第三代板上钉钉地说："先生，这一套图就叫《富岳三十六景》吧！"

"富岳三十六景……"

"三十六这个数字吉利。过去有三十六歌仙，不动明王手下有三十六童子嘛。"

"你想让我画多少，我都能画出来。可是三十六张富士山景，大判锦绘？要连续出版，你决心要是不够坚定，这事可做不成。"

老爹就差千叮咛万嘱咐了，很少见他这么不放心。毕竟他知道，西村屋现在境况不好，此举乃孤注一掷。

"我知道。实在不行，还有三十六计走为上。"

老爹松开抱在胸前的双臂，和西村屋一起仰天大笑起来。阿荣与五助面面相觑，不懂这句话是什么意思。过后问过老爹才知道，这是过去唐国的厉害伟人定下的三十六兵法之一。

"兵法中最见成效的，莫过于逃跑。西村屋这家伙，如若实在走投无路就打算跑路，夜深人静时远走高飞。"

阿荣忍不住喷笑，五助却歪头不解："哪里好笑啊？"

之后，老爹用墨重新誊画了刻版用的底稿。

只用墨线勾勒的底稿交给雕师后，由雕师先刻出主版。手艺精湛的雕师即使遇到精巧细节，下刀也不见减速。尤其是仙太郎，再纤细的线条也能行云流水，一气呵成。

主版刻好后，先用纯墨色刷一稿。刷出十张左右，用来校对。试刷出的校样经由版元送至绘师手中，绘师上好颜色，作出上色样本。一张只上一种颜色，比如这一张上柿色，另一张上绿色。一幅画用到的几种颜色，一色准备一张，交给雕师按颜色分别刻好。印刷时，使用不同的版，将所有颜色印到同一张纸上，一幅画才算最后完成。

现在以藏在印第八种颜色。阳光透过纸窗照进来，打亮了他的肩膀和右臂。从肘到腕，都闪闪发着光。马莲按压在纸上发出轻响，一边的箱火钵上架着烧水的铁壶，徐徐冒着温热水汽。

西村屋身穿印染着西村家三巴家纹的羽织，挺直脊背跪坐在那里。老爹身穿一件棉袍，盘着腿。以藏的老婆十分有眼色，给众人上过茶后，便走了出去。

听到屋外声响，阿荣转头去看，是西村屋的管家伙计和仙太郎一起走进了土间，众人都一脸郑重地沉默不语，守望着以藏的后背。

印刷和刻版一样，从头到尾不能有半点疏忽。色版若是稍有偏离，一幅画就废了，还得重新从头印起。

以藏双手动作着，像是正在从版面上揭起画纸。他将刷好的一张拿在手里打量了片刻，站起身，走进四帖半房间，在西村屋和老爹面前跪坐下来，把手里的画递过去。

"让各位久等了。样稿已经印好,敬请校对。"他声音低哑,就像被烟熏过。

西村屋拿起画,向老爹打声招呼,"我先来"。今天是最后一次校样,此时只要版元和绘师一同点头,便是最后的拍板,以后再想修改也来不及了。但是西村屋目光坚定,没有丝毫犹豫不满,说过一句"可以"之后,把画放到老爹面前。

老爹没说话,只静静地打量着,点了一下头,说了"嗯"。

"请让我们几个也看看。"

西村屋的管家伊兵卫倾身向前,先看看家主,再观望一下老爹。他身边站着经常来北斋工房跑腿的伙计——八字眼甚助,此时甚助连眉毛也愁成了八字。而雕师仙太郎,则双臂抱在胸前,不动声色,脸上没有任何表情。

仙太郎貌似个性桀骜,今天在门前众人互相问候时,他对西村屋当家和老爹也没有低头行礼,更不要说阿荣,他连正眼都不看一下,冷漠至极。

但老爹丝毫不以为意。老爹自己也讨厌装腔作势的问候,对他来说,只要对方有才华,就算个性偏执不懂人情世故,他都另眼相待。更何况,雕师和摺师是事业同行,无所谓年龄和出身来历。

这让阿荣忽然想起了善次郎。

大火之后，善次郎搬到根津，开了一处妓楼。

善次郎是怎么做出这个决定的，阿荣无从知道。她原本就很忙碌，再加上现在老爹和西村屋开始合作大判锦绘的大工程，老爹每天为了确定构图和风景顺序，都要全神贯注地画几十张底稿，为此，阿荣不仅从壁橱里找出了老爹以前的画集，还请西村屋收集了各种富士山图。她自己在画各种插图，以及春画版画底稿，挣钱维持日常家用。肉笔画的订单虽然需要老爹亲自动手，背景中的树木房屋以及人物衣着纹样，阿荣都包揽了。

只有到了夜晚，一天的工作忙完之后端起酒杯时，她才会想起善次郎。每到此时，她都忍不住想，自己有一份手艺能养活自己，真是太好了。

她只要手中握着画笔，便无须考虑其他冗余。

尽管如此，阿荣还是从其他人嘴里听到了善次郎的消息。西村屋的伙计甚助告诉她，善次郎现在改名为若竹屋里助，和大妹夫一起经营商店。善次郎的老婆阿泷，原本是吉原里的女艺者，相当于善次郎大妹伊知的姐辈。

这样啊，你们俩真成了姐妹了呀。

阿荣不知道伊知也成了家，听到后很是震惊了一下。但话说回来，这些牵挂都是阿荣的一厢情愿，和人家没关系。想如今，嫁作商人妇的小雪早已生了一两个孩子了吧。最小的妹妹名实，莫非还在做艺者？阿荣想了一下，又觉得自己好笑，这些事情都无从知晓，兀自胡猜乱想，倒显得自己像个市井阿婆了。她连喝几口酒，不愿再去多想。如果能这么喝醉后熟睡过去该有多好，无奈越是此时，越难醉去。

今年正月刚过半，善次郎来了浅草。在此之前，老爹说想搬家，于是搬到了此处——浅草妙音院内的一座长屋。善次郎来时，阿荣不巧去了西村屋办事，老爹应邀去戏作者柳亭种彦那里做客，也不在家。

戏作者柳亭种彦和老爹几乎相差一个辈分，两人却来往甚笃。柳亭前年刊行了《偐紫田舍源氏》的初编，歌川国贞画的插图，一举赢得了好口碑，老爹高兴得就像自己被夸奖了一样。

阿荣办完事回到家，五助神色庄重地向她传达了善次郎留下的话——

"我事出有因，当了忘八。请把我这句话原样传达给老爹和阿荣。"

忘八的八，就是那位马琴先生花了几十年时间在《南总里见八犬传》里颂扬的八德。仁义礼智，忠信孝悌。丧失或抛弃了八德的人，叫作忘八，也代指妓院老板。

如果恪守什么仁义礼智，人生在世，很难活舒坦。把这些都丢一边，游戏人间者才是赢家。毕竟，人不知道自己能活多久，不定什么时候气数就尽了。

这就是善次郎呀。阿荣仿佛能听见他如此豪言壮语。

善次郎的戏作和画都似红非红，受众不多，也许，这是他一直甘居英泉流不愿走出的结果。

他对五助说这话时，一定也斜挑起一边的眉毛，得意地笑了吧。

善次郎买了十二个老爹喜欢的大福饼当礼物，还带来了一些稻荷寿司，据说是阿泷亲手做的。老爹对大福饼不满地撇嘴，嫌弃"饼皮太硬"，稻荷寿司却格外美味。说到稻荷寿司，以前小兔做的总是米饭太软，醋太多，阿荣从小就不喜欢吃。而阿泷做的这个，醋饭恰到好处，撒着炒熟的芝麻，包在外面的油炸豆腐皮咸甜适口，一眨眼就被众人抢光了。

平时工房里的晚饭总是用饭摊寿司或现成的炖菜来随便凑合，这次吃过阿泷的手艺，众人好似久旱草木终得甘霖，吃得心满意足，摸着肚子仰天赞叹"美味"。

在阿荣看来，阿泷正适合给善次郎做老婆。善次郎就像一只风筝，晃晃悠悠，飘浮无根，随心所欲。阿荣甚至觉得，命数真是个奇妙的东西，善次郎居然找到了正合适他的地方安安稳稳落下来。看来，是他和阿泷之间的那根红线足够牢靠结实。

再说阿荣这边，她原本就想好了，一切不过是一场露水之缘，既没有开始，更何谈终结。

不知从何时起，阿荣早晨醒来，总是念个咒给自己听：

嗯！我根本不在乎。

她白天拼命工作，晚上独酌，早晨醒后飞身跃起，默默念着"我根本不在乎"。

只是，阿荣即使沉浸在画的世界中，有时心头也会落下影子。那是当年垂枝樱花的摇曳花影，悄然浮现，又渐渐散去。

善次郎今后真的不再写书作画了吗？这个名叫溪斋英泉的绘师，难道就要从画的世界里消失了吗？

以藏、老爹和西村屋移步里间后，管家伊兵卫一声"借光"，从阿荣眼前横穿而过，甚助和仙太郎也一同走进房间，跪坐到画前。

几人与阿荣一起，无数次无数次，不知厌倦地看着眼前的画。明明画稿线条就出自仙太郎之手，但他和其他三人一样，为眼前的盛大之景瞠目结舌，仿佛有生以来第一次看到。

势要席卷天穹的巨浪翻滚着，似乎马上就要碎裂崩落，巨浪尖上，飞沫喷涌，阿荣似乎感觉到了大海浪潮正袭面而来。

荒波缝隙里，漂流着三条前往江户的货船，船夫们低伏着身体，仿佛正将命运交付给巨浪。

这海，是神奈川边上的大海，平日风平浪静。小船载着鲜鱼，载着薪炭，交织来往于神奈川和江户之间，这是船夫们的生计之本。

然而一旦大海变色,便立起参天水墙,拔地而起再轰然中落,巨浪席卷之下,连人带船不是被狂流吞噬,便是死里逃生。画上画的,正是这生死悬于一线的场面。然而看到画的人都会相信,画中的小船绝不甘就此沉没。

画面正中央,是富士大山。

平日走在江户城中,无论何时何地,只要抬头,便能看到并遥拜这座神灵之山。正因为富士山岿然不动,人们才从浮世之中觅到了希望。无论世间之人正如何被命运的荒波蹂躏,富士大山永远为浮世展现着安稳不动之美。

要拼命地活下去啊。直至殒命的那一刹那。

阿荣仿佛听到老爹的这声低语在反复回荡。他的声调语气,并不那么严肃深刻,就和平时一样,轻松中透着潇洒。

画面左上方,铭刻着画题,《富岳三十六景 神奈川冲浪里》。一旁,有落款,北斋改为一笔。

二

天保五年(1834)八月里的一天,天空上飘着片片细碎鱼鳞云。

老爹早晨起来,喝下两盅阿荣为他准备的长寿药酒后，便拿起画笔。

"只要每天喝下此酒，岂止百岁，我能活到一百二十，不！能活到一百三十岁。我能一直画下去。"

无论谁来访，老爹都会这么说。实际上，老爹矍铄健旺，不像七十五岁的老人。他外出时虽需手杖助行，但画起细致的线和面来依旧不需要戴眼镜。

阿荣最近觉得身体血行不太畅通，脚尖总是冰凉，于是试着喝了一口老爹的长寿药酒，甜死了，根本喝不下去。

"先生，姐，我收下画了。"

西村屋来取画的伙计，刚从五助手里接过版画底稿。阿荣扭头站起来，和伙计打招呼，"辛苦你了"。伙计把画用风吕敷包好，背到背上。今天的伙计不是八字眼甚助，而是个不到二十岁的年轻小伙子。甚助现在升任第三管家，已经可以照看店面了。

"代我向老板和管家问好。"

"多谢您了。"

伙计的声音愉悦轻快，窗外也是一片明媚阳光。

四年前，文政十三年出版的《富岳三十六景》远远超过西村屋的预想，成了热门抢手货。四年来多次再版重印。因为人气过旺，西村屋也贪心起来，加订了十幅新图，就是说不止三十六景，全套加起来一共四十六景。当然，无论如何热卖，老爹作为绘师只能拿到最初的酬金，之后的加印盈利并不会润泽葛饰家的家计。

唯一能确定的，是西村屋抖擞精神，东山再起了。还有，老爹作为浮世绘师，如今已名扬天下。

这一来，其他版元也明白了风景画好卖。天保三年，一个名为歌川广重的绘师出版了《东海道五十三次》。广重和阿荣大约同岁，本是武士出身，父亲是一名消火同心[1]。

总而言之，江户城的版元们恢复了元气。阿荣每见到西村屋第三代当家，都觉得他越来越有底气，变得器宇轩昂了。

天保二年，所有的画刊行完毕后，西村屋召开家宴，盛情款待老爹、阿荣和五助等诸位徒弟。雕师仙太郎和摺师以藏也同席。阿荣和以藏对上视线，看到他心满意足地颔首致意。仙太郎还是爱搭不理的老样子，只有豪饮的架势堪称潇洒痛快。

宴会开始前，西村屋第三代当家与八，环视众人后开口说道：

"承蒙在座诸位的支持厚爱，富岳如今变成了真正的吉祥。就连没有过夜粮的巷尾穷人，也来买过一两幅富士图，说要把画贴到墙上，早晚跪拜。对版元来说，再没有比这更欣慰的了，因为辛苦终于得到了回报。浮世

---

[1] 同心，即幕府的下层官吏。消火同心，即隶属幕府的官方消防官，区别于前文出现的鸢人足，鸢人足属于民间消防组织。

绘只有深受世人喜爱才能体现其真正价值,在此,西村屋向诸位表示衷心感谢。

"想必诸位都知道,西村屋凭借"富岳三十六景"大赚了一笔,嗯不对,从今往后,我也打算一版再版,不停加印。从各地来江户游玩、见世面的人逐年增加,众人都不忘将此图当作礼物买回家去。北斋先生富岳的大名势将传遍天下,北到松前,南至萨州,无人不知,无人不晓。哎呀,照此下去,我们西村屋又得多建几间土屋了。"

与八开着玩笑,轻松了会场气氛。立刻,他又开始挥舞起手臂,就像在击响太鼓。

"但是,好东西塞进土屋里一味收藏,那是暴殄天物,有损西村屋名声,我不会这么干。今后才是让世人见识西村屋真本事的大好时机,所以我要请在座诸位束紧腰带,抖擞起精神继续挑战,永不服输!来,请举起手,我们来拍手贺成!"

江户流的三本缔拍手礼[1]之后,宴会开始了。

正如第三代预测,初刷只有二百张的《富岳三十六景》,如今销量已轻松过万。

---

[1] 为祝福物事顺利,并向参加者表示感谢而进行的拍手礼,形式为三次三拍,最后再加一拍。

老爹一鼓作气，接着画了《诸国泷回图》[1]，阿荣帮忙画的花鸟画也甚是畅销。今天交给伙计带回去的《蝴蝶牡丹图》底稿，便是老爹画了牡丹，阿荣画了蝴蝶。《虻菊图》则相反，各种菊花出自阿荣之笔，老爹则挥毫画了虻虫。

从去年开始，阿荣也断断续续接到不少指名订单，她在画上落款"应为"，这是个新画号，取自老爹"葛饰北斋改为一"的"为"字。

今后，我要一心为画。既然天意让我拿起画笔，我愿终生紧握，不负天命，其他一切都可以抛弃。阿荣暗自下定了决心。

但这个决心，也不是什么令她浑身激动颤抖的重大觉悟，说到底，画画是她的谋生之道。她自幼执笔，如今也依旧在修行途中。

老爹最初用胜川春朗的名字行走画界谋一口饭吃的时候，才二十岁，至今已修行了五十年。可是，用老爹的话说，直到最近，他才开了一点窍，稍微摸清了一些周围事物的形状。

徒弟们听到老爹这样说，有人浑身发软，还有人吓得翻了白眼，只有刚满二十岁的五助镇定地坐在那里，屏住呼吸听完了老爹的话。五助连磨墨都全神贯注，当

---

[1] 各地瀑布图。

作一件大事来做。他并不聪明，就连把线条画直花的练习时间也比别人长，但他从来不心浮气躁，不厌倦，一心想把事情做好。

看来五助真的喜欢画画，用画笔谋生，在画中生活，就是他最向往的事情了吧。阿荣想。

今年老爹新出了一部绘本《富岳百景》，跋文中的一段话，都是他平日挂在嘴边的真挚之言。

"说老实话，我七十岁以前画的那些东西，都不值一提。年过七十三岁，才稍微看清了鸟兽鱼虫的骨骼和草木生长之道，所以我想长生，希望年至八十，画技稍有长进，九十岁洞悉画之奥义。若想进入神妙之境，恐怕要到百岁。到了一百一十岁，笔下一点一线，定能栩栩如生。"

老爹平日虽然这么说，但跋文里的言辞更讲究，更有腔调。无论如何，老爹真心想长寿。

这个世上，活到最后的人是赢家。活得长久，才能不断修行。

就这样，老爹把画号改成了"画狂老人卍"，卍是他喜欢的川柳号，阿荣眼前能浮现出老爹宣布改用此号时的样子，"我这辈子现在才刚开始。也只有现在，才能沉下心来一心为画癫狂"。

"姐。"

听见五助叫他，阿荣回过头。

"那个，……来了。"

阿荣惊讶得叫出声来。她看一眼父亲，老爹原本俯身在一张木框绢本上，此刻也抬起头来，和阿荣合上了视线。

"他还带着客人。"

阿荣单膝立起，走到门口，看见门外路上站着一对四十上下的男女，和一个脸色苍白的年轻人。

是时太郎。

——恶魔化身的外孙，老爹这样哀叹地称呼他。

工房里没有坐的地方，阿荣带着三人上了二楼。

老爹轻轻叹一口气，站起身，也上了楼梯。

阿荣返回一楼去给客人准备茶水。

他为什么而来？又来给我们出什么难题？

阿荣心情黯淡，把茶碗放进木盘里。越是这种时候，她越渴望抽一管烟，但她不能让老爹一人去对付这些麻烦事。

到底什么时候才是个解脱啊。

时太郎参加小赌局输了钱，或者与人打架打输了，总是有人找上门来，让老爹替他擦屁股。这孩子，没有胆量行大恶，总是恃强凌弱，不是抢劫体弱无力老年人的随身之物，就是威胁小孩勒索零钱，还经常偷拿家里的东西。

为了偿还时太郎欠下的债，老爹接了所有能接的工作，来者不拒。绘师这种生计本身，原本就需要和赊欠打交道，再加上时太郎，家里欠债越滚越多，为了还钱又欠下新债。就这样，为了借钱，老爹甚至找到门生那里。拿画抵债也是常有的事。

"托恶魔的福，现在我写这种文书特别顺手。"

老爹苦笑着，把配着谐趣画的卷纸给阿荣看。确实，上面的话说得非常动听。

老爹写信求助的人，大多是敬佩老爹画艺的文人。其中不乏富商，有些甚是年轻，只有老爹一半岁数，即使这样，老爹也毕恭毕敬地先叫一声"老爷"，才下笔陈情诉说：都说老爷心地善良济弱扶倾老朽故有一事相求，如此等等。老爹用轻妙的文笔四处低头相求，每每能借来一两二两。

时太郎的恶事并没有停止，在《富岳三十六景》初版那年，老爹终于忍耐不住，叫来了时太郎的生父柳川重信。

记得那天是立春，时太郎又一次趁着老爹和阿荣都不在家，跑到工房里物色东西。

"你还没做够？你可行行好吧，不要再让老爹和阿姐为你受苦了。拿开你的脏手，这里不是你乱翻的地方！"

听到五助如此恳求，时太郎穷凶极恶地扑打过来，踢了五助无数脚。如果不是其他徒弟奔过来将时太郎倒剪双臂按住，恐怕五助就要被踢得肚腹破裂。时太郎从小就执拗顽固，喜欢用棍子戳烂海星或毛毛虫。他总是一边看着猎物的挣扎惨状，一边下手。

众人正在争执之中，阿荣回来了，还没进家门，她就在路边听见了时太郎的叫骂声。她怒从心头起，脸色煞白地冲进家门，和徒弟们一起用麻绳将时太郎捆到柱子上。无论事出何因，她决不允许别人欺负五助。

"姐姐[1]！"

时太郎几次用哽咽的声音讨好地叫着阿荣，一看阿荣不理睬，又换上一副凶相。

"你们这么对我，以后有你们好看的！老子有的是厉害的道上大哥，你们这些人以后别再想安安稳稳地走夜路！"

"你这么厉害，倒是做一个让我们瞧瞧。"

阿荣照看着五助的伤势，厉声骂了回去。五助划伤了额头和面颊，肋骨边上也被踢青了。阿荣看着眼前十三岁的外甥，勃然大怒。

当天晚上，阿荣把事情告诉了晚归的父亲，老爹命人去叫了柳川重信。

重信是阿荣的姐姐美与的前夫，时太郎生父。曾给

---

[1] 原文即为"姐姐"，后同。

马琴先生的《八犬传》画过插图，后来长期逗留大坂，阿荣听说他已经回到了江户。一个绘师或戏作者的住所地址和日常起居情况，版元最为熟悉，而时太郎让老爹吃尽了苦头这件事西村屋尽人皆知，相关小道传闻不可能没有传到重信耳中。尽管如此，重信却从未上门找过自己的儿子。

那一日，脸色苍白的重信终于来了。他现在变得肥胖不堪，听着老爹的话，不停地浮起屁股点头赔不是，用手巾擦拭额头上的汗。

"我们替你照看了七年孩子。这中间送他去学徒奉公，他却中途逃跑，现在我们连他的住址都不知道，光替他还债，为他擦屁股了。这个孩子我们照看不了，你领走吧。"

"都是我不好。"

重信点头哈腰，鼻尖下渗出一排汗珠子。

"他虽是我外孙，更是你亲生儿子，今天你得把他带走。"

"您要是这么说，我也为难。"

重信嘟嘟囔囔，一脸不情愿地瞥一眼时太郎，仿佛看到了灾殃。

时太郎被徒弟们连推带抱地揪扯过来，活像一个肇事凶犯。他始终不耐烦地扭着脸，不停地咂舌头。

"我已经管不了他，现在该你了。"

"就算带他回去,我家房屋窄小,再说,我还得和老婆商量一下。"

这些毫无情面的对话本不该当着时太郎面说,但若此刻心软,必将后患无穷,对时太郎绝无好处,所以阿荣始终没有开口。

"唉,这孩子如果继续留在江户,只会重蹈覆辙,连你也要受牵连。"

"那您的意思是?"

"总而言之,有人拿他当冤大头,教他行恶,关键得把他和这些人分开。"

"冤大头?"

"他身边有一群不三不四的伙伴。唉不对,那种人哪里配称伙伴。总之,你必须把时太郎带出江户,不然的话,他这辈子就被坏人吃定了。不能去京都和大坂,要找那种更偏僻的、没有匪窝渊薮的地方。"

时太郎始终在怄气,出得家门走到街巷里,还动静很大地啐了一口唾沫。

那之后没多久,重信带着时太郎,出发去了奥州[1]。走到一半,时太郎就从客栈偷偷逃跑了。过了一段时间,他本人虽然渺无音讯,但他新签的欠债文书又找上门来。附身饿鬼又回来了。北斋工房只好仓皇逃跑,搬到了

---

[1] 现在日本东北部岩手县一带。

别处。

"我家已经和时太郎绝缘,再没有关系了,别找我!"

那帮人看到老爹不理会,当然不肯善罢甘休,为此没少出无赖阴招。不是斩掉小鸟的头摆到家门口,就是在门口洒粪尿,还故意找碴儿威胁出门办事的徒弟。老爹去町奉行所申诉案情,官吏们不当回事,他们也不当面拒绝,只是装忙碌,装管不过来。老爹一肚子憋屈,也没办法。

正当这边时而愤怒时而哀叹的时候,柳川重信病故了。那是天保三年的闰十一月,歌川广重的《东海道五十三次》刚开始走红成为众人话题。重信的葬礼上,时太郎没有露面。

阿荣走上二楼,给客人端上茶水。

和时太郎一起来的男女二人,看身形打扮像是穷苦人,时太郎和他们究竟是什么关系?阿荣心生疑窦,走到房间角落里坐下来。

老爹已经听完了前面的话,眉头紧皱出两条深刻的竖线。

"您说怎么赔偿我们吧。"晒得焦黑的男子逼问老爹。

老爹仰着头,双臂抱在胸前。

"我家外甥这次又闯了什么祸?"

听阿荣如此问，那个女人声音颤抖地回答："时太郎把我闺女的肚子弄大了。"

女人一边说，一边双手捂脸，声音里带着哭腔。她的衣襟和袖口都污渍斑斑。"这可让我们怎么办呀！"

没等阿荣再问，男女一起高声诉起了委屈。

两人是女孩的父母。父亲自称是卖竹竿和木盆的走街小贩，母亲在家做些往团扇上贴纸的小活儿。家里的女孩比时太郎大两岁，在水茶屋[1]里当女侍，一家子指望着女孩的工钱过日子。女孩有两个弟弟，还未到出去学徒的年龄。

阿荣听着没说话，只默默地睨视时太郎。

没出息的废物，什么都干不成，做这个倒挺拿手。

阿荣放在膝头的双手握成拳头，颤抖不已，真想痛揍这个小兔崽子。

就在这时候，时太郎深深伏下半个身子，小臂撑地。

"外公！"

时太郎向老爹低下头："这次我要洗心革面，认真干活养家，我想开一个熟食店。"

"时太郎，你才十七岁，你能坚持下去？"

"现在我有孩子了。这可是我第一次有了亲人。"时太郎愤愤地说，语速飞快。

---

1 神社或寺庙境内供人歇脚喝茶的地方。

第一次有了亲人。

阿荣反反复复看了几眼时太郎的后背，心底骤然一阵刺痛。

你第一次有了亲人，那为你担惊受怕吃尽苦头的外公，是你的什么？小兔外婆，又是你的什么！

质问刚到嘴边，又生生咽了回去，算了。因为老爹正在点头，说"好吧"。

"那你从今往后要收起性子，沉稳下来，好好养活你的老婆孩子。"

能听出老爹的声音里有几许欣慰。

进了十月没几天，时太郎举行了一场简单的婚礼。

他在上野宽永寺门前池之端仲町找到一个门脸房，开了一家小店。不用说，开店的本金是老爹给准备的。女方父母自称没钱给女儿准备嫁妆家具，所以老爹还得另外筹钱，买被褥、火盆、暖桌，以及开熟食店需要的炊具。

时太郎家一层的土间是熟食店面。这一天，在里面的六帖间和四帖半间里，聚集了老爹、阿荣、时太郎夫妇、女方的爹妈和弟弟。说是婚礼，也只是互相举杯祝贺一下，衣服还是家常衣服。

时太郎的老婆名叫阿伞，不像她妈那么能说会道，是个寡言少语的女孩子。说是十九，看上去还要大几岁，小眼睛，厚嘴唇，肚子还没鼓起来，一直低着头看着地面，几乎没正眼看过老爹和阿荣，偶尔小声呵斥几句吵闹的弟弟们。

"来来，先生，喝一杯。"

阿伞的父母不停地向老爹劝酒。

"实在对不住，我不喝酒。"

"您开什么玩笑，过了箱根往东，咱大江户里，一没有妖怪，二没有不喝酒的人！来来斟上，今天是大喜日子，您哪怕喝一口呢。"

老爹平日和嗜酒之人颇有亲交，但讨厌强行劝酒的人，他嫌那些人既俗气又不识趣。

"我替老爹喝了。"

见阿荣递过酒盅，女方的爹毫不掩饰地摆出一副扫兴的样子，给阿荣倒了一杯。

真难喝，这什么东西，就像温酒放凉了[1]。不要说赤饭[2]了，连贺喜歌也没有，阿荣还从未参加过这么尴尬别扭的婚礼。

阿荣给夫妇返斟上，再整理一下心情，坐到主位上的两人对面。过去就此揭过，现在要祝福他们："恭喜你们了，要好好过日子呀，时太郎！"

---

[1] 一般来说，日本酒或者直接喝温酒，或者喝冰镇过的冷酒，温过却放凉的酒大多滋味不好。
[2] 在喜庆日子里吃的红豆米饭。

阿伞不说话。时太郎脸蛋通红，声音明亮，紧盯着阿荣："姐姐，我知道你喜欢喝酒，今天就请多喝几杯。"

啊，这孩子原来还有这种笑容。

阿荣抑制住眼角微湿，接过酒杯，她还是第一次喝时太郎敬的酒。

时隔很久，阿荣再一次在心中和善次郎说话了。她和善次郎已经几年未见，听老爹说，他在根津开了妓楼，同时还在写戏作，老爹在料理屋召开的席画会上，与他几次偶遇，他向老爹询问过阿荣现在可好。

"善次郎真是懂你。他一看画，就能丝毫不差地猜出哪部分是我画的，哪部分是你帮的忙。"

据说善次郎还笑着说，"阿荣画的女人没有风情，所以我能一眼认出来"。

这家伙，还是那么吊儿郎当，嘴里没个正经。

"他一个连画笔都握不牢的人，居然大言不惭地说我？"

阿荣在老爹面前，做出一个夸张的不忿表情。

但她在心中，对善次郎倾诉了最率真的感想：阿善，当年那个时宝现在长大成人，独当一面了。你现在要是在这里该有多好，多想给你看看时宝喜庆的样子啊。

窗纸哗啦一声响，有风吹进来。随风而来的，是一股清亮的残菊香。

三

毕竟是十二月中旬的午后了,阿荣感到凛冽的寒气正从膝下蔓延上来。

她不时往快冻僵的手指上呵着热气,将三五支磨掉尖的平笔摆放到一起。

肉笔画常用的岩绘具,大多由矿石或贝壳粉碎做成,所以一支画笔用不了多久,毛尖就会被磨平。原本方头的平笔时间长了,两端被磨掉,成了三角形,不能再用来画背景等大面,但只要用细线将几支捆到一起,就是一支排笔。这些笔原本都是上等的鹿毛笔,只要把毛的方向捋顺,用剪刀修剪好,就会变成一支顺手道具,比毛刷好用得多。

尤其是阿荣做的排笔,不残留刷痕,浓淡深浅也好控制,适合晕染上色,老爹特别喜欢。

老爹这人,不讲究吃,不讲究穿,对起居住家的态度也很恬淡,但说到笔墨纸张、颜料和工具,就讲究得很细致。而且老爹在这方面特别有眼光,动手挑的都是好物件。绘具店、纸张店和毛笔铺子也都深知老爹这一点,不会送坑人的次等货上门。

现在年底了,这些赊账眼看着要还,钱从哪里来呀,阿荣往笔杆上缠上细线,默默地想。环视一下家中,一干二净,别说能卖的东西了,连能典当的东西也没有。

小兔留下的梳妆台和衣柜早已不见，旧衣服也没能留下一件。

老爹卖光这些东西，为时太郎开店筹够了钱。阿荣和老爹就算早已习惯了背债，如今再想借钱也已无人可开口。老爹从版元那里连续预支了报酬，现在就算画再多的底稿，也只能抵销预支，实际没钱到手。

阿荣能看出老爹一天比一天疲惫，所以上个月劝他出去走走，看看山水。

"好啊，真的不要紧吗？"

"当然没问题啦！这几年老爹连续做了大场面的硬活儿，没少收获，该出去换换心情了。现在都是些零碎工作，我一个人就能对付。你走到哪儿了给我来封信。如果有事，我们写信沟通。"

"行，那我就走一趟。"

老爹喜笑颜开，麻利地收拾好画笔和画账，拿着手杖出门了。老爹在这种时候是急性子，没有半点磨蹭。他年轻时早就习惯外出旅行，而现在各地都有他的门生，不愁找不到住宿。

阿荣原本以为老爹会往西走，毕竟西边稍微暖和一点，接到的来信却是从相州的浦贺发过来的。浦贺临着外海，老爹在那里写生了海浪、渔夫和各种海鱼。那边有不少人请老爹作肉笔画，所以阿荣想把现在手里的笔给他送过去。

但今天工房里没别人,阿荣走不开,要想寄送只能等明天。这年秋天又有一个徒弟出师独立,冬天里两个徒弟转到其他工房,现在只剩了五助一人。

其实,阿荣也想帮五助单飞。实在太委屈他了,现在这个家,就连往火盆里埋块炭都得算计一下,因为缺乏干杂活的人手,五助也无法专心作画。比如今天,五助去给版元交货,回家路上还得顺路买东西。如今五助年龄已大,早已不再是跑腿干杂活的小学徒了,但无论阿荣还是老爹,两人都下不了决心开口。

五助没有亲人,要想让他单飞,得送他一份资助才行。现在家里拿不出这笔钱,这也是开不了口的原因之一。

门口传来拉开障子的声音,阿荣暗想他今天回来得格外早,没想到传来的声音不是五助。

"有人吗?"

阿荣抬起头向后一看,土间里站着的,是时太郎的岳父岳母。

"真的吗!跑路了,时太郎跑了?"

"当然是真的,所以即使是这种大冷天,我们也特意赶过来了。依我看,时太郎就藏在这儿了。"

岳母一上来就口气不善。

"你要是不信,这个家随便你找。"

"北斋老爷呢?"

岳父一屁股坐下来，盘起腿，狐疑地四下打量。两人都穿着厚棉衣，脖子上的围巾是丝绸的。

"老爹不在家。"阿荣简短地回答。

"哼，成家刚刚两个月，一天早晨他说去进货，就再找不到他人影了。"岳母撇嘴道。

"这是什么时候的事？"

"七天前，嗯，不对，十天前？具体是哪天无所谓，你说这事怎么办吧，关键，你得给我们一个交代。"

阿荣抚摸着手腕，没说话。她不太相信时太郎能做出这事。也许，她这是亲人护短，一厢情愿。但不管怎么说，眼前这一对男女的言谈着实可疑。

为什么？为什么，一上来就要"交代"。

"他一声不吭就偷偷跑了，阿荣，你别以为我们好欺负！时太郎扔下刚开的店和大着肚子的老婆，找不着人了不能就这么完！"岳父一口泼皮腔调。

岳父威胁完，岳母接着尖声抱怨："货倒是没少进，嘁，就时太郎那两下子，他做什么都卖不出去，一句好听的话也不会说，根本不是做生意的料！赚不到钱不说，还得靠我们二老养活他。"

看来老爹给外孙夫妇租下的房子，这俩人不知何时住进去不走了。

阿荣回想了一下时太郎老婆的脸孔，却怎么也想不起来。明明是两个月前刚见过的女子，现在连名字也忘了。

只记得那是一张用脏乎乎的鼠色涂抹出来的脸,为什么会这样?难道是我哪里不对劲??

阿荣惊讶于自己的反应,同时拿定了主意,对这两个人一句道歉的话都不能说。

"我们姑娘说了,她已经看透了时太郎,跟他过不下去了。就算他现在回来,也绝不会让他进家门一步。多可怜啊,眼看着开春就要生孩子,被逼成这样。你说吧,我们姑娘被他伤了多少心!"

"你们的意思是,夫妇离缘?"

"对!"

"既然这样,那就没办法了,离就离吧。"

"没办法,哈?你他妈的逗我玩儿呐?"岳父单膝立起,一张脸猛地戳到阿荣脸前,那是一张贫贱又赤裸裸流露着贪婪的脸。"分手费、小孩养育费,加起来二百两。限你三天之内准备好。"

"二百两?"

"现在物价一直暴涨,这还是给你们留了情面呢。"对方忽然又变得谄媚起来。

"这么一大笔钱,你就是把我倒过来,我也拿不出。"

"哟,那这事可就有点麻烦了。"

"什么麻烦?"

"时太郎呀,不管他跑到哪儿,我们都会把他揪出……"

这种威胁阿荣早已听过千八百遍,都听烦了,怎么就没点新鲜的,阿荣打断他的话。

"随你们便。"

至今为止,阿荣和老爹为时太郎受了那么多罪,狼狈不堪,老爹多次宣告已和时太郎绝缘,但最终,还是伸出了援手。小兔和阿荣也一样,不忍心时太郎身世可怜,以至于成了娇惯。

肯定会得救的,只要去那个家,事情就有办法,船到桥头自然直——让时太郎有这个想法的,不是别人,正是我们自己呀。

"要蒸要煮,你们看着办好了。"阿荣平静地看看男人,再看看女人,话说得斩钉截铁。

赶走那对男女后,五助回来了。

"姐你怎么了?脸色这么难看。"

"没事。"

"你在发抖啊,出了什么事?"

五助一脸担忧地皱紧眉头,给阿荣倒上热茶。阿荣慢慢喝着,觉得这事情肯定会变成麻烦,简单完不了。想到这里,她放下了茶杯。

"我出去一下。"

她朝着日本桥一路跑去。在现在的阿荣看来,能一起商量此事的,只有西村屋老板与八。

当掀开印染着三巴家纹的暖帘时,阿荣已经气喘吁吁,说不出话来了。如今升为管家的甚助连忙跑过来,伸手扶住阿荣,和以前一样叫了一声"姐"后,又问"您有什么事"。阿荣那样子一定吓住了不少人,小学徒们纷纷缩头,只敢远远围观。

"老板,你们老板在吗?"

"在,刚回来,正在里面呢。"

"能求老板赏一点时间见面吗?片刻就行。"

"您先坐,我进去问问。"

阿荣在店铺的板间里坐下来,这才发觉自己衣裾大敞,底下的衬裤看得一清二楚。天气实在太冷,她忘了自己正穿着老爹的旧衬裤御寒,此时才慌忙整理好衣服。

伙计把她让进里面的房间,很快与八也走了进来,可能是听管家说明了情况,所以一上来就问:"怎么了,莫非先生出了什么事?"

"不是老爹。实在是难为情的家丑……"

阿荣说了一遍来龙去脉,与八听后长叹一声"是这样啊"。

时太郎没少给西村屋添麻烦,当年在这里学徒时就干了无数坏事。

"唉,这孩子,好容易才安生下来,刚让先生放了一点心,没想到现在……"

"我也以为他想安安生生过日子，痛改前非了。"阿荣一直忘不了时太郎在婚礼上的笑脸，新娘长什么样阿荣早已不记得，时太郎的笑容却一直印在她脑海里。

"你把上门勒索的夫妇赶出了门，现在依旧来找我商量，这就是说，你放心不下，还是想伸手帮一把时太郎，对吧。"

"不是，不是这样。你可能会觉得我薄情，我实在不愿再看老爹受牵连。老爹嘴上说他想活到一百岁，但人人都有寿数，谁也不知道他哪一天就走到头了，所以现在每一天都得好好地活。"

"是，这点我也有同感。"

"说回时太郎，这孩子的孩子就快要出生了。"阿荣对时太郎的心意和担忧到底还是说不出口，但一不小心，就言及了小婴儿。

"确实，孩子是无辜的。但无论如何，阿荣，想必你也知道，二百两的数额实属敲诈勒索。"

"我知道的。"

"你能拿出多少钱？"

其实阿荣一两也拿不出来。但她明白，这次她得豁出去："最多也只能拿出五十两。这些钱够不够养育孩子，我也不知道。"

"阿荣，我之所以这么问，是想让你知道，如果想解决这件事，无论使用何种手段，都必须花钱。若想让那家人断了恶念,今后不再找麻烦,就得动用一个比他们更厉害的人物。只是,要想请动这样的人物,谢礼必不可少。当然了,你可以去奉公所报官,但你肯定知道,官府只会劝两家内部和解。这事情,在官府里拖的时间越长,对老爹伤害越大。"

阿荣默默点头。

"我这边呢,认识一个工头,自家父时代起便有来往。这个工头有厉害本事,就算遇到强人,也能把强人打跑。此事交给他处理,肯定没有后患。只是……"

说到这里,与八压低了声音。

"你得把五十两全部交托给他,至于给那对男女多少钱,这个你不能插嘴。规矩就是一切交给他来办。"

"那,那小孩子呢?"

"阿荣,就算你一分不少交给那对男女二百两,他们会给孩子用几文钱?这你管得了吗?"

说到这里,与八扬起眉。

"时太郎已经和那一路人结下关系,断不了了。既然老爹现在不在家,那就请他留在浦贺过个年,先躲一躲。你们如果有书信来往,别署真名字。还有阿荣你,另换一个住处吧。我家在根岸有一处僻静闲居,家父现在别处养老,根岸正好空着,房子很旧,可能多有不便,你若不嫌弃就请暂时住过去吧。"

"我没想到,要走到这一步。"

"事已至此,不得已而为之。"

阿荣长叹一声,下定了决心。

"给你添了这么多麻烦,实在过意不去。"阿荣匆忙致歉,迫不及待地站起身,现在最要紧的是去哪里筹钱。

"阿荣,那五十两你打算怎么筹措?"

"总会有办法的。"

"可千万不能借高利鸦金[1]呀。沾上鸦金就彻底完蛋了。"与八一眼看穿了阿荣的念头。

唉,真是狼狈不堪。"但是三天之内,我去哪里弄那么大一笔钱呀,也只有借高利贷了。"阿荣羞愧得抬不起头。一想到老爹这些年就是这样四处借钱的,顿时心如刀绞。

"这些年,我借先生的力量,积累了不少财富。"

阿荣马上领会了与八的意思,连忙摇头:"不行,我们已经预支了那么多,那部分还没正经还上呢。"

"我不是这个意思,我是说,这五十两,是借给阿荣你的。"

"借给,我?"阿荣没想到与八会如此提议,顿时觉得从肩膀到手腕有点发麻,连指尖都在微微颤抖。

"请你用画来还这些钱。如果是肉笔画,肯定能抵掉五十两。"

---

1 前一天借,第二天早晨连本带利一起还的高利贷。

阿荣心中无限感激，什么话也说不出来。

第二天，阿荣带着五助搬到了根岸。

阿荣独自一人，迎来了大晦日之夜。

五助去以前北斋工房的大师哥弥助家里过年了。弥助现在已经成家，有了一个孩子。

"姐，弥助大哥叫我们一起过去呢。"

但阿荣还是拒绝了，只目送五助出门："算了，你一个人去吧，好好休息一下。"

时太郎的事落定之后，阿荣才给逗留在浦贺的老爹写了信。尽管阿荣一百个不情愿，如果想让老爹在外面多待一段时间，暂时不要返回江户，就得告诉他时太郎逃走事件的原委。

与八找的工头非常明理，照规矩派了一个年轻手下过来，向阿荣汇报了那对男女的真实来历。

"男的根本不是什么行商小贩，就是一个出入便宜赌场的混子。女的呢，是个上瘾成性的花牌迷。"

"熟食店呢？已经关张不干了？"

"那家店，原本就没认真做过买卖。"

"从开始就没开？"

"也不是。我们问过四邻，据说，逃跑的小老板倒是认真的，卖的各种吃食也都挺讲究，有人说菜的滋味还不错。"

"……是这样啊。"

"菜还可以，定价不合理。有的菜特别便宜，明显收不回本钱，有的菜又贵得出奇。所以人们买过一两次后就算了，那店没攒下常客。有人过了一个月又去看，发现每种吃食都定成了天价。"

"小老板的老婆呢，她没在店里帮忙？"

"这点最奇怪。很多人看到那对男女在店里设赌局玩耍，但没几个人见过孕妇。还有，我们开始听说这家有两个男孩，这个也很可疑。啊不对，从店铺开张到冬至的那段时间里，这俩孩子确实在那里。"

所以，事情终究成了一个谜。

有可能，是那对男女认准了时太郎是北斋外孙，所以设了一个彻头彻尾的骗局。也有可能，是那姑娘真的不想一起过了，父母出于贪欲才去找阿荣要的钱。

阿荣在信中告诉老爹，时太郎夫妇已经离缘，以及那对男女不是什么正经人。当然，信中也写到了西村屋的帮忙和根岸的新家。

老爹马上写来回信，署名是三浦屋八右卫门。

老爹在简短回信里要阿荣致谢西村屋，还写到他在外面日日修行画艺，进步可期。

老爹在信纸边缘,写了一句川柳,画了一个身穿广袖衣裳的妖怪,就是老爹常说的恶魔,鬼脸什么样看不太清,因为正沮丧地低垂着脑袋。

看来老爹一定也知道,时太郎有过真心。

即便那是一刹那的真心,但在那一刻,时太郎心中确实在想着谁,想为了那个人而努力活下去。

阿荣拿起烛台,站起身拉开窗障子。

枯黄原野上白雪飘飞,远方敲响了除夜的钟声。

第九章 夜樱美人图

夜樱美人图

一

　　阿荣正蹲在井水池边洗脸，听见有人从头顶打招呼，"嘿"！

　　"最近怎么样？"

　　阿荣一边暗想，大清早的这是谁呀，跑到这陋巷大杂院里来了，一边又去漱口，还甩掉了手上的水滴。

　　上个月，天保十五年（1844）二月，阿荣和老爹两人搬到此处——向岛小梅村的俵兵卫店。除了阿荣和老爹父女二人外，此处住的大多是独身工匠，除了傍晚，白天几乎没什么行商小贩进来。

　　抽下肩头的手巾，阿荣看见自己面前的是一双男人的脚。听他说话语气，不大像版元派来的伙计，声音也不熟。阿荣心里奇怪，这是谁啊，等她站起身看清来人后，不由得惊讶地叫出声来。

站在她面前的,是善次郎。

"瞧把你惊的。"

"是你?"

"我过来问候一下。瞧,我买了樱饼。"善次郎举起手中的竹皮小包,摇晃着给阿荣看,"别傻站着了,赶紧擦擦脸,看你这一脸水。"

"啊?啊……嗯……"阿荣慌忙把脸埋进手巾里,啊,我现在必须说点什么,但又忽然察觉所有能说的话都消失了,只剩下手足无措。

"你们新搬的这个地方太风流了,一路走过来除了寺院和豪门大宅,剩下就是田地,我费了好大力气才找到这里。"

善次郎站在那里观望着四下,嘴里发着牢骚。

这个男人没有变,和以前一样,总是那么突然,快忘记他的时候,他就会骤然出现。阿荣想到这里,忽然冒出一肚子火。这之前善次郎几次来家,阿荣总是不在。阴错阳差,两人已经十几年没见面了。

但是现在,善次郎一阵风似的突然出现,那种说话口气,就好像他们昨天刚刚见过面。阿荣今年四十七,善次郎大她七岁,想来已快五十过半。都这把岁数了,他还和以前一样,出口轻率,满不在乎,一张厚脸皮。

啊不对,终究,他眼角的皱纹变深了,比以前消瘦了很多。下颌和肩膀的线条变得松懈，不再像年轻时那么棱角分明。

阿荣心中惴惴，嘴上却愤愤冒出一句狠话："我以为你早就暴毙路边了呢，没想到你活得还挺瓷实。"

善次郎一听阿荣这么说，高兴得笑出声来："原话还给你。"

"大家都吃尽了改革的苦头，奄奄一息，你们父女俩可好，活蹦乱跳啊。"

"呵，让您失望了。"

"老爹呢？起来了吗？"

"他不在，出门了。"

"出门？这么一大早？稀奇！去哪儿了？"

"信州。"

"就，就是那个信州？"善次郎惊讶地扬起眉。

善次郎用长火钵上的铁瓶给自己倒了茶，打开带来的竹皮小包，摆好阿荣的茶杯。

"反正你还没吃早饭吧，就吃这个吧。"

老爹平时就算刚睡醒也能吃甜的，一点不嫌胃难受，阿荣可不行。但是，昨晚已经吃光熟食店里买来的吃食，现在饭柜里空空如也。没办法，她伸手拿过一个樱饼。

口中飘起的樱叶清香，让她睡意全消。嚼着嚼着，清香之后，又感到盐的微咸和米糕的甘甜。

"嗯，这个真不错，做得细致讲究。"

"对吧？据说樱饼的树叶必须用大岛樱的叶子。啊，阿荣，你连叶子一起嚼了。吃樱饼得先揭掉外面的叶子。"

"是吗？晚了，都已经吃进去了。"

阿荣感到舌上确实有树叶筋脉，慢慢地嚼碎。现在她肩膀经常酸痛，脚底冰凉，唯有牙齿还是好的。

"没想到老爹去了信州。我还以为他成天钻在暖桌里不愿出来呢。"善次郎回头看着身后的暖桌，一半瞠目结舌。

老爹年过八十几岁后，确实，每天都钻在暖桌里不愿出来。一年四季除了夏天，暖桌里一直烧着炭团。老爹直接钻在暖桌里，披着暖桌被，半个身子露在外面，趴着画画。画累了，一侧身直接躺倒睡着，醒来后再一侧身，拿起笔接着画。就算有客人来访，他也很少从暖桌里出来，熟人们都知道老爹现在是这种做派。

"信州哪里？"

"一个叫小布施村的地方。"

"离江户多远？"

"听说有六十四里[1]。"

阿荣啜饮着茶水，又拿起一个樱饼。犹豫了一下，

---

[1] 一里约为3.9公里。

揭下叶子太麻烦,干脆连樱叶一起送进嘴里。

"六十四里?那就是说,按我的腿脚大概得走七天,嗯不对,得走八天。你可真行,真放心让老爹一个人出门?老爹今年高龄八十五,一路上离不开手杖吧?遇到意外怎么办?路上有人跟着吗?现在五助不在这儿了,也不可能去雇版元的伙计吧?"

两年前,五助狠下心来转入了歌川派,如今在跟歌川国芳学画。国芳因武者绘而闻名,如今在江户颇受追捧,他和老爹颇有交情,二话没说就收留下了已年近三十的五助。

换一个师傅就能学到新技巧,老爹年轻时就是这么一路修炼过来的,阿荣也满心欢喜地送五助出了门。

"这个嘛,日本桥十八屋的一辆板车跟着呢。走累了就坐上去让人拉着,坑坑洼洼,吱吱嘎嘎,人就坐在货品旁边。"

"十八屋?日本桥本银町的那个棉麻织物商?"

"你也知道?"

"那么大排场的店,怎么可能不知道。我现在就住在日本桥,坂本町。"

"哦。"阿荣不经意地回答。

其实她知道善次郎现在的地址,忘记是听谁说的了。

"你还在写戏作?"

"嗯,还在写。正想着怎么东山再起呢。"善次郎曾和妹夫一起经营过一间名叫若竹屋的妓楼。这间妓楼都没挨到天保大饥馑,在那之前,就先遭遇了火灾。火灾后,善次郎全家在很长一段时间里一直下落不明。后来,善次郎重新写起戏作,还帮着好友为永春水出版了人情读本。

"唉,善次郎你这些年真没少吃苦。"

"阿荣你也是呀。如今,不管是绘师、戏作者、版元,还是歌舞伎役者、寄席曲艺场[1],都被改革弄丢了饭碗。我这七年,真是不堪回首。"

"我也一样。糟心事没完没了。"阿荣转着手里的茶杯说。

"真的,改革之前是大饥馑。这日子过的……"

阿荣开始使用"应为"落款后不久,天保四年(1833)开始,各地连年稻谷歉收,反常天气持续四年之久,加上暴风雨袭击,最终爆发了饥荒。不光各地农村,就连江户也物价飞涨。农民抛弃了田地涌入江户,无数流民当街倒下,饥饿而死。

"那段日子实在太艰难了。官府虽然建造了一些救济灾民的小屋,无奈灾民实在太多。我家后面就有小孩子倒毙路旁,也不知道是和爹妈逃荒时走散了,还是被爹妈抛弃了。阿泷抱起那孩子想喂点水,那孩子的嘴唇啊,

---

[1] 小型演出会场。

纹丝不动，硬得像块干枯的木头。"

说到这里，善次郎声音暗哑了。

"老爹怎么样？我记得他和柳亭先生关系很好。"

天保大饥馑之后，幕府老中[1]水野忠邦施展铁腕进行了改革。改革先是宣传要厉行节约，取缔奢侈，对城中居民生活的管理尤其严苛。上演歌舞伎的剧场被迫搬到浅草[2]，第七代市川团十郎以做派奢靡的罪名被赶出江户城，各处的寄席曲艺场也在严格规章的制约下倒闭了无数家。

改革的矛头当然也对准了各类出版物，例如读本和锦绘版画，这令绘师、戏作者和版元们战栗不安。歌舞伎役者、游女和艺者题材的锦绘版画都以伤风败俗为由被禁止刊行，不仅不能刊行相关内容的新画，就连早已出版的旧作也成了禁物。

在改革风潮中，柳亭种彦的《偐紫田舍源氏》原版版木被官府没收，他刚刚建好的新居大宅也落下奢侈的罪名，天宝十三年（1842）六月，柳亭被抓入官府，这事震惊世人。要知道，柳亭虽是一名戏作者，却是正经八百的武士出身，领着一份旗本的俸禄。被捕期间他都受了哪些惩戒处分，他从未和老爹说起过。谁都没想到，

---

[1] 老中，幕府官职。幕府时代，除征夷大将军之外，实权最大的官员便是"大老"和"老中"。

[2] 当时浅草属于江户城的外围。

同年七月，他再次被官府捉拿，当月十九日就突然离开了人世。

有传闻说他是自杀，阿荣也不知真假。只听西村屋老板与八哽咽地说起，"也许是万念俱灰之后又患上了重疾"。

阿荣把茶杯放到膝前，点点头，说"是"。

"老爹和柳亭先生相识已三十几年，一直来往频繁，他们之间是想起来就会去拜访的那种亲近交情。老爹只要有了新鲜好玩的东西，比如借到了阿兰陀算盘和望远镜，就立刻跑到柳亭先生家里，两人一起摆弄就是一天。老爹八十三，柳亭六十整，年龄几乎是父子之差，但两人意气相投。即使在工作上没有合作过，但老爹是真心欣赏柳亭这个人。"

善次郎抱起双臂，沉默不语。

"所以，老爹那么意气消沉的样子我还是第一次看见。和我妈去世时还不一样，怎么形容好呢，老爹就像心里的支撑一下子垮掉，坐下就起不来了。嗯不对，他手里照旧拿着画笔，但就只是拿着，手一动不动。可把我吓坏了，生怕老爹就这么跟着去了。"

阿荣叹了一口气，又接着说。

"我在旁边看着，就觉得，老爹自己好像也在迷惑，不知道该拿自己怎么办。然后九月里，他突然离开家，去了信州的小布施。"

"那么突然？但为什么是信州？"

"十八屋的老家在小布施村，总号在那里。店主是一个擅长书画的文人，饥馑的时候在金钱上没少帮衬我们，还向我们下订了不少肉笔画，这些年来照顾我们很多。阿善你也知道，我家一直背着债，日子不富裕。"

阿荣抚摸着膝盖，继续说。

"我们从十八屋那里认识了一个叫高井鸿山的文人。"

"高井先生？我也听说过他。他曾在江户住过一段时间，对吧？他擅长书画，会做和歌，兼修儒学和兰学，是位了不起的人物。他好像和那个在大坂发起叛乱的与力[1]，就那个大盐平八郎也有交情？对了，他和佐久间象山也有来往？"

"这些我就不知道了。你也知道老爹，他不管别人有什么交际来往，也不看别人的学问素养，老爹只看人品性格。高井先生肯定是老爹喜欢的那种人。老爹走之前，就告诉我两句话，一是高井先生说过，想邀请他去小布施村做客。二是既然有邀请，那就走一趟。老爹撂下这两句话后，就真的去了信州的高井家。"

"老爹在这种时候真是当机立断，生龙活虎。"

"嗯，这话表面听上去不错，实际上，老爹有些地

---

1 幕府官职，同心的上级。

方可精明了。你知道吗,他接过一个画百人一首的活儿,他跟人家小气吧啦地讲价,平均到画一个人多少钱。所以这次他去信州,也是先去了日本桥本银町十八屋的店铺,抓住一个在门口装行李货品的小伙计,问人家,哎呀你这些货品运往何处呀?哦,是信州小布施村?太巧了我也正要去,那咱们一起上路吧。别误会,我老人家可不是坏人,我就是那个谁谁谁。就这么坐上人家的板车走了。"

善次郎忍不住笑出声:"是这样啊,不愧是老爹。"

"他那点心思,特别灵活狡诈。难道活到那个岁数的人都会变成厚脸皮?老爹跟着板车上路之后,十八屋的老板才从管家那儿听说这事,还不太敢相信,专门派了一个伙计过来问。要这么说,那小布施的高井先生肯定更要大吃一惊,之前没有任何联络,突然一下子,老爹就悠悠然地出现在人家的大门口了。"

善次郎微笑着,眼角几条皱纹挤到了一起。他从火钵抽屉里拿出烟管,用眼睛问阿荣"你要吗",再掏出自己怀中的烟管,和阿荣的放到一起,往里面填好烟丝。

"话说回来,我原以为高井先生最开始跟老爹说请来家乡做客什么的,只不过是客套一下,但没想到人家是真心的。高井先生非常厚待老爹,没少陪老爹游玩。两人一起做川柳谐句,一起捡栗子。而且小布施村里有很多文人雅士,既懂江户的潇洒风流,也识京都的精致雅趣,帮忙召集了不少上门求教学画之人。唉，那里的人对老爹，真正称得上殷勤热诚。"

阿荣抬起头，看着窗户纸，春日阳光照亮了窗纸，一片洁白柔和。

"忘了是什么时候，以前高井先生来江户时，我在十八屋见到过他一次，当时很吃了一惊。那时他也就三十六七岁，比老爹的女儿我可年轻多了。但是我看到他，就立刻明白了老爹的心情。"

善次郎点着烟管，猛吸几下确认好没灭，然后把烟管递过来，阿荣接下，慢慢吸了一口。

"高井有些地方很像他呢。"

"像谁？"

"像已经过世的柳亭。"

"啊……"

"不是长相，嗯，该怎么说才好呢？"

"我觉得吧，老爹在高井脸上看到了年轻的柳亭。柳亭就曾是这样一个年轻人啊，若投给他一个想法，他就会做出意想不到的惊喜回应。只要和他在一起，就特别尽兴，连时间都忘了。"

老爹失去这样一个难得知己，一定从心底里感到了绝望。老爹为自己的绝望而惊慌失措了吧。所以在那个时刻，他想起了高井鸿山。而且他还没有去过信州，对陌生之地的这份憧憬，也拉了老爹一把，让他迫不及待地站起身来，拄着手杖离开了家。

坐在板车上的老爹究竟在想什么呢？这六十里崎岖长路，老爹在思念柳亭先生吧。也许，他放声痛哭过。

所以阿荣特别感激鸿山先生，感激他迎接收留下一个满心哀痛、万念俱灰的老人。

想到这里，阿荣不由得鼻子一酸，连忙用笑脸掩盖过去。

"自那以后，老爹就特别偏爱小布施，天天说小布施地方好，信州都是好人，刮的风都是好风。那边很多人想求老爹的画，所以这次旅行老爹想把我也带过去，但我没去。"

"干吗不去？"

"算了算了。我连江户城都没出过，信州那么远的地方？可饶了我吧。再说了，我不喜欢老爹那个语气，什么不放心我一个人在家，煞有介事的，明明是他算计好了，他去那边画画，想让我给他打下手。"

"原来如此。那最近老爹的肉笔画，有相当一部分是阿荣你画的吧？"

据说，善次郎有时在金主家的会客间里看见过老爹落款的挂轴。在席画会上，他也见过一些老爹的画。

"有些是。有些我只管上色。你也知道，自从改革以来，官府管制越来越严，浮世绘不好出版，要想维持生计，必须尽量多画肉笔画。我不能跟着他去信州,不然这么多订单谁来收拾。"

善次郎侧过脸,看向墙边。那里是阿荣干活的地方,茶杯里插着画笔,周围摆着绘具颜料碟和堆积如山的底稿。

"你甘心就这么下去?"

阿荣不明白善次郎在说什么,不解地歪歪头。

"明明有很多画从勾线到上色,从头到尾,都是你一个人做的,我没说错吧?"

"还用问吗,那肯定的呀。"

"但最终落款是老爹,盖的是老爹的画印。"

"那样才能卖出好价钱嘛。"

"为了谋生,所以你甘心?"

"废话!说到底,我只不过是一个有订单才能活下去的工匠。再说了,同一幅画,署老爹的名字还是我的,价钱可差着好几倍呢。"

"那是你以为。你难道不想知道,署着你名字的一幅画,别人看后会如何评价?"

善次郎说着从火钵前站起身,轻巧地跃过团成一堆的被子,脚下小心躲过阿荣昨夜随手乱放的酒盅酒壶和颜料碟,走到墙边。

"为什么?你不想着去拼一把!"说着,善次郎单膝跪到地上。

二

看见善次郎半跪在那里许久没有说话，阿荣走过去，坐到他身边。

"怎么忽然就不说话了？"

"我在看这个，这是一幅手里拿着笔和诗笺的站姿美人图吧？"

面对着阿荣最近正在画的底稿，善次郎看入了迷。这是一张缩图底稿，只有墨线勾勒，实际上最后成品会是一幅长三尺、宽一尺的绢本挂轴。

"中间这棵树是樱花？左边有石灯笼，右侧前景也是灯笼，说明这是一张……夜樱图？"

"对。画面上方的三成面积，我打算画成星空。美人正借着石灯的亮光，斟酌要写的诗句。"

"唔，是夜樱美人图啊。"

"这是向岛的一家料理屋订的。他们打算挂在客室里。料理屋的宴会大多是夜宴，对吧？到了晚上，壁龛里只点着雪洞纸灯笼，光线幽暗。所以我想，这种气氛下，夜樱图比较好看。"

"在夜晚，欣赏夜景画。"善次郎低吟着，手肘撑到膝头，掌心抚摸起下颔来。

"这不是我的主意，以前我在老爹的画帖上见过类似底稿。我记得，老爹画的是元禄时代的一位女诗人，好像叫秋色?"

"秋色?是那句吧,'井畔微醺樱危然'。"

"你也知道?"

"嗯,我好歹是个戏作者。"

"哈哈我差点忘了,一直卖不出去作品的戏作者。"

听阿荣这么开玩笑,善次郎挺直胸膛,回了句"哼,随便你怎么说"。

"嗯?如果是秋色,老爹画的肯定是井户,不是灯笼,对吧?"

"你怎么知道的?"

"画有规矩嘛。如果画诗人,肯定得留一个相关线索,让人能看出来画的是谁。这样一来,看画的人就有了猜谜的乐趣。"

"话是这么说。但是大晚上的你画个水井,多瘆得慌,好像幽灵要钻出来。或者,我应该放弃夜景的思路?"

善次郎陷入沉思,一时没有说话。阿荣忽然不耐烦起来,伸手抓了两下额头和脸颊。她最近只要一思考,胸前和脸上就会发痒。

"我画来画去总是一个思路,到处找点现成的构图,按照自己的需要剪裁一下,拼到一起敷衍了事。你还别说,最后画出来还挺有样子的。正因为我这么做,所以才一直没长进吧?"

"你要这么认为,那就是吧。"善次郎站起身来,眉头不展,自言自语道,"但大家都是这么过来的,老爹也一样。"

"不早了,我该回家了。"他说。

时节已经过了春彼岸[1],河水回暖,想必鲫鱼已在四处游动。

三个武士坐在河岸上悠闲垂钓。河堤上水芹繁生,郁郁芊芊。田垄上满树辛夷,白花盛开在春日晴空下,枝丫上落着鸭鸟,热闹地鸣叫着,像是小鸟快要离巢了。

阿荣和善次郎肩并肩,朝着隅田川走去。善次郎说该回家了,阿荣说她有东西要买,跟他一起走出长屋。有东西要买是真话,她得出去吃碗荞麦面,或者在哪个熟食店随便买点吃食,不然今天就得挨饿。阿荣懒得做饭,无论是拿刀切菜还是用竹筒吹旺灶火她都觉得麻烦。随便买点寿司、豆腐田乐[2]、煮蛋之类的就行。

对了,酒已经喝完了,得续上。

老爹不在家就这点好,阿荣什么时候想喝酒吸烟管都随心所欲,有时候她干脆一边喝酒一边画画。版元知道老爹不在家,也不会派人过来,所以基本上没人打扰阿荣。

---

1 彼岸,春分和秋分前后的一周时间,春秋彼岸是传统的扫墓时节。彼岸花便因为开在秋分时节所以得名。
2 酱烤串豆腐。

只要能画画，就很幸福。她这么想着，度过了一天又一天。善次郎一来，就全乱套了。

也许是久未见面的缘故，洪水一下子冲破了堤坝，阿荣忘我地向善次郎倾诉了无数事情。这件事要告诉他，还有那件事，她根本停不住。

这么说起来，当年小兔来工房，也是这样兀自说个不停。

没想到，孤独会让人变成这副模样。阿荣忽然不安起来，这才想起了正事，她抬头望向身边的善次郎。

"阿善，你来找老爹，是有事情要说吧？要我替你传话吗？"

"嗯，也不是什么值得传话的大事，我好久没去你家问候，就想过去看看。"

"光我一个人说话了，都没给你说话的空当，是我不好。"

"没关系。"

阳光照过来，阿荣看见善次郎发际掺杂着银色。我也一样吧，她想着，伸手掩住发际。

"现在还有什么可掩饰的，我真傻。"不知不觉间，喃喃自语说出了口，这下子得连嘴一起捂住。她真不喜欢这样的自己，想到这里，干脆挺直腰背，平静地转过头去，开口问道："阿泷还好吧？"

"嗯，她让我向你问好。"

"现在她在做什么?"

"教附近的姑娘弹三味线。"

"嚯,阿泷肯定能召集来很多弟子。"

"还行吧,一天到晚家里聚着人,吵得要死。"

"妹妹们也都还好?"

"还行吧,就那样。"

"那阿善你自己呢?"

阿荣这话一半是揶揄,一半是随口一问。却见善次郎踌躇着,深吸了一口气。

"怎么了?阿善,出了什么事?还是被改革的拳头砸到了?"

"我当然被砸到了。两册枕绘本[1]被废了版。"

"……啊!"

阿荣感到庆幸,幸好和善次郎一起出了门。如果只是送他到门口,这些话就听不到了。

"你也是不容易。"

"岂止我一个,全江户的人都在遭殃。就连柳亭先生的戏作都不行,我这种枕绘本就更不用提了。只是……"

"只是,春水……"

为永春水从前和柳亭种彦颇有来往,可能还师从过式亭三马[2]先生。忘了是什么时候,春水因为擅自出版马

---

[1] 春画绘本。
[2] 式亭三马(1776—1822),作家、药剂师、浮世绘师,擅作流行小说、滑稽读物。

琴先生的戏作而惹怒了马琴。想来，春水在投机取巧和游手好闲上，和善次郎情投意合。

"春水好不容易出了一本畅销的人情读本，官府却说内容太过淫靡，判了他五十天枷手刑。"

阿荣说不出话来，许久，才小声嘟囔："是这样啊，真对不起，这些我都不知道。"

"唉，现在每天都有人在受处罚，不是被流放，就是被抓进牢里。所有人都小心翼翼，不敢大声喘气，生怕哪天轮到自己。春水这家伙，受刑之后整个人都变了，瘦得像个亡灵，手腕变形成了这样。"

善次郎左手手指蜷缩成一团，示意阿荣。

"他肩膀到手腕都使不上劲儿，软绵绵的。即便这样，他还用颤手端着酒杯，喝到死醉。无论我怎么劝阻，他都听不进去。他喝完了哀叹，哀叹完了呕吐。人就这么死了。"

"死了，什么时候？"

"去年冬天。"

一阵河风吹来。

"我就是不明白。"善次郎边走边仰望着天空，"我和春水相交那么多年……"

"唔。"

"我们一直在一起混，有时候懒得回自己家，就干脆赖在对方家里。不管是去浴堂，去酒馆，还是去找暗娼，基本上都是一起。我到处吹嘘,我和春水在一起的时间,比和老婆还长。可事到临头,能帮上他的事我一件也做不了。顶多,就是看着他一个人喝闷酒,过去安慰一下,或者骂他两句。但终究,他自暴自弃,我根本拉不住他。明明我早就有了预感,这么下去他会死的。"

善次郎告诉阿荣,那一天,他和往常一样,去春水住的长屋探望,发现春水脸朝下倒在地上。榻榻米上,他嘴边,淌着呕吐污物。闻讯赶来的捕快推测说,春水醉后昏睡,呕吐物堵住喉咙导致了窒息。

"春水这家伙,年轻时曾经缠着我,让我教他怎么剖腹。当然了,这是他知道我做过武士,拿我开玩笑恶作剧。那会儿,我只是笑着回骂,你个浑蛋,剖腹自杀?我怎么可能知道!可我现在却想,他每天活着,同时又在一点一点地死去,早知如此,就该教给他一个痛快的。"

"阿善,别这样,这不是你的错。"

善次郎听罢,扬起眉毛,脸上泛出苦涩的笑容:

"你们女人都会这么说。我家阿泷肯定也会这么说,所以我都没告诉她……不是的,我再怎么想,都于事无补。无论我怎么自责,春水也回不来了。这道理我懂。"

每天,善次郎都在翻来覆去地想这些事吧,可想得再多,也终究无能为力。

"阿善,你是不是想和老爹说这个?"莫非善次郎看到老爹失去了柳亭先生,感到同命同忧?

"也不是,我并不是为了这个才来的。这是真话。我就是想聊聊天,要是话题凑巧说到,就顺便听听老爹是怎么渡过难关的。一包樱饼就想钓出老爹的心里话,看,我这算盘打得多轻巧。"

"这么说,是我不小心替老爹说出来了?渡过难关?真要能这么潇洒就好了。你是没见老爹灰心丧气的惨样,不然他也不会突然就去了小布施。"

"嗯,听你说完我好受一点了。老爹达观啊,像个高僧。我根本学不来。这么一想,我心里就轻松了些。"

说话间两人已经走到吾妻桥上。河面和天空都那么宽广,不似平日的蒙蒙春空,今日晴得格外透亮。

"真的?那就好。"阿荣还是不大明白,只笑着遮掩过去。

"还有你的那幅画。"

"那幅夜景?我打算从头开始,再构思一幅新的。"

"不,我不是这个意思。"

善次郎停下脚步,阿荣也停下来,仰头看着他。

"如果你真心想画一幅新的,那也随你。我真服你了,你这人,根本不明白自己有多大的本事。"

"你又说这么绕弯的话,谁听得懂啊。"

"所以,你等着吧,我要做给你看!嘿,我这人真挺厉害的。真的,不可小瞧!"

善次郎的话越发难懂,他一个人站在那里若有所悟,高兴得笑出声来。

这人没病吧?不会是知己好友不在了,也跟着不正常了吧?阿荣偷瞟着他。

嗜,随他去!反正他是别人的丈夫。

过了吾妻桥,善次郎要往南拐,他支起下巴:"阿荣,回见。"

"回见。"

两人轻轻挥手,就此分别。

三

面对着一幅绷在木框上的细绢,阿荣深吸一口气,再徐徐吐出来。

细绢上已经刷过防止颜色晕染的矾水。

拿起摆在左膝旁的底稿,再确认一遍。善次郎来访已是五天前的事,这几天里,阿荣先做了其他临近工期的活儿,同时还画了这幅的底稿,每天五六张。

画面的左手,要安排一个井户栅栏,青竹栅栏要用笔直的竖线描画,间隔要窄。画面中间是穿着振袖和服的年轻女子,手持毛笔和诗笺,这点和以前的构思一样。画面右手,要画樱花树干,树枝在女子头顶伸展开。但这样一来,树干竖线和栅栏线条一左一右,显得啰唆重复,而且画面也看不出进深。人物前面该添点什么,既然是井户,画个水桶?不行,水桶太常见了,傻气。

或者,在汲水吊桶上缠上牵牛花?牵牛花和樱花不在一个季节。不要井户,改作屋檐?这样一来,阿荣又想起善次郎说过的那句和歌,井畔微醺樱危然。

一旦知道了这个典故,诗意便留在心底,挥之不去。她犹豫了很久拿不定主意,画了大概三十张底稿,今天早晨全都摆开看了一遍,一张一张拿走感觉不太对的,最后剩下了这张夜樱。

为了和石灯的曲线做对比,在画面右手,她试着画了树干倾斜的松树,松树梢伸向画面上方,衬托出夜空的深远。又在画面前景处安排了一盏小石灯。她忽然发现,这盏灯既能给画面增添进深,也正好照亮女子身上的小袖和服,这样就可以精细描绘出衣裳纹样和腰带的花纹。

阿荣心里一下子清亮了,对啊,我还是想画这个场景。

如果老爹在身边,阿荣一定会把刚画好的草稿拿给他看,问他"这个怎么样"。有了老爹的意见,自己就省得费力去想。

这次的思路被善次郎打断了。

她花了好几天时间,绕了很远,最后还是初稿最好。是否要在画面上留下线索暗示这是歌人秋色,在阿荣看来真无所谓,留给看客们去尽情联想好了。

其实她更愿意用夜樱图撩拨起夜宴之客的兴致,百场客人中间哪怕只有一场呢，如果有人看到画上女子手中的诗笺后，去即兴猜测一番她会留下什么诗句，这该多好。

心头有了梦想，身体中的激情慢慢涌上。

盯着墨线勾勒的草稿，她告诉自己，接下来将是一决输赢的关键时刻，沉心静气！现在可不能心急。她反复考虑该怎么铺排色彩，从技巧上来看，夜图远比白昼风景难画，这一点她早有觉悟。

幽深夜色里，也存在着各种光和影。

让什么沉入幽暗，哪些部分该被微光打亮，这其中，有无限多的深浅分寸。

阿荣忽然想起十几年前的事。当年阿兰陀医馆订画时，她试画过西洋风格。她觉得那次并没有成功，在她心底依旧残留着当年的不甘心。

"话虽如此，那一幅画的心思目标，我感知到了。"阿荣想起当年商馆的雇佣绘师川原庆贺的这句话。她早忘了川原长什么模样，只记得在文政末年，阿兰陀商馆的医生犯了大事，甚至牵连到江户日本桥的长崎屋旅馆。当时官府处分了很多人，据传闻，有人受了严刑拷打。那时阿荣也曾心惊胆战，担心官府传唤老爹。但后来……啊，想起来了，后来发生了己丑大火，事情不了了之。

不知川原先生现在可好？不会被问罪死在狱中了吧？

即使担心,也无处可问。

阿荣把底稿高高举到眼前。好,我决定要画这一张。

对,我自己做好了选择。阿善,选择本身就是一场输赢。

她再一次深呼吸,拿起了画笔。

开始上色三天后的傍晚,十八屋的小伙计来家了。

他带来了老爹用油纸包着的信笺,此外还有从信州过来的味噌和酒糟腌菜。

"真给你添麻烦了,让你拿这么重的东西。请代问你们老板好。"

"是。还有这个……"

小伙计慢吞吞地叠好印染着商号的风吕敷,又递过来一个扁平小包。裹着棉布的小包摸上去硬硬的,里面像是厚纸,但整体是薄薄一沓。

"几天前,有个叫溪斋英泉的戏作者去了我们店。把这个交给我们,说什么时候都可以,等我们去小梅村北斋先生家时顺便带上就行。他说他正忙着写东西,没时间亲自跑一趟。"

"还能这样?那真是给你们添了大麻烦。"

阿荣给了小伙计一些跑腿零花钱,送走了他,然后拿着两个小包走到火钵前,先打开老爹的书信。

老爹在字里行间流露着好心情,说明他在信州过得愉快。老爹写他和几个人去一条叫千曲川的河畔游玩，河景甚是美丽。还写到只要住在信州，他肯定能长寿。另外，他每天都在坚持画狮子图。阿荣看完信放下了心，又忍不住扑哧笑出来。

老爹从前年冬天开始，给自己布置了日课，每天要画一张狮子图。

"日新除魔，恶魔退散，皆疾灾灭。"

老爹趴在暖桌里，口中念念有词，头也不回地随手抓一张纸过来，什么纸都行，有时干脆抓一张阿荣扔在榻榻米上的草纸，压平褶皱，画到背面。有时是尾巴直竖的唐狮子，有时是姿态轻妙滑稽的狮子舞。

对老爹来说，每天画一张，这至关重要。

自从中风以来，老爹开始每日诚心发愿，喝长寿药酒，画狮子，希望每天的坚持能带来福报。

他的心愿是，长寿活到一百一十岁，下笔一点一线，都栩栩如生。还有就是"恶魔外孙"时太郎不要再上门。老爹把狮子图当作了一种驱邪符咒。

老爹在信末写道，小布施村的人们也想见阿荣一面。

阿荣忽然有了走一趟的想法。这还是她第一次想走出江户城，去看看外面的风景，感受一下不同的风土人情。

怎么可能呢，老爹能去也就罢了，我哪能走开，这么多活儿谁来干。债还没还清呢，我必须工作。

阿荣耸耸肩，接着打开善次郎的小包。包里果然是厚纸，但纸上没有一行字。最上面的一张歪斜着，露出了下面一张纸上的鲜艳朱红色。

是画。

两张厚纸之间夹着画。尺寸约是竖起来的小奉书纸[1]大小，和阿荣画的缩图底稿差不多。

画中央描绘着一个身穿朱红色凤凰纹样打褂的美人，从发髻形状判断应该是高级游女。右上角几枝樱花横斜，下方游女脚边放着一个大大的彩纸灯笼。整幅画看上去像夜樱图。

也许阿善早就看出来了，最终，我还是会画夜樱图。

这么想着，阿荣忽然觉出几分羞赧，于是连忙摇头，"想什么呢，不会的，不会的"，转而又去给善次郎的画挑刺，"这个呀，他就是想显摆一下，换了他会怎么画。这人真是不服输"。

善次郎画的美人一直很有特点，一眼就能认出，必定是长脸，朱唇半启。阿荣喜欢画身材纤细的小脸美人，头和身体七等分。善次郎的美人身材最多五等分，有时看上去就像歌舞伎役者绘，脸显得特别大，年轻时两人一起学画，没少为了这个吵架。

"这是美人？根本看不出来。"

---

[1] 奉书纸，日本和纸的一种，纸质优良，奉书原为旨意诏书的意思。小奉书纸，即小幅的奉书纸，大约33×47厘米。

"你懂什么！你知道什么是女人的风情和色气吗。"

善次郎以前就不擅长画手，现在也一样，手指还是那么丑，阿荣觉得好笑起来。说来也奇怪，善次郎很会画脚，穿着草履或高齿木屐的美人脚趾都紧致地向下弯曲着，可手指始终很难看，形状怪异。"阿善，这么多年了，你画得还是这么烂。"

阿荣正这么想着，忽然发现画中有微妙难言的地方，连忙拿起画重新看了一遍，心中开始怦怦乱跳。

啊，这莫非是？

阿荣拿着画站起来，走到自己的底稿前坐下，把两张摆放到一起比较。

还真的是。

阿荣画的是，一个女子手执毛笔，借着石灯笼的微光，正要往诗笺上写点什么。而善次郎画的，则是一个游女俯身就着提灯的亮光，正在读信。

女子和游女，诗笺和纸卷，石灯和纸灯。细节虽然不同，阿荣心中激动不已，她仿佛听见善次郎在对她说，"阿荣，这是我看到你的画后，做出的回应"。

也许这只是她一厢情愿，但无论如何，善次郎的答复令她欢喜。

阿善，欢喜真的是一种好心情啊。

她在心中呼唤着善次郎，将他的画放到案几上，手指伸进颜料碟，再一次轻轻揉搓溶开的胡粉，用极细面相笔的尖端轻蘸颜料,在小碟边缘顺一下,点到绢上,开始画夜空里的星辰。一点,两点,细小白光越来越多。对了,在白色上,还得加一点青或红色,因为光也有各种颜色。

从画面上直起身,退后几步,再远看全画。

"嗯,还是我的手艺好,比他强多了!"

自言自语又冒了出来。

第十章 三曲合奏图

三曲合奏图

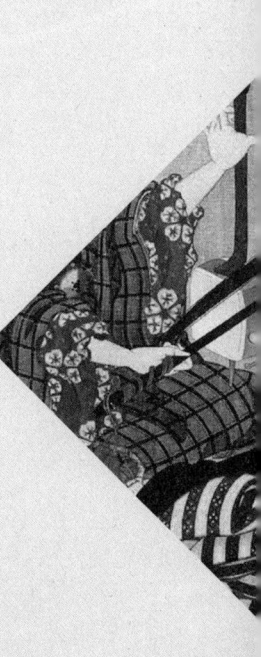

一

该怎么处理这个大家伙啊!

阿荣坐在凉台上，看着眼前这个球。这个圆溜溜的东西从草包中露出一半，黑色花纹，润泽有光。这是最近几年经常打交道的版元送来的，盛情固然难却，但这东西直径一尺，棘手。

阿荣叹息着，点燃烟管。

和往常一样，午后的井畔聚集着大杂院里的五个主妇。她们都在二十五六岁上下，一个人背着小婴儿，另外几人看着自家孩子在路上玩耍。不愧是江户女子，说起话来干脆豪气，笑声也爽利。她们的话题，不用说，大都是埋怨丈夫和赞美自家孩子。

戏耍的小孩子们正给缠绕在井户竹栏杆上的牵牛花

浇水，无论男孩女孩，都浑身光溜溜的，连个兜裆都没围。有的孩子全身水淋淋的，光着屁股坐在地上。

一个女人大声说："诚宝，你可别直接进屋啊，别弄得榻榻米上到处是泥。"

"哦，这么讲究？你住的是将军大宅？平时很少打扫吧？"

"谁说的！我男人可喜欢打扫了。"

众人听罢一起哄笑起来。其中一个系着围裙的和阿荣对上了视线："大姐，今天可真热呀。"众人也跟着对阿荣点头打招呼。

可能在她们眼中，女绘师很稀奇吧。她们就算再口无遮拦、任性放肆，对阿荣也存着一份敬意，很是另眼相看。毕竟对这五人来说，阿荣差不多是她们母亲的年龄。

"真的，都快烤熟了。"阿荣叼上烟管，落落大方地回答。

此处是浅草圣天町的陋巷大杂院，别看这里从早到晚喧闹吵嚷不堪，但阿荣还是很喜欢。

她和老爹是去年，也就是弘化四年（1847）秋天搬过来的。之前他们住在浅草田圃田町。因为此次搬家只是就近换地方，所以阿荣没叫版元帮忙。

但她把事情想得太简单了。她一个女人掖起衣裾独自去拉板车，才知道有多费力。每往前走一步，腰背骨头咯咯作响，浑身大汗淋漓。板车上装的不光是箱柜蚊帐等生活用品，还有干活必需的画账、纸笔、颜料碟、炮制绘具的陶罐、温热颜料的陶锅，等等。就算每件物品都不大，无奈数量多。阿荣用被子把这些零碎裹好，放到板车上拉着，老爹走不动了，也会坐上去。阿荣拼了死命拉着板车，朝着大川方向走。

一路上，阿荣看到过往之人有人颦眉，有人伸手指笑。想必自己死命拉车的样子一定很吓人吧。管他呢。阿荣只咬紧槽牙，半身前倾，向前迈出每一步。终于到了地方，待到把所有行李都安置妥当，她累得就像一只乌龟四脚朝天，一时半会儿动弹不了。

"再也不搬家了，说什么也不搬了！老爹，咱们说好，这可是最后一回了！"阿荣气喘吁吁地央求。老爹则以耳背为由，凡是不想听的事，都假装听不见。

不知哪家檐下挂了风铃，一阵铃声响起，阿荣叼着烟管，仰望着屋檐上方的无垠夏空，缓缓吐出一口烟。

真不知道须原屋怎么想的！与其送这么重的一个物件过来，不如送我一坛酒。世人都说酒与色是人之大敌，呵，这两个敌人，我欢迎还来不及呢。

蜀山人的狂歌蓦然浮上心头，阿荣不由得苦笑。

忽然听到木屐声响，抬头一看，井畔几个主妇正向这边走来。

"大姐，刚才就听见您一会儿叹气，一会儿笑，发生了什么事？"

"是啊，看着不对劲。"

"中暑了吧？"

两个人一脸担心地凑过来，坐到阿荣旁边，另外三人则站着。五人一齐将阿荣围在中间，七嘴八舌地问"不要紧吧"，同时低头直勾勾地瞄着地上的草包。

阿荣不耐烦地说："一个西瓜。"

"这还用您说，一看就知道是个瓜。难不成，您不喜欢西瓜？"

"要想吃瓜，就得拿刀切，对吧？"

众人听罢，一起吃惊地瞪圆眼睛："这种，用刀轻轻一割就会裂开的。"

"光想都觉得麻烦。"

阿荣四下寻找刚放到凉台上的烟草盘，坐她身边的年轻媳妇嘴里嘟囔着"那确实"，顺手将烟草盘递过来："大姐家就两口人，这么大个瓜，肯定吃不完吧。"

一个站着的媳妇蹲下身去，用手背敲敲西瓜："哎，听这声音！肯定甜！"

"光听声你就知道甜不甜？"

"您连这个都不知道？总是看见您煮那种特别复杂的东西，还以为您特别懂呢。"众人惊讶得面面相觑。

想必，她们说的是平时阿荣在家门口用七轮炭火炉子煮胶和草木。

自从老爹过了八十岁，逐渐不再接版画和绘本的订单，把精力都集中在肉笔画上。肉笔画需要绘师从底稿到上色全般负责，现在家里已经没有其他徒弟，所以煮胶和炮制颜料等杂活都是阿荣在干。别看一幅画上描绘着女子草木花朵之类的美物，实际操作起来，臭得要命。

"您要是嫌麻烦，我们帮您把瓜放井里镇上？镇得冰凉的西瓜可是解暑的好东西。"

"不了，你们要是不嫌弃，就拿去分了吧。"

阿荣最不喜欢拿菜刀。她总觉得，有拿刀切嫩海带做大酱汤的闲工夫，不如去煮一锅萨摩海苔或荒布褐藻。有时候家里断了皮胶，这类海苔便是代用。

"真的要给我们？"

"这么大一个瓜，多不好意思啊。"众人夸张地感叹，面带笑容。

"这算什么，平时我家煮胶那么臭，没少熏着各位。"

蹲着的媳妇探头窥看了一下大门敞开的阿荣家里："大姐，您父亲吃瓜吧？"

阿荣摇摇头。

最近，老爹的身体眼看着缩小了一圈。他和以前一样，还团在暖桌里画画，那样子就像一只蜗牛。

"这个岁数的老人就连去雪隐[1],想站起身来都很费劲,所以不大爱水分。"

"是这样啊,那就不跟您客气啦。"

"不用客气。"阿荣吐出一口烟,环视众人,"别忘了给你们家男人也留一点。"以前阿荣还把别人给的南蛮果子分给过她们,一群媳妇和孩子在中午就吃了个一干二净。

"唔,知道知道。我们家那个,最喜欢吃西瓜,他肯定高兴。"

"喊,我家的也一样!"

"我家也是!"

一群人喧嚷着捧走了西瓜,小孩子们发现是西瓜,也争先恐后地围上来。

二

一进家,就见暖桌里的老爹只抬起眼睛,说着"外面可真热闹"。

"我把西瓜给她们了,这下省心了。"

"须原屋也是没点眼力,我想吃的是米饼点心,鳗鱼饭也行。"

---

[1] 佛语,指厕所。

老爹手上画着画，嘴里挑着刺。

须原屋是一家出版读本的版元，近来连续请阿荣做了不少读本插图。

最初的工作，是为《绘入日用 女重宝记》画插图。这是一本关于女子德行素养方面的书，文章不长，配着插图。此书最初在元禄年间出版过，后来又经多次改版修订，畅销至今。阿荣做的这一本，是一个早已不在世的名叫高井兰山的戏作者重新编纂的。

阿荣画的插图，是关于如何正确摆放食膳台上的餐具，以及书架上笔墨纸砚怎么放置。不要说住在陋巷大杂院里的媳妇们了，就连阿荣自己，一辈子都和这些素养无缘。这种书，是给家境富裕的商人市民家庭准备的。这些人家能给女儿找舞蹈和三味线老师，能为深闺准备此类读本，好让女儿们学习必要的知识。书中不仅图解了怎么准备出嫁事宜，怎么安排婚礼，还有满月生产的图例，解说婴儿在母亲腹中如何逐月成长，最后孕育成完整人形。书中还图解了如何从身姿外观判断一个人的身份，贵族内眷还是武士家人，商人妇还是农家妻，游女还是小妾。以及如何从衣着、发髻和身姿上辨认哪个女人是续弦。近年来，商人家的女儿为了素养修行而去高官大宅里做侍女或者嫁到武士家，早已不是什么稀罕事。对女眷读者来说，这种讲解规矩做派的读本，着实引发了她们对陌生新生活的好奇和憧憬。这本《女重宝记》去年正月刊行，是共同出版，版元除了须原屋，还有大坂的河内屋等其他七家。

"你去门口贴张告示，我们家除了一口就能吃进去的东西以外，其他拒收。"

听老爹这么说，阿荣笑起来。须原屋真可怜，明明一片好心，却被父女两个嫌弃成这样。

走到案几前坐下，一想到该干活了，阿荣立刻面颊、胸口和肋下开始发痒。春天时接下了须原屋的美人画订单，说好仲秋交货。现在还没想出要画什么。

说到技巧，阿荣现在画点什么都清晰准确，画技很得版元信任。她自己也觉得，和年轻时相比，线条有了很大进步。但是，一到这种从题材到构图全部需要自由发挥的活儿，她就痛苦不堪，死活挤不出构思。所以，刚才连用刀切西瓜都觉得烦。

阿荣胡乱抓着额头，想着画题，自言自语。

美人图说起来简单，好像都是美女，实际上主角是平安时代的女诗人，还是江户的街巷平民女子，是年轻主妇，还是青楼游女，风情各自不同。更何况还有四季和一日间清晨晌午夜晚的区别，地点也不同。

阿荣拿起堆积在膝旁的画账。

唔，红叶背景的路上游女，伸手去够枫树枝条的双美人，无论哪张，都是早已看倦的构图，没意思。

又从案几下抽出一些读本和锦绘版画。

看着看着,手停了下来。这是一张三个女子的赏月欢宴图,像是《四季风俗图卷》的摹写,落款是京都的浮世绘师西川祐信。

房间的缘侧,摆放着香炉和插着秋七草的花瓶,高脚三宝木盏上,放着供奉月亮的酒肴。房间里左手的女子弹古琴,右手的女子弹三味线,坐在中间的女子单手拿着团扇,视线投向外面,想必在赏月。

阿荣心中一动,照样描画了一张。嗯,不坏,但也不精彩。她又去翻其他版画。

又看到一张酒宴上弹古琴、三味线和胡弓的三美人图,落款是鸟居清满。本想照样画一张,又放下笔。明明画的是三种乐器的合奏,但为什么,完全感受不到乐声?阿荣托着腮思索。

再仔细看那张画,啊,明白了,因为画得太满了。

房间里不仅有纸障子、柱子,还有隔扇和屏风。人的视线都被这些东西吸引,故而感受不到音乐声。

如此说来,以前老爹也画过一张类似的,记得是手执三种乐器的美人图,放哪里了呢?想起来了,以前失火时被烧掉了。记得那并不是合奏图,而是月历画。三个站姿美人,左右两人拿着三味线和胡弓,中间一人拿着古琴。

这么看来,画的主题并不是合奏,乐器只是一种给美人增添韵致的道具而已。

阿荣斜盯着窗木格子。仔细想想就会发现，三美人配乐器的构图并不少见。但是，很多画的首要目的，是让人看清古琴和胡弓的具体形状。博物是绘画带来的余兴之一。

阿荣发出一声沉重的叹息。

一个绘师应该怎么确立画题？画看客欢喜的，还是只画自己想画的？她捶捶后背，自戒不要想得太多，先动手画了再说。想到这里去拿笔，又放下，双臂抱在胸前，满心烦躁地咂舌。

山穷水尽了。

扭头往身后看看，老爹脸朝下伏倒着，右手前伸。叫他一声，不见回应。

阿荣大惊失色，站起来转回到老爹身边，单膝跪在他的头前。

"老爹，你没死吧？"她伸手摸摸老爹肩膀，没反应，又战战兢兢地把耳朵凑近老爹的脸。老爹猛地翻了一个身，改成仰卧姿势接着睡，嘴半张开，发出了令人难以想象是八十九岁老人的巨大鼾声。

"真是的，这么吓人的睡觉姿势，下回改改！"

这才发现，全身的力气早已散掉了。

最近这种事经常发生。一遇到这种情况，阿荣的思路就会中断，工作越发进展不下去。

阿荣走出门外，想抽一管烟休息一下。此时各家各户已经快到晚饭时间，左近传来切菜声，空气中弥漫着酱油的气味。

井畔有什么东西在轻轻摇曳，她走近去看，相对的两个屋檐之间，悬挂着几重轻薄又细长的纽带。浓绿镶边，大面是清透的白色，真好看呀。

是西瓜皮，这么晾晒着，可能是要拿来做酱菜？

一转眼到了七月下旬，这一天，阿荣去日本桥的须原屋谈事。

回家路上，正好从西村屋的暖帘前走过。

阿荣和与八久未见面，要不要进去问候一声？她心下思忖着，放慢了脚步。又立刻觉出不合适，毕竟冒昧上门只会打扰对方，算了。抬头望望西面的天空，暗想，回去路上不能忘了去熟食店买点吃食。

天空蓝得清透高远，时已近秋，天黑得越来越早了。

阿荣刚转过身，听到后面有人叫她："阿荣，也不进去打声招呼，你也太过分了。"

说话的正是西村屋老板与八，他像是刚外出返回，身后跟着的管家和伙计也向阿荣鞠着躬。

阿荣回礼："我这不是难为情嘛，好久没来问候了。"

"你也太客气了，是我们这边久未上门问候。"与八比过去胖了些，更显得仪表堂堂，声音依旧年轻。

"要是不着急，进去坐坐吧。"与八掀开暖帘，做了一个有请的手势。

阿荣微微低头致谢："改日再来拜访，你看今天我这样子成何体统……"她倒不是后悔不讲究吃穿，以衣裳粗陋为耻，只因为今天空着手，没带礼物。

过去，外甥时太郎把一个来路可疑的女人肚子弄大时，与八拿出五十两重金，指名换了阿荣的画作，帮助解决了麻烦，还提供了根岸的闲居让父女两个暂时躲藏。

与八的笃厚人情，让阿荣铭心难忘。那之后日日忙碌，不知不觉间，十四年过去了。每年大晦日，除夜钟声响起之际，她都朝着日本桥的方向合手遥拜，同时又为自己无法报答恩情而心生惭愧，以至于一到关键时刻，就不由自主地想逃避。

这几年，时太郎去向不明，老爹和阿荣趁机喘了一口气，还掉不少旧债。然而，她的身姿外表上，早已落下了多年贫寒生活的烙印。

"阿荣，你现在的神情，就好像迎头碰上了讨债的。"与八笑起来，回头命令手下"你们先进去"。众人领令，再行一礼，走进店里。

"真的吗，我成了这种脸？"阿荣尴尬地笑笑，用手捂脸。完了，被看穿了。"我实在相欠太多，请多多包涵呀。"

听阿荣这么道歉，与八连忙走到她身前："你看你，跟我客套什么。"与八接着说,"你我之间,不存在任何借还。要说欠,是我欠礼。明明听说你们搬家了,我却一直未能上门问候。"

说起来,受改革的影响,这些年来西村屋出版受限,一定经历过不少生死绝境。更何况,出版这个行当表面上看着光鲜气派,实际上盛衰沉浮都是一转眼的事。

"对了,这附近新开了一家相当不错的饼屋,我一直想着买一点送给先生。虽说今天托你带回去实属偷懒失礼,看在我们老交情的份上,请多担待一下。"与八到底能言善道,说点什么都体贴通透。见他朝前走去,阿荣只好随后跟上。果然,前面出现一家小店,与八停下脚步,在铺着毛毡的床几上坐下来,并示意旁边,请阿荣落座。

"这家店是交钱现做,刚做好的饼皮别提多柔软了。"与八嘱咐店里做这个做那个,都是给老爹的礼物,又贴心地要了两人份的茶水。

坐在床几上,端起茶碗,清香扑面,阿荣慢慢细品:"啊,我很久没有喝到这么好的茶了。"

"那没办法,老爹非便宜茶叶不喝嘛。"与八说。

确实,去年阿荣接下了一个茶叶店《煎茶手引之种》的插图工作,得了一些上等好茶,但最后都分给了四邻。

"近来如何?"

"和以前一样。看到什么画什么,想到什么画什么,随心所欲。我都不明白他趴着怎么拿笔,换了我,手腕早就麻了。"

"阿荣你呢?"

"我?"

"对。"

"如你所见,寒酸女一名。说到这个,大概三年前,在信州有件特别可笑的事。"

"哦,信州?"

"对。老爹有一个文人好友是信州小布施村人。蒙他邀请,我也有生以来第一次走出江户城做了一次长旅。"

"是这样啊。老爹时常去信州的事我也有所耳闻,没想到阿荣你也去了。"与八响亮地啜饮茶水,用颇感兴趣的口气说道。

"那边下了订单嘛,是给一个寺院佛堂画天井凤凰图,所以我不得不过去帮忙。据说当地人很期待我过去,可能他们觉得老爹画得好,所以伸长了脖子想看看,老爹有个什么样的漂亮女儿。你是没见到他们那一脸失望,哈,这个大妈是谁?一个个眼睛都惊圆了。"

看见阿荣笑,与八身子后仰,拉远了视线打量阿荣:"哪像你说的?从过去到现在,阿荣你没怎么变过。"

与八这话,无论褒义还是贬义,都没说错。

与八接着说:"话说回来,给佛堂画天井画,这手笔!不愧是先生。画那么大场面的东西,可要有臂力。"

"是的。你也知道,无论是狮子还是凤凰,面相,尤其是眼睛最为关键。所以老爹画了凤凰的面相,剩下的身躯和翅膀是我帮忙的。"

"帮忙?"

"对。还有颜色也是老爹下令,我照着上的。"

"这个不能叫帮忙。"与八摇头。

听到此话,阿荣没说什么,只默默地回望他。

与八接着说:"画,尤其是肉笔画,只勾勒一个墨线轮廓就能算画完了吗?不对吧。连我都知道,有时在上色过程中,绘师也会临时起意改变构思。所以,只有完成最后一笔上色,才叫作画完了。依我看,阿荣你这不是帮忙,是你自己在画,凭借的是你自己的本事。"

阿荣端起茶碗凑到嘴边,暧昧地回应了一声"唔",茶碗已空。

"刚才,我问你近况如何,问的就是你的画业进展。"

"我的,画业进展?"

"你在插绘方面施展了才能,这我知道。想来,你也画了不少肉笔画吧?我也看到了你那幅《关羽割臂图》,唉,我实在是万分钦佩。"

说起来,每一幅肉笔画在这个世上都只有一张,不像版画可以大量复制。但奇妙的是,肉笔画依旧能得到相当多的评价。有一些肉笔画是料理屋下订的,买来装点在客室壁龛里,这倒也罢,有些被非商家的收藏者买去,也出乎意料得看者甚众。

"这么说，你也看到那幅了。"阿荣顿时轻松了一些。这就是说，买主将此画郑重展示给亲朋好友看过，说明非常满意。

与八看到的这幅《关羽割臂图》，画题是订画人指定的，画的是关羽下着棋泻血疗毒的著名场面。

泻血是一种为防止毒素行遍全身而割伤身体，使毒血流出的疗法。大豪杰关羽命令医生用利刃在其右臂上划出一尺长的刀口泻血，汩汩涌流的鲜血吓得家将扭头不敢细看，而关羽自己却在镇定自若地对弈。阿荣还特地在画上安排了一个吓得抱头逃出帐外的家将。

"我是个胆小鬼，只要联想一下用刀割破胳膊，就会浑身发抖，那得多疼啊。可能这么说不太合适，没想到你一个女孩子家能落落大方地描画流血场面。看过画后，众人感慨不已，赞叹阿荣是个有胆魄豪气的女子。确实，画上那些滴落的鲜血用的是微微发黑的赤色，那么真，就像临场写生来的。我现在光回想一下都觉得疼。"与八说着，伸手去抚摸上臂。

阿荣有点失望，说了半天，原来因为这个。"我哪有什么胆魄豪气。西村屋老板，你不知道，女人一点都不怕血，早就看惯了。而且，这点东西对女绘师来说不算什么，并不难。"

"哦。"这回，轮到与八暧昧地笑着回应，"你现在在画什么？"

"现在这个活儿,我得自己定画题,所以正为难呢。想来想去,找不到头绪。"

饼店的人拿来了包好的礼物,两人跟着站起身来。

沉甸甸的一包,与八真没少买:"豆沙糕,豆团子,还有一些挂着酱油汁的糕团。"

"让你破费了。"有了这些点心,今夜还有明天,老爹能高高兴兴地吃上几顿。

"一点小意思,不要客气,就当是给老爹的一点小贿赂。请代我问候老爹,希望今后多多关照西村屋,和我们继续合作。其实,这句话我也想说给阿荣你听,看来你现在正忙,等你下次想接版画了,请务必想起我们西村屋,我们愿意耐心等候。"

在饼屋前告别与八,阿荣加快脚步。太阳已西斜,天空颜色正一刻一刻地变化。她前倾着身子脚步匆忙,心中一下子有了想法。

等回了家,把糕团拿给老爹之后,她就马上动笔画。背后仿佛被与八推了一把,阿荣现在心中雀跃不已,只想赶紧摸到画笔。

古琴,三味线,胡弓。

对,就画三种乐器的合奏。阿荣拿定了主意。

一路上,她回想起从前在吉原听到的姊妹合奏,那是善次郎的三个妹妹弹的,伊知、小雪和名实,已经数不清那是多少年前的事了。

当时以为,交相回响的乐声无法用画面再现,但如今,她迫切地想画出来。

让花魁弹古琴,女艺者弹三味线,市井少女去弹胡弓,或许不错?当然在现实中,三个来自不同生活环境的女人不可能合奏到一起。

但在画中可以做到。画能让她们汇集在一起,聚精会神地合奏一场。

阿荣心里想着构思,不知不觉间走过几座桥。

用画笔,可以描绘自己从未经历过的人生。花魁的豪奢华美,女艺者的婀娜多姿,市井少女的楚楚动人,这些美在现实中我触不可及,但我能用笔描绘出来。如果人们看到画后,误以为绘师也是个美人,岂不是很好玩。

好久没有这么兴奋了,阿荣气喘吁吁地回到长屋。

"老爹,我回来了。"

屋中暮色黯淡,看不清老爹的样子。

"在睡觉?"

阿荣放低声音问。毕竟如果阿荣不在家,老爹一个人不点灯,光线暗下来后他就会停下画笔侧身睡倒。

"睡着的人当然不会回答自己在睡觉,我这是想什么呢?"又是自言自语,阿荣脱下木屐,走进房间。

"阿荣。"

是老爹的声音。凝神细看,老爹倚靠着案几,盘腿而坐。

"真少见。怎么啦?等得不耐烦了,还是要去雪隐?"

"阿荣你先坐下来。"

老爹的声音格外严肃。阿荣本想说西村屋送了糕饼,话到嘴边收了回去,只在老爹对面坐下来。

"老爹,我坐下了。现在说吧,什么事?"

"善次郎死了。"

一瞬间,阿荣被吓住了,只反过来睨视老爹:"睡糊涂啦?这么不吉利的梦,少做为好!"

"刚才,他老婆让人来报信,说今晚是守灵夜。"

昏暗暮色如潮涌至,将阿荣埋没,让她动弹不得。

三

背景都是多余的,三人在什么样的房间里合奏,完全不重要。

阿荣心无旁骛地画着。一笔下去,新灵感接连而来,构图在一点一点发生变化。

花魁,女艺者,少女,怎么安排这三个人奏响乐曲?阿荣专心思考着这一点,画了无数底稿。三人正面并列?不行,那成了歌舞伎役者的集体亮相,很多绘师已经画过类似构图。

什么才是我能做到的?

为了搜寻答案,只有去尝试,不断画各种草稿。话虽这么说,画过无数之后,依旧拿不定主意该把弹古琴的花魁放在哪个位置。琴在三种乐器里体量最大、最显眼,和本身的音量无关,只要画到纸上就最引人瞩目。

那就把三人安排成远近不同?花魁放到中间靠后的位置?这样一来,左右横长的古琴就被挡在艺者和市井少女身后,花魁的华美外衣显不出来了。而且,花魁前倾着身体弹琴,脸只能画成向下俯视的半张脸。

如此处理三人中最豪奢华丽的花魁,实在太可惜。

阿荣叹一口气,抱臂审视草稿。

或者,干脆不画脸?

对对,画成背影。

不行。不行不行。画面正中间的人物,怎么能画成背影呢,没见过这么画的。阿荣用指甲抠挠面颊。

可以画成背影,但这是画配角的手法。这种背影人物大多被安排在画面一隅,而观画之人的视线,只会集中到主角上。

虽然还在犹豫不决,先画个底稿试试。先在正中画上花魁的背影,外衣打褂上的花纹左右迤逦展开。现今流行的小袖和服,大多把华美花纹安排在下方,就是说,重心在衣裾之美上。

啊,看上去还不错?画面右手是弹三味线的女艺者,左手是弹胡弓的少女。稍微改变一下身体角度,再画一张。

忽然,画面活了。

再看一遍墨迹未干的草稿,没错,这正是我想要的。

三个人围坐成圈,弹着古琴、三味线和胡弓。

这正是三曲合奏图!

阿荣用力睁大眼睛。呀,最先响起的,是幽美的古琴,接着是爽朗轻快的三味线,最后悠扬的胡弓加入合奏。

阿善。

她在心中呼唤着。

善次郎,你看这幅画怎么样,你有什么感想?

你最近在画什么,还是在写戏作?

"阿荣,你到底去不去?"

回头看,钻在暖桌里的老爹一双皱纹深重的老眼正盯着她。

"去,去哪里嘛?"

"这还用问,当然是吊唁。"

"吊唁……"

霎时间,身体里有什么颤抖了一下。

今日是何日,现在是几时几刻?

"你真是魂不守舍,昨晚你连着画了一整宿,搞不懂你。"

"抱歉抱歉,我一专心就把其他的全忘了。老爹你饿了吧,我去买点吃的。"

想单膝点地站起来，身体却在慢慢斜倒。想用手抓住什么，终于，手撑到榻榻米。

"浑蛋！都什么时候了，还想着吃的。你没去善次郎的守灵夜吧，连出殡也不打算露脸？！你在想什么？"

这边不说话，那边皱褶重重的老嘴又在缓慢地动。

"现在去还来得及。记住！是日本桥坂本町二丁目，植木店的长屋。"

"不，我不去。"阿荣装出最平静的声音说。

老爹听罢，两个眼珠开始精光四射。

阿荣深深低下头，拢起肩膀，缩成小小一团，觉得自己被看穿了。

"你如果不去送别，心里会一直放不下的。"

啊，看来老爹早就知道。老爹早就知道我的心情。

"谁能想到，善次郎这个油头滑脑的家伙，最后竟然死于一场风寒。我倒是想去吊唁送别，无奈腿脚不行。阿荣，你去替我行个礼，送他上路吧。他这一辈子没少照应我们家。"

老爹你这是干什么，干吗用这种痛切诚恳的口气说话。

"老爹你要是这么说，倒弄得我不得不去了。可是，现在肯定来不及了。"

"少在这儿废话，赶紧走！"

多年未见老爹这么怒形于色了。

阿荣站起身走到土间，穿上木屐，脚下发虚，差一点踩空。

外面的街巷里，秋阳灿烂，让人头晕目眩。井畔，照旧是那几个媳妇在站着聊闲天。

"大姐，您怎么了？脸色这么难看。"

"刚才您屋里声音不小，没出事吧？"

媳妇们七嘴八舌地问候，阿荣心下烦躁："嗯，我出去办点事。"

出得长屋，阿荣心中一片空虚，只拼命地向前奔跑。

日本桥坂本町二丁目，植木店。日本桥坂本町二丁目，植木店。

她并不知道坂本町到底在哪里，先向着日本桥方向跑吧。啊，这叫什么事！原本不想去的，都怪老爹说那些话。阿荣心中开始愤愤不平，更加快了脚步。

如果不去送别，心里会一直放不下的。确实，放不下是件麻烦事。但如果赶不上出殡，那该怎么办？昨夜就该顺从内心，去守灵吊唁。现在，说什么都晚了。只有在心中大声呼唤善次郎。

阿善，最后一次求你。

求你了，请你等等我。

不要啊，求你不要走。

几次迷失方向，向公告牌附近的人问过路后，才终于走过架在枫川上的海贼桥。

有人指路说，前面往南拐，就是二丁目。眼看着快到了，阿荣再也跑不动，想要一步一步向前迈步，可是膝盖变得不由自主，喉咙里也在发出嘶嘶的尖锐喘息声。

她把身体挪到河畔道边的大树根旁，再不能站直，弯腰抚膝，大汗淋漓，几次伸手抹去额头上的汗水，最后难受得坐倒在地，背靠着树干，双脚向前伸出。木屐从脚上松开，骤然传来剧痛。刚才一路狂奔，木屐上的布带嵌进脚趾缝，脚磨破了皮，此刻涌出了鲜血。

刚才一心想要赶上出殡，没觉出什么，现在放弃了，身体各处一齐震颤着痛了起来。

一阵河风吹过，脖子里凉飕飕的。

阿荣搬动自己的身体，朝向河面坐下，揪下一片绿意尚在的秋草，噙在唇间，吹一下，哑的。

回想过去，那真是一个咋咋呼呼、不安生的男人，嘴上永远不闲着，不是在说话，就是在吹着什么，草笛、口哨，一天到晚在响。明明没求他安慰，他这一辈子，却一直在鼓励她。

嘉永元年（1848）七月二十二日，池田善次郎，也就是溪斋英泉，死了——她试着小声说出这句话。

她依然无法相信。她一心觉得，无论分别了多少年，善次郎依然随时会出现在她面前，打一声招呼，"嘿"！

我真是个笨拙又悲惨的女人，无论做什么，都落在后面。

河风吹送来一种声音,她慢慢摇头,呜咽涌上来的时候,她赶忙伸手捂住嘴。那是磬子的清音,是僧人低沉的诵经声。一列身穿白服的队伍渐渐走近。

是在送善次郎上路啊。

她攀缘着树干勉强站起来,哽住了呼吸。她看见了几个男人抬着的那具棺桶。

拼命摇头。那不是真的。不可能是真的。善次郎不可能在那里面。

她光着脚,用力踩在青草上。要好好地看呀,要把这些都一一收进眼里,不要在心底留下绵绵难绝的遗憾,她不喜欢遗憾。

慢慢地,棺桶从她眼前走过,她看见一片原木的干净素白。棺木之后,一个人抬起头,和她对上视线,是阿泷。

阿泷发髻上多了无数白发,表情刚强,停步向这边鞠躬行礼,甚至投来一个遇见故知的和蔼微笑。阿荣慌忙低下头,合手回礼。

阿泷身后几个人似乎也看到了阿荣,都向这边转过头来。是善次郎的妹妹们。

大妹妹伊知和阿泷一样,腰背挺得笔直,毅然一礼。二妹小雪和小妹名实,都哭肿了双眼,向这边低下头。不知她们是真的认出了阿荣,抑或只是在模仿前面的嫂子和大姐而已。也许事后她们会问大姐,会惊讶:"没想到那个女人是阿荣。"

队列的最后,是一群身穿羽织的人,想来是绘师和戏作者同行。几个阿荣认识的版元也在其中。身穿蓝色或茶色和服的人,可能是善次郎的玩友或近邻。队伍中还有几个女人,衣领后坠得厉害,露出好大一片雪白脖颈,那打扮不像是左邻右舍的大杂院媳妇。

连葬礼都能骗来女人。

不知何时,她呜咽着笑了。

送葬队伍走过大桥,拐过一个弯,看不见了。

阿荣光着脚抬头仰望,一片片碎小的鱼鳞云乘着风,从天空中流过。

右手两根手指伸进嘴里含住,弓起身子,用尽全力地吹响。

就这样吧。好啦。

阿善,再见啊。

女人也照样能吹口哨。那一声清亮,划过河畔秋草尖,飞上了高远无垠的天空。

第十一章 富士越龙图

冨士越龍図

一

秋日的朝阳,照亮了后院的绿草。

阿荣走下小院,在屋檐下的背阴处弯下身,查看绷在木框上的细绢。绢上已刷好矾水,晾晒了一阵子。

弹一下绢面,铮铮有声。说明矾水刷得均匀,恰到好处。

阿荣满意地点点头,双手平端起画框,走进房间。

画画用的细绢,选的是二尺三寸的幅宽,截成一尺六寸长。画框横长,尺寸比细绢大出一圈,这种手法和狩野派截然相反。狩野派的做法是绢比木框大,绢直接贴到刷着糨糊的木框上。而阿荣手中的这个,是老爹使用的手法。先在细绢四周接上一寸宽的厚纸,再贴到木框上。虽然多一道工序,但绢更均匀平整,不容易拉扯歪斜。而且，画好之后从木框上揭下画绢时，也不会损坏。所以阿荣一直在用这种手法。

当然，刷矾水的手法对画也有影响。无论是画纸还是绘绢，质地都有粗细之分，一年四季温湿各异，水、胶和明矾的配置比例也各不相同。这些会直接影响笔致、墨线和发色。阿荣从来不觉得这些前期准备烦琐。

要在绢上画什么，她早已画好了构图和染色的底稿。这将是一幅《三曲合奏图》，画的是青楼新造、女艺者和市井少女三人合奏古琴、三味线和胡弓的场景。

最惹人注目的中央，是身穿振袖和服的新造。所谓新造，是在花魁的监督照应下刚开始接客的年轻游女。要把她画成背影之姿，这一点早已确定。肩膀到手腕，后背到腰线，要处理得柔和而优雅，要画出洁白润滑的后颈。

青楼女的艳媚，要用衣裳的颜色和纹样去表现，这也是在画底稿时决定好的。游女的腰带结在身前，如果画成背影就看不到了，这个问题很容易解决，只要让她朝向古琴俯下半身，从侧面露出腰带的大半即可。

对，打着几重华丽结的腰带，要从左臂下方露出来。至于花色纹样，就选鸟子色和浓鼠色的宽缟纹。衣裾上要描绘朱红和青蓝色的蝴蝶群舞，这样的背影既华美，又不至于太过娇艳。

新造花蕾般的清新柔美，她初接客不久的不安心情，此时都一一浮现在阿荣心头。

这个姑娘一定还不喜欢男女之事,总是弄错遣手婆教给她的规矩做法。她心中摇曳着不安,自己能否变成花魁前辈那样,游刃有余地和大老板、武士以及文人墨客交游来往?既要撩拨对方,半推半就,让他心切情急,又不能做得过分,不能把他推得太远,惹恼对方。要若即若离,握牢那根操纵他的绳子,让他在欢场上倾尽家财。这个姑娘一定自幼在青楼里长大,亲眼见识过姐姐们勾引进退的心机花招,然而一旦轮到自己上场,不免手足无措。她想着要学这个,要学那个,那些低格女郎午间贪睡时,她就算再困倦,也一定不停地学习写诗,做俳句,练习插花和茶道。即便她如此努力,花魁依旧说"你的琴弹得好,要更加努力精进呀"。她确实喜欢弹古琴,客人们也喜欢听,平日严厉的遣手婆唯独在听琴时才变得亲近和善,但是精进?精进是件多么麻烦的事。要到什么时候,她才能变成花魁那样,只要一笑,就能倾城,让客人沉醉进春梦里。

怀着这些心情,新造的手指抚上琴弦。弹着弹着,她放空了自己。不安、焦虑和野心逐渐变得清透,琴声随之铮崂悠扬起来。

画面的右手,是婀娜多姿的女艺者,年龄大约二十五六岁。至今为止,她真心真意地喜欢过一个男人吧，但那是一段不如愿的恋情。并非有人从中作梗，只是两人阴错阳差，最终没能互通心意。而且他风流成性，两人见面便吵架。吵着吵着，她心生厌倦。不，是有一夜，她心惊自己竟然吃醋了，于是两人分了手。她现在应该另嫁了他人，丈夫年长许多，几乎是她父亲的年龄，是个酒商吧，性情稳重温和，不知道为什么，她总觉得日子里缺了什么。无论如何，她是个弹三味线的好手。就算不再年轻美丽，只凭着三味线，她也能活下去。

在一场盛宴里，女艺者只是活跃气氛的配角，所以她得穿一件不带花纹的淡茶色和服。人们都赞她是个有品格的江户女子，精练爽快，不取媚他人。但她穿在里面的襦袢，是鲜明的群青色，带着白色扎染碎花纹。在已过知天命之年的阿荣看来，女艺者还年轻，来日方长。她还将邂逅既没有钱财又没有实力的男子，明知他不可靠，还是会不可救药地迷恋上他，就这样，经历几场轰轰烈烈却没有结果的恋情。阿荣要用为她喝彩加油的心情，细细描绘她。

画面左手拉胡弓的市井少女，穿一件街巷中常见的蓝布格子衣裳，领口上要有方便拆洗的黑缎衬领。衣裳颜色和纹样都家常朴素，一看便知是普通人家的女儿。她的胸口和袖口，要露出大片红底襦袢，显出年轻鲜艳。对了，红底上还要有扎染花纹；衣裾衬边要画成松绿色；

后摆衬里,则是红底格子;发髻上的头绳也要画成红色。红色显得明快。

她应该是商人家的独生女儿,在她年幼时,父母便已决定从远房亲戚里挑一个男孩子做上门女婿。她的未婚夫有时来这边,趁着她妈和乳母不注意,偷偷找她说话。他梳一个细溜溜的发髻,穿绉绸羽织,自以为潇洒得意,她觉得这点特别可笑。他今天想带她去看戏,明天想邀她一起去看菊人形,也很烦人。

其实,她中意店里的一个年轻伙计。有一天她身边的侍女吃坏了肚子病倒在床,管家让伙计陪她外出,一路上他们没怎么说话,只偶尔双目相接,就让她的心怦怦乱跳。后来每当她想起这一天,都觉得心头有一缕光亮。有时她看着身边侍女,会暗暗地想,你什么时候再吃坏一次肚子。

就这样,少女天真烂漫地胡思乱想着,慢慢拉响了胡弓。有时她会走音,有时想不起曲调,但她根本不在乎。

将来,她也许会和父母选定的人成婚。也许,她一心想和伙计在一起,为此和父母据理力争,吵架伤心。也许,她会拉起那个青年的手,私奔出江户城,去哪里呢?

阿荣只去过信州的小布施,她脑海里马上浮现出信州的巍峨群山和栗树林环绕着的村庄景色。其实仔细想一想,还有很多地方可以去。她想起老爹画过的《富岳三十六景》《诸国泷回图》以及《东海道名所一览》中的无数景色。哪一块土地上都有人生,有山即有路,有大河便有桥,有木船来往于水面上。

三个女子演奏着不同的乐器,从发髻、发簪和衣裳上就能一眼看出,她们的身份和处境各异。就像武家有武家的活法,市民有市民的生计,新造、女艺者和少女,这三个女子,也都活在她们各自的命运、束缚和因缘里。

只要活下去,就能觅到无限的可能,看遍盈缺,历尽悲欢。

阿荣看着眼前尚未落笔的白绢。

她想画的,不是一个构图,而是三个女子的人生一瞬。在这个场景里,她们可以一边弹着乐器,一边长叹、哭泣、开怀大笑。

只要活着,就没有难事,总能闯过去。

如此说来,善次郎的葬礼已经是多久以前的事了?她将视线投向缘侧。

八月已经过去大半,她这才想起来,进入九月不久,将迎来善次郎的七七之日。她动笔构思画面的时候,就连"善次郎已经不在人世了"都忘到了脑后。

是啊,那种日夜捧心伤怀的忧伤做派,不合她的个性。

她讨厌湿黏。

尽管如此，她有时会做梦。没什么意思的梦，他们肩并肩，一起吹着口哨和草笛而已。只是早晨醒来，善次郎胸口的气息依然挥之不去。她也不明白这是为什么，有时她紧闭双眼，想在梦中多停留片刻。然而梦已消失，睁眼，只见到头顶上方幽暗的天花板。在那一刻，她感到了恋恋难舍。今天便是如此，梦断醒来时，天刚破晓。

此时阳光已柔和地照亮了房间里陈旧的榻榻米。

阿荣想起老爹，回头去看，看见老爹躺在暖桌里，右胳膊大咧咧地向前伸出。都说老年人睡得浅，容易醒，可此时的老爹正打着鼻鼾。

等老爹醒来，要带他去上厕所，去井边洗脸，用树枝牙刷帮他刷牙。现在趁着老爹还在睡，抓紧时间先画个框架出来？阿荣这么想着，把案几上的底稿拿下来，铺展到榻榻米上。

框架是用线条描绘出一幅画的骨骼，是至关重要的步骤。

构图和配色已在底稿阶段决定好了。一般来说，此时只需将底稿垫在绘绢下，从半透亮的绘绢上能看见底稿，用笔沿着线条临摹即可。

但阿荣没有这么做。她只将底稿放到左手一侧，打量着底稿开始磨墨。

如果沿着底稿的线条勾画，必然会小心翼翼，屏住呼吸，这样一来，手的动作幅度变小，线条就僵死了。所以，勾勒大骨架的这一步，阿荣打算从头画一幅新画。

拿笔方式也影响线条的气质。手指离毛锋近，容易画出自己的心情，也容易显出自己独有的勾画习惯。这样描绘久了，画笔自身的习性也容易展露无遗。这个对阿荣来说不难控制，她打算轻柔地握笔。该洋溢个性的地方画出个性，该控制之处则控制。只有这样，线条才会镇定而准确，同时充满活力。

笔尖轻轻浸入墨海，顺好毛锋，落到绘绢上。唰的一下子，笔下真情流泻而出。

三女合奏，有了最初的一笔。

二

嘉永二年（1849）正月里，老爹迎来了九十寿辰。

快到立春了，早晨，老爹喝过大杂院媳妇分享的米粥，又钻进暖桌里，趴着拿起了画笔。

老爹现在很少剃头，头顶月代部分的银发乱如艾草，带着睡觉时的压痕。壮年时的高鼻深目，如今只剩下显眼的高鼻，眼睛早已被皱纹压得缩小了几圈，那样子就像一只老猿。但老爹至今视力绝佳，从来不用眼镜。

他的头和肩膀附近，散落着几张纸，就连胳膊底下，也垫着画稿。

一切如常，这就是老爹的每日场景。这间脏乱破旧的大杂院房间里，老爹描画的蝴蝶、蜻蜓和蟋蟀，在轻盈地抖动翅膀，四处纷飞，发出嗡嗡之声。花在枝头绽放，盛开，凋零，慢慢结出果实，引来小鸟啄食。树叶翠绿欲滴，渐变成秋色，在风中飘舞逝去。接着，下一个春天又到来了。

阿荣有时觉得，家中不仅仅是他们父女二人，门口有云上的仙女在静立微笑，头顶上有怒目圆睁的云龙在俯视。家里有了老爹的这些画，每日过得甚是热闹。

最近这几年，老爹只随心所欲地画想画的东西。有时他接了订单，只放置一旁不去理睬，越积越多。金主们大都愿意耐心等待，也有人按捺不住，直接上门询问，弄得阿荣紧张得要命。记得两年前，一个叫宫本的武士请老爹画画，想起来了，他是信州松代藩主的家将。

老爹当时钻在暖桌里，假装糊涂："对不住啊，我现在连几年前的订单都画不完。"老爹这个人，过去就毫不在乎是谁下订单，管他是有名还是有权，更何况这个武士才二十五六岁，比老爹的孙辈还要年轻，老爹更是把人家的约定当成了废纸。

是阿荣替老爹低头道了歉："他就是这样子，没办法，你要是这么等下去，我们也保证不了什么时候能交。"

"原来如此，就是说，还要花费一些时间？"武士垂头丧气，一副失望的样子。再细问他，才知他是老爹的画迷，与信州小布施村的高井鸿山也有来往。高井先生对老爹颇有照应，与松代藩的名士佐久间象山交情深厚。缘此人脉，武士特来求画，谁知订单被老爹搁置了两年多。说不定老爹早就忘了这回事。

这位武士并没有谴责老爹，只是意气消沉。阿荣在旁看着不忍心，忽然灵机一动，将案几上堆积如山的纸张收集到一起，摆到家将面前。

"如果不嫌弃，请收下这些吧。"

家将闻言，连忙探身拿起一两张细看。

"是狮子图呀！有唐狮子，还有舞狮，运笔真是绝妙。这动作，这身姿，看着向前迈出的狮足，我好像听到了笛子和小太鼓的配乐声。"家将身体前倾，兴奋地说。

"这上面还记着月日，莫非是什么符牒？"

"这是画画当天的日期。"

家将将手伸进纸堆下方，抽出一张："难道这些是一整年的狮子图？"

"很有可能，老爹把这些叫作日课狮子。他每天都要画，既祈愿长寿，也包含着辟邪禳灾的意思。"

对老爹来说，每天画一张，便是本来目的，画完之后揉成一团，当作废纸随手乱扔，是阿荣将这些一一捡起收拾平整的。这其实是父女二人的无心之举。但阿荣并没有告诉家将这些，何必扫人兴致。辟的邪，指的是老爹的放荡外孙时太郎，这些阿荣当然也没有说。

武士十分兴奋，粉白脸上现出潮红，如获至宝地抱着一摞狮子图走了。

阿荣长出一口气，送客出门。回到家中时，只见老爹已从暖桌里出来，正盘腿坐着，腿间是武士带来的礼物小包，包裹已经打开了。

"老爹，你要是画不了，就别跟人家约定。看把人家为难成什么样了。"

老爹双手捧起小包，一脸什么也不知道的表情，只捡起一个烤团子模样的点心放进嘴里，专心致志地咀嚼。阿荣真是又气又没办法。

今天早晨，她一直在碾碎胡粉。

画雪中富士山要用白色，阿荣打算把胡粉碾压到轻微起烟的细碎程度。用手指捏起一点，在指肚上抹开，有粉粒，说明还不够精细。左手握着擂钵慢慢转动，右手拿着擂棒缓慢地转圈研磨。干着干着，头顶开始冒汗，腋下也汗湿了。

门口传来人声，没等这边答应，来客自作主张地拉开了障子门。阿荣停手回身一看，一张亲切熟脸正在低头行礼。

"老爹，姐，多日不见。"

"是五助呀！"

五助原本是老爹的徒弟，后来转入歌川国芳门下修行,现在已是一个独立的浮世绘师,三十四五岁,成了家,有了孩子。

"我贸然上门,没有打扰到老爹和姐吧?"

"看你,说什么客套话。别傻愣着了,赶紧进屋吧。"

听阿荣这么催促,五助小心翼翼地弯腰进来,只见他背着一个大包袱。

五助松开胸前的包袱结,把东西放好,又是正式一礼。

"五助给老爹和姐拜年。去年多蒙师父照应,五助不胜感谢,今年也请多多关照。"五助说出一通拜年问候。

五助懂得每年正月里拜年的人多,版元、门人徒弟和友人络绎不绝,所以每年他都选快立春的时候才过来问候。

钻在暖桌里的老爹点头回礼。阿荣也正式行礼,给五助拜年:"恭贺新年,是我们要请你多多关照。多谢你在晦日里送来的米糕和炖煮。"

五助的妻子话不多,为人敦厚。她十分牵挂老爹和阿荣,经常做好菜肴让五助送过来。

"老爹也吃了不少炖煮。老爹,那个菜,味道很好,对吧?"

"嗯。五助啊,今年也要好好干呀。"

"老爹也要健康长寿呀。"

"还用你说!"老爹笑着,想坐起身。五助马上明白了老爹的意图，过去扶住老爹的左肘和腰，阿荣从右边助力，帮老爹坐起来。最近这些日子老爹使不上力气，有时连腰背都挺不直。只这么坐起身都颇费力，一把蓬乱的白胡子向上翘起，累得气喘吁吁。

五助像是被这老态吓住了，担忧地看着老爹。今年正月的拜年客和他一样，没少为老爹担心，阿荣一一干脆地回答说："都九十岁了呀！马上就要洞悉画之奥义了，现在每天都在精进修行呐。"

阿荣这话，一半是真，一半是假。老爹照旧每天都要执笔画画，至今画思如涌。就算手抖得拿不好筷子，可是一旦握住画笔，便稳定如前，线条纹丝不乱。毕竟年岁已高，已无法胜任大作。那种幅宽一尺、长三尺的挂轴对老爹来说，原本是小菜一碟，但现在手臂已经不灵活了。

"没事的，就是起身和躺倒要花一点时间，不用担心。"

这话像是阿荣的自我安慰。五助马上会意，摸摸后颈，跟着说："对呀，没事的。"之后又像忽然想起了什么似的，伸手拿过包袱，放到老爹面前。

"一点拿不出手的薄礼，给您祝寿，敬请收下。"

"让你费心啦。"

老爹兴致很好，高兴地说："人老了有两宝，就是好女儿和好徒弟呀。让我瞧瞧，这是什么。"

阿荣凑近，拿起来看，手中是一团又轻又柔软的物件："这，是棉衣吧。"

"对，是棉衣。我说现在都二月了，会不会不合时宜。可她说，现在早晚还凉，所以缝了一件薄的。老爹要是穿着不喜欢，我就带回去，让她重新做。"

五助一副气哼哼的样子，很有一家之主的气派，让阿荣看着想偷笑。

"瞧你说的，多好的棉服，老爹当然喜欢啦。现在白天就算有阳光进来，老爹也觉得冷呢。老爹你看，五助媳妇给你缝的！"

把棉衣披到老爹肩上，他自己伸胳膊就穿好了。"真轻啊，是件好东西！"老爹平时不在意穿着，可此时，却认认真真整好衣襟，把衣袖伸到眼前细看，"蓝群青色的粗细双缟纹，真讲究呀。"

"我跟她说，祝寿的衣服最好用紫群青色，可她不听我的，非说蓝色要多，才衬得脸色好看。"

蓝色确实和老爹很搭，穿上棉衣的老爹仿佛年轻了一些，阿荣这么一说，老爹更是美滋滋地露出一口白牙。阿荣为五助拿来酒壶和酒盅，给老爹倒上茶水。

"五助真听老婆的话，你看，都是好结果。"

"这么说来，当年老爹也一样，被妈管得服服帖帖的。"

"那是。男人嘛，都是女人的茶渣子。"

三人说着令人怀旧的老笑话,喝着酒和茶,就像又过了一次正月。只是,这次是家人之间的正月,亲密又温暖。

五助虽然喜欢喝酒,但酒量不大,几杯下肚就红了脸。喝着喝着,五助侧脸瞥到阿荣的案几,看见上面摆着木框绷好的细绢。上面线条已经勾好,并且上完了底色。他把酒杯放到膝边,移身到案几前,双手握成拳头放在膝上,默默地看了一会儿。

"这幅水墨画,是姐画的?"

"老爹在正月说他好久没画富士山了,想画一幅。"

老爹没有画底稿,只把构思告诉了阿荣。中间稍靠左,是气势磅礴的富士山,山麓处松林绵延,前景处要画上其他山脉,让构图呈现出进深。

五助一眼瞥见擂钵,马上明白了阿荣的意思:"只给富士上胡粉?"

"对。我想用闪着淡光的白色画富士。但问题是,就算给富士上了颜色,现在的构图有些寡淡,好像缺了什么。"

是否要在富士山后面画些什么,这一点,老爹根本不开口,这就是说他还没拿定主意,尚在思索,所以阿荣也没问。

现在的构图,半个画面是空的,露出一大块空白。当然,余白也是画的一部分,看客能从中看到空间进深,甚至能感受到风动和迎面而来的细碎水珠。所以，把画面的哪个部分设为余白，是上一层底彩，还是保持纸张本色，都是作画的一部分。

就在这时，阿荣听见老爹叫她。她不知是年纪大了，还是肩颈酸痛，不能像以前那样马上利落地回头答应。当她慢慢转过身时，只见身穿蓝色棉衣的老爹双臂抱在胸前，说："我想把富士图最后画完。"

"现在就画？"

"对。"

老爹像是拿定了主意，眼睛一眨不眨。

五助仿佛也看懂了老爹的心思，不甘落后地挽起衣袖。

"先上胡粉？"

根本不用嘱咐，五助麻利地做好了胶液。阿荣把擂钵里的胡粉一点一点加到胶液里混合，拌匀，在掌心上揉成一个团子，使劲甩到擂钵里，慢慢拉长，让胡粉和胶彻底混合，之后再次揉成团子。一旁，五助已经准备好热水，用手指蘸一下试试温度，拿给阿荣，"这个水温正好"。手指觉得稍烫的热水才好用，这点五助很清楚。

无须再试，阿荣接过水来直接注入擂钵，让胡粉团子浸泡在热水里，先泡出杂质浮沫，倒掉热水后，再一点一点加凉水进去。用擂棒搅拌均匀，取少许放入颜料碟中，用笔尖试试浓淡。

富士山脊是用极细墨线勾勒而成的。阿荣将木框翻过来，从细绢的背面给大山施上白色。这样上过底色后，颜色显得更凝重。

上好颜色后先晾在一边，阿荣和五助重新对饮起来。

"不好意思啊，你来拜年，还让你干活。"

"能帮上忙，我高兴还来不及呢！"

一旁，不知何时老爹在膝前摆好了砚台箱，开始磨墨。平时总是阿荣磨墨，老爹这样子已经好几年未见了，阿荣感慨着，又喝干了一杯。五助静静注视着老爹的手，落寞地长叹："要到什么时候啊？"

看着满脸酒色的五助，阿荣问："嗯，你在说什么？"

"要到什么时候，我才能变得像老爹和姐这样，成为一个真正的绘师。"

"五助，你说什么呢，你都出师独立这么久了。"

"我不行，还立不起来。"

"你看，有版元找你画，对吧？你用画养活了老婆和孩子，对吧？"

"勉强糊口罢了。她一直在给人缝东西，挣工钱补贴家用，跟着我吃尽了苦。"

"唉，女人呀，要强有志气，是好事。莫非你希望她胡乱糟蹋你挣来的钱？对了，你现在跟着哪家版元？"

"并不是版元给少了。唉，就我那点本事，养活不了全家，没她贴补不行。版元找我画的，也只是一些商品目录和招贴画,轮不到我吹毛求疵。但我也想好了,无论接的是什么活儿,我都要认认真真地做。"

"这就对了呀!"

阿荣说着话,同时伸手摸木框,试探胡粉的干燥情况。五助也伸手帮忙把木框翻过来。下一步,要用笔在绘绢正面刷上胡粉白色。每运一笔,都只蘸取极少量的颜色。阿荣认为,无论上什么颜色,一次蘸得太多乃是大忌。若想要浓深颜色,就耐心多重叠几次。只有这样做,颜色才能呈现出优美的浓淡变化。

"每次面对着一张尚未落笔的白纸,下笔前的那一瞬,我最有自信,觉得这次能出一张佳作。然而,一旦画完了,就又灰心丧气起来。看着画,才明白自己真的本事不行。"

阿荣俯身运着笔,口中回应:"你说的是这个啊。"

"你说的这种心情,大家都一样。只要是画画的人,心里都有这种憋屈和失望。"

"姐你也是?"

"当然。这还用问?画之前,好像能看到对面有一个无限展开的广阔世界,觉得这次一定可以!一定能在纸上再现出世界的生动气韵。这种感觉,每次画之前都有的,毫无疑问。然而,目标永远在触不可及的前方,怎么也够不到。老爹也一样,所以他才说,再有十年时间,哪怕是五年呢,他就能成为一个真正的绘师了。"

"老爹，我说的没错吧？"阿荣站起身来。

老爹已磨好墨，拿着茶杯说："给我续上茶水。"五助连忙去拿茶壶。

"五助啊，我现在手艺已经足够好了。"

"是，师父。"

"但是，手艺好和洞悉画之奥义是两码事。那种炫耀技巧的东西，没有品格。假装随意洒脱的东西，经不住细看。绘画这东西究竟是什么，这些年来，我画得越多，越不明白。我只知道，人呐，不能因为承受不了艰辛就放低标准。目标一旦放低，手艺只会变得更差。所以啊，只有坚持不断地画下去，除此之外，没有别的办法。"

五助依旧愁眉不展，像是没听懂老爹话中真意。阿荣见状又补上一句："一张画完成之后，你眼睛里看到的都是不足之处，会觉得画不达意，老爹如此，我也一样。但是，只有明白了何处不足，才会不服气，想再挑战一次，画一张更好的。这就是进步的瞬间。但是，你并不会马上察觉，只有日后回头看，才会明白，啊，在这一幅画里，我明显超越了什么，上了一个台阶。"

五助一脸庄重，默默地听着，酒意仿佛早已散去，脸不再潮红。

"阿荣，给我笔。"老爹说。

"上色笔，两支面相笔，还要胡粉。"

看来老爹想动手画，阿荣想着，从笔架上取下三支递给他。五助也马上动手,把木框搬放到老爹面前。

老爹伸展五指,用力抓住上色笔的粗杆,大幅挥洒起来。先将笔锋在富士山麓一顿,再横拖,拉向左上方,笔致虽粗,墨色却浅。他一边让墨色晕染开,一边运笔,一直划出画面最左界,再向上向右,转到富士山背后,从另一侧山脊线上探出来,迤逦着冲向画面右上的天空。

这是一道黑云。阿荣忽然明白过来,顿时寒毛卓竖。

老爹重新蘸饱墨,在砚台上理顺毛锋,接下来,是给画面最前景的群山晕染上浅淡暗影。他把笔放到砚台箱上,拿起两支面相笔,横着噙到口中,手撑到画框的左侧,双膝跪在榻榻米上,屁股悬空。五助转到老爹身后,想伸手去扶,却又不知该如何出手。阿荣用眼神制止他,五助马上会意,重新坐回到老爹身旁。

老爹刚才从暖桌里出来时,明明那么吃力,需要两个人帮忙。而此刻,却身穿着群青蓝色棉衣,自在地挥毫。他瞪视着画面上方的黑云,等着墨干,又锐眼一瞥颜料碟中的胡粉。

"水。"

阿荣遵命,拿起水滴壶,倾斜,轻轻注入一滴,胡粉的白色马上起了变化。

老爹用无名指搅匀胡粉,从嘴边取下一支面相笔,用极细笔尖蘸取白色,抬起右肘,让笔尖垂直向下,点到绢上。他握笔的手劲虽然轻柔,描绘在黑云之上的白色却刻画入微。等这一笔也干了,再换上另一支面相笔,改蘸上墨。

老爹的右肘终于落下来,五助这才从身后伸出手,扶住老爹腋下,帮老爹稳住腰身坐好。这次阿荣没有制止,也在一旁伸手帮忙。老爹跪坐稳当后,才长长地吐出一口气,缓缓低下头,看着刚刚完成的画面。

扶持在老爹身侧的阿荣和五助,也一同去看。

一道黑云仿佛旋风腾空而起,云中一条龙,蜿蜒矫健,越过白雪富士,正向着高空飞升。

三个人没有说一句话,只依偎在一起,无声地坐在画前。

立春过后,老爹眼看着渐渐失去了活力。版元带着医生来看望,只诊过脉,医生便摇摇头:"此乃老衰之兆,无医术可施。"

阿荣一边工作一边照看老爹,勉强撑过了春天。待到樱花飞散,杜鹃初啼时,前来探望的宾客越来越多。阿荣心中明白,那个时刻正在步步迫近,于是写信联系了弟弟崎十郎。自那以后,早年过继给武士加濑家做养子的崎十郎,便在下工之后天天过来探望,五助也带着媳妇过来,帮忙洗洗涮涮。

只有一次,阿荣想起了时太郎。他依旧去向不明,自他与形迹可疑女的婚礼之后,细数一下,阿荣已经十五年未见他了。

要不要请人帮忙寻找？阿荣犹豫了一下，决定放弃。如果时太郎还在江户，如果他心里有老爹，那他早该听到了消息。

进入四月后，阿荣停下所有工作，能转给别人的，都请其他绘师帮忙接手。阿荣只待在老爹身边，须臾不离。

那一刻，是十八日，凌晨寅正之时。老爹大张着嘴，身子冷硬了。

第二天的葬礼，百余宾客前来吊唁，人数之多，惊坏了崎十郎的妻女。出殡时，送葬人群绵延不见尽头，一路纷涌人浪，其中不乏带着持枪和挟箱侍卫的颇有身份的武士。

直到梅雨过后的一天，阿荣才痛彻地感到，老爹真的不在了。多年来相依为命的父亲，师父，丢下她走了。

曾经充盈着草木飞鸟昆虫，甚至天上仙女的陋屋，现在一片寂静。它们伴随着龙，一起升天了吧，阿荣想。

三

春日的房间里插放着棣棠花，阿荣静静地放下笔，将刚画好的递给学生："这是范本，请参照着多加练习，今天就到这里，我们下个月再见。"

"多谢老师。"女孩子们一齐鞠躬。

侍女在前面引路,阿荣穿过宽敞的走廊,走到门外。春日渐深,阳光越发生机明媚,一路上几次与像是刚赏花或野游归来的人群擦肩而过,阿荣虽然孑然一人,心情依旧轻松愉快。如今,她已经教人画画三年了。

嘉永三年(1850),她搬出曾和老爹同住的大杂院,转居到附近的圣天横町。最初,是来往多年的纸店老板介绍她上门教人作画。

纸店老板说:"一个旗本大人想为女儿找一位绘画老师,特地派人到我的店里相谈,提出想请阿荣小姐。"

细问后得知,这是一位颇为风雅的文官,宅中藏有老爹的肉笔画。

"让我教人作画?不行不行,我做不来。"

在阿荣看来,谁都能提笔画画,画很简单,而传授画道则是件至难之事。勾线上色,构图和质感,这些只有多多修炼,才能体会。

无奈纸店老板日后又来邀请,说无论如何请赏脸:"肯定不能请男师傅呀,女老师寥寥无几,实在难找。就请阿荣小姐看在我们长年交情上,多多关照了。"

过去,老爹和阿荣曾在这家纸店里多次赊账,老板十分通融,这个情分不能不还。最终,阿荣还是没能推脱掉。她硬着头皮走进旗本的深宅大院,坐在静谧无声的房间里浑身不在自,摸着膝盖想"教完这一天就推掉不干"之后,却欣喜地发现这家的千金资质聪颖,年仅十三岁,言谈清晰有理,侧耳倾听完讲解后才动笔,而且她自幼随母亲练习书法,写得一手端正好字。最重要的是,阿荣很快看出来了,这位千金打心眼里喜欢画画,非常有上进心。阿荣给她画了几样范本,栖在辛夷枝头的文鸟、牡丹与蝴蝶、南瓜花和蟋蟀,等等,小姑娘娇羞又兴奋,红着小脸感叹,"画画真是一件愉快的事情啊"。

阿荣听她这么说,再看自己画的,陡然发现这些小画淳朴真挚,没有任何功利企图。这让她想起了过去,小时候坐在老爹怀里,拿起画笔时的无限喜欢。

与人为师,也是一条修炼自身之道,令人存本真,去不足。

可惜,这位千金自幼由父母做主订婚,她只跟阿荣学了一年,便嫁入了领主将军家。

阿荣为祝贺婚事,亲笔描绘了一幅绸巾袱纱[1]。这次没有用岩绘具,用矿石粉碎的颜料往往质地过重,她特意选了草木由来的轻盈颜料,让一层一层薄色渐渐晕染。袱纱绢绸的经线容易涸色,原本应该使用掺着姜汁的淡墨,阿荣认为墨色不合婚礼喜庆气氛,故而没有用。她画的这一幅袱纱,图案是松竹梅,两根修竹上下贯通,

---

[1] 茶巾。

周围修饰着大片松针、竹叶和梅花。

小姑娘和父母看后十分欣喜,婚礼后不久,这家的用人来到阿荣住处,送上数种豪华回礼,接着又送来一个打着精致礼结的细长盒子。打开一看,是画笔,都是阿荣从未用过的上等之物,一旁附有说明,说是出自京都著名笔匠之手。

画笔轴上雕刻着"应为"二字,正是阿荣的画号。

那之后没过多久,又有日本桥的大宅上门邀请,这次是每月教授两回,一回连去五家。

她从常去的熟食店里买了些吃的,沿着河,一路北上回家。河对面的隅田堤上樱花盛开如云,赏花客在花树下歌舞,河面上荡漾着朝气欢声。

回到独居处,房间里薄寒侵体。

打开门窗,让春日阳光照进来。现在才是午后,还不到晚饭时间,她从橱柜里拿出酒壶和酒盅,给自己斟上一杯。一口下肚,不由得长舒一口气。

"真是,阿荣你辛苦了。"她自我安慰着,又倒上一杯。

"阿荣啊,你喝完酒还有力气干活吗?……哼你说什么呢,我就算喝下一升酒,也面不改色。没关系的,喝吧喝吧……再说,今天做完了一个大工作,该休息保养一下。"

她自己也知道,自言自语越来越止不住了。

"五十六岁的阿婆,大白天就开始喝酒,成何体统。……这有什么关系呀,又没有外人看见。……等等,阿荣你最近兜里有了小钱,有点得意扬扬啊。……难道不好吗,总比赤贫强吧。"

她挺直胸膛。

昨天飞脚送货夫送来信件,里面有卖画得来的酬金。老爹去世后,小布施村的高井鸿山先生挂念阿荣,频繁寄信寄物过来。时逢秋天,就托人送来当地特产的板栗,他知道阿荣不近厨房,特地送来已经煮好的熟栗,还非常贴心地用厚纸包好一整枝带着硬针毛壳的栗子,让阿荣写生。

不仅如此,他还请阿荣画肉笔画。昨日送来的,便是二月末画好的《菊图》的酬金。《菊图》是绢本双幅,去年大暑时接下的活儿,前后花了九个月时间。原本想赶在年内画完交货,然而从花瓣到茎叶,一一细致描绘起来,工期就远超了预计。

菊花种类繁多,有垂枝,有卷茎,有的小巧圆润如宝珠,有的长瓣卷成涡旋。花色也数不胜数,有的甚至表里不一,花瓣正面红色背面黄,正面青背面白,此种双色花蓓蕾初绽时,堪称丰满明艳。

阿荣逐一精细描绘了这些花瓣,甚至画上了极其精微的细筋,并用背面上色的手法画出了清透阴影。茎叶也一样,表面用草绿色,背面衬着石绿。表面用绿青的地方,背面也必定衬以绿青。

每日,她一心不乱地描画,忘记了其他一切。有了新灵感,就马上动手,毫不犹豫。只要是不出去教课的日子,就全天拿着画笔。下笔的劲道、墨色的浓淡,以及颜色深浅,构成了一片勃勃生机。

就这样,她收到二两三分的酬金。对方早已提前付过绘绢的材料费用,如今又送来这么一笔高额,阿荣甚至怀疑是高井先生弄错了,重读一遍附信,才知道准确无误。

阿荣有些不知所措,指尖颤抖着,把钱重新包好。就连老爹,也很少收到如此高额的酬劳。

再倒满一杯,将酒盅凑到嘴边,响亮地嘬上一口。

把钱收进案几抽屉里放好,现在她心情平静了一些,只觉得满心感激,多亏了老爹结下的缘分。

"是呀,真要感谢人家。有了这些钱,就能买上等绘绢和颜料了。对了,还能买些新笔。"又是自言自语。

当然,高价之物未必一定优质。老爹凭借自己的眼光,就算负债累累,也从来没在买颜料和画笔上犹豫过。阿荣和老爹不一样,便宜的材料她照样喜欢用。为此她没少失败,现在积累了一些经验,比如新崭崭的便宜画纸看上去缺少雅趣,她会故意做旧后才用。

"但是,一幅画完成后不太满意的时候,你心里就会给自己找借口,归咎于原料材质不佳,对吧?如果换作上等材料,一定会仔细斟酌,这样就没有退路,找不到借口了。"嗯,心里都明白,都明白。

"无论如何,只能埋头往前走啊,人活着,没有退路。"

她拿着酒盅,嘴里吆喝一声,移坐到窗边。

"还以为只是阴天呢,没想到不知不觉地下起雨来了。"

靠在墙上,右手伸出窗外,让春雨淋湿手掌。沁凉雨意让她心头一阵舒爽。干脆把大半个身子都探出窗外,抬头仰望天空,只见半天已放晴,露出了青蓝色。

闭上双眼,让细雨淋湿面颊。

等酒醒后,还要接着画。

葛饰应为,总有一天,她要画出配得上这个名字的画。

对,要画下去。

不知何处,传来了蛙声。

第十二章 吉原格子先之图

吉原格子先之图

一

授课结束后,阿荣沿着街道右拐,走上日本桥。

十月初的晴朗午后,沿河土藏[1]的白灰外墙在阳光下越发白亮耀眼,河岸码头上卸货的搬夫们用嘶哑苍声喊着威风号子,河面上客舟货船穿梭如织。河岸附近浅滩,是水白群色[2]的。河中央水深处,涌流着群青。

从桥栏杆举目向西,视线越过一石桥,远方是江户城中心地势最高的地方。连绵松林苍郁浓绿,松林缝隙里隐约可见幕府将军的城堡。当世的将军是第十三代,德川家定公。

江户城的更远方,巍峨的富士山一如往常,悠然镇

---

[1] 木结构、泥土外墙的仓库,防水防火又防盗。
[2] 淡青色。

异人几次进入江户究竟有什么目的，阿荣看过街头小报之后，仍是一头雾水。但她唯独凭直觉感到这些人来江户，和当年请老爹作画的阿兰陀国商馆进入江户拜谒将军大人，明显是两码事，这些美国人更危险可疑。

其他江户人也同感吧。所以百川楼一场绝世盛宴让美国人瞠目结舌，大开了眼界，江户平民也跟着莫名自豪起来。这一场宴会，主宾毋庸多说，就连摆在普通船员面前的菜肴，都是二汁五菜，乃最正式的本膳料理。而且，百川楼独立完成了宴请任务，没有求助同业，甚至自备了全部餐具，由此威名远扬。坊间传说，这一席共花掉一千两，不对，是两千两金。

阿荣走进百川楼，由女侍前方带路，从走廊进入露天侧廊，绕着宽敞的中庭继续前行。现在还不到红叶季节，可是中庭的假山上，精心培植的樱树和枫树枝头早已呈现出一片火红。

走在露天侧廊上，阿荣想，确实厉害，不服不行。那一片在阳光下火红剔透的红叶，让她看痴了。同时，也不由得苦笑，这种天然赤红的真与纯，无论如何不是颜料能堆叠出来的。

还是要努力修行啊，她暗想。在心中默念一句，南无弁财天女尊，唵苏罗萨缚帝曳娑婆诃。

这是她最近的习惯，工作之前先闭上双眼，默念一句再执笔。弁财天是七福神中唯一的女神,是诸艺匠人的护佑者。

走廊尽头的房间障子门敞开着,里面回荡着笑声。女侍在门前止住脚步,躬身一礼,请阿荣进去。这是一处二十帖大的房间,阿荣本以为会看到汉画上常见的高脚桌椅,没想到榻榻米上连续铺着几张手织地毯。每位宾客面前一张食膳小几,就直接摆放在地毯之上。几个身穿羽织的男人跪坐在几前。数一数,有五个人。

长川镰太郎第一个注意到阿荣,他也是邀请阿荣参加这次聚会的东道主。

阿荣和长川之间的交情,始于老爹去世前一年,至今已有七年了。长川原本是本所林町的陶器店少掌柜。长川的父亲与在本所出生长大的老爹是脸熟之交。最初长川借着这个缘分来到圣天町,请老爹挥毫诗笺和扇面,老爹都很痛快地答应了。阿荣迁居后,他也时常来拜访。

"如今市面上最流行的浮世绘师,无论如何,要属丰国。接下来,还有广重和国芳吧。但是对我来说,北斋先生才是当世第一,我们可不能忘了葛饰老爷子的画。"

长川大约五十过半,福相长脸上窄下宽,像个丝瓜。他待人接物礼数周到,说话时一脸诚恳。

当年名震一时的浮世绘版元西村屋,在与八去世后渐渐没落,如今已无踪迹可循。与老爹来往密切的小布施村十八屋,也在一场大火之后关闭了江户的店面。阿荣认识的雕师和摺师，大多退休隐居，一人、两人、三人，渐渐离开了人世。

但是老爹留下的浮世绘原版，却一直在各家版元手中转卖，不断重印。《北斋漫画》亦如此，老爹去世后，版元上门收集走了各种原稿，无一遗漏地将其新编出版。《北斋漫画》的初辑于文化十一年（1814）问世，老爹在世时，一直出到十二辑。老爹去世后，又出了第十三辑[1]。

这让阿荣非常欣喜。

世人没有忘记老爹的画，还在四处索求。

对一个绘师来说，这才是最大的幸福。

长川央求阿荣，想买老爹生前的最后一幅作品《富士越龙图》。阿荣想，如果此图被更多的人看到，也是遂了老爹作为绘师的心愿，于是同意了。据说，长川将此图转卖给了小布施的高井鸿山。高井先生和小布施的门人至今也在请阿荣作画，有时还请她画范本画帖，正因为他们一直有来往，所以阿荣知道了这场交易。

转卖并不是什么新鲜事。如果是大量印刷的浮世绘，即使是豪华的大判锦绘，一张的价钱也不过两碗荞麦面钱。而肉笔画则只有一幅，世上绝不会有同样的第二张，金主买来肉笔画挂在自家壁龛里欣赏过一阵子后，如果

---

1 《北斋漫画》全十五辑，最后一辑出版于明治十一年（1878），那时葛饰应为也已去世近二十年。

有人想要，自然会转卖掉，或者与人交换。一场交易涉及多少金钱，这对阿荣来说，完全是与己无关的事情。一幅画一旦离开自己之手，再怎么定价，都是买主之间的事。

不知不觉间，长川成了一个专职中介，即所谓的画商。

"阿荣小姐，大驾光临不胜荣幸，就等着您入座了。"

长川请阿荣坐到上位，阿荣有些不自在，但又懒得推辞，索性坐到右手位置[1]上。背后的壁龛里，陶罐中插着大捧珍奇的兰花。

她坐下来环视其他宾客，点头客套。

长川介绍说"都是同行"。看来宾客是他的商业伙伴，人脉甚是华丽。

"今天有一位新来的同行，时兵卫！过来问候一下阿荣小姐。"长川拔高嗓门，那种腔调仿佛在展现一个令人惊喜的重要环节。

坐在阿荣正对面的男人抬起脸来。

阿荣一怔，再细看一眼，不由得惊叫出声。

不会吧！

对面那人仿佛看出阿荣心思，扭扭捏捏地嘟囔了一句什么，听不清是"好久未见"，还是"久疏问候"。抑或，

---

[1] 一般离壁龛最近的，即主位。

是叫了一声"姐姐"。

"怎么是你,你还活着!"

"对,我不是幽灵。"

二十一年未见的外甥时太郎,此时抬起屁股单膝跪起,向阿荣亮出一只脚[1]。一张寒酸脸,双眼中满是贪婪。

"现在,人们都在为美国黑船的到来而兴奋不安,而这座百川楼,却用高超厨艺震慑住了那群蛮夷。如果蛮夷下次再来,我们就拿画让他们再次大吃一惊。现在,很多绘师憧憬西洋人的画法,学习西法的人越来越多。要让我说,日本绘师的本事并不输给西洋人,下次,一定得给异人一点厉害看看。"

长川环视来宾,兴奋地滔滔不绝。一众男人高声喊着号子,识趣地配合他。

也太拙劣了,像一场猴戏。阿荣顿时觉得索然无趣。

前几日长川向阿荣发出邀请:"我在百川楼订下了本月二日的席位,阿荣小姐赏个光吧,你正好出来散散心。"阿荣讲完课回家时刚好路过百川楼,所以没多想就答应了。百川楼这么有名,阿荣也想见识一下名店的建筑和庭院。如今阿荣作画时依旧在参照老爹留下的画账和版画旧作,她自己的所见所闻也能成为灵感。

---

[1] 日本民间传说中的幽灵一般没有脚,飘着走。

但是，时太郎为什么在这里？

阿荣刚才就想问。但长川忙着给她敬酒，和其他人闲话寒暄，时太郎也不停地喝着别人敬过来的酒。阿荣插不进嘴，只看见几案上摆着西洋高脚雕花玻璃盏，与其他餐具不搭配。

"好酒量！葛饰老爷子是有名的滴酒不沾，时兵卫先生倒是继承了阿荣姨母的豪饮血脉。"男人们鼓掌高笑着叫好，阿荣暗自蹙眉，不知这些人在笑什么。

自称时兵卫的时太郎，想来今年已经三十八岁了。然而一眼就能看出，他至今也是个上不了台面的人。一张瘦脸上挂着稀稀拉拉的鼠色胡茬，身穿的羽织像是借来的，缝线歪歪扭扭，领口松散。只一双大眼睛在片刻之间让阿荣想起老爹。有一丝相似呀，阿荣这么想着，又马上在心头坚决否定。哪里相似！一丝一毫都不可能相似！

唉，过去时太郎确实有一张与老爹相似的高鼻深目之脸，然而，人的面相真是难以捉摸，时太郎五官远比阿荣端正，却充满着欺瞒苟且之气。想必，他既没有胆量行大恶，又不甘心身居低位、伏地前行，所以谄媚巴结着有权力的人，言听计从，不敢有二话，同时又将满心愤恨都发泄到了弱者身上。

阿荣的这个外甥小时候便如此，现在也一样。虽然二十多年未见，阿荣看一眼时太郎现在的脸，就明白了他这些年是怎么过来的。

长川过来打圆场:"亲人重逢,真乃幸事,连我都跟着心生感激呀。"

阿荣马上懂了,这就是此宴的目的,心下越发厌倦。

长川为阿荣斟上一杯酒,嘴上还在喋喋不休:"时太郎先生过去在一个武士家中做杂役,因为一件意外小事,结识了我的同行伙伴。"

武家中的杂役,几乎是背着主人私立赌局的代名词。就时太郎这样子,根本不像在老实做工。

"细问之下,才知他是北斋老爷子的外孙。这样的名家出身,去做跑腿杂役实在让人于心不忍,所以我们就拉他入伙了。"

"入伙?"阿荣不由得反问。

"是的。要知道,最近出现了不少形迹可疑的人,我们不得不多加小心。现在不是有个模仿北斋老爷子画风的人吗?叫什么来着?对对,葛饰为斋!"

这个名字阿荣也听五助说起过。五助愤愤不平,此人画风酷似老爹,不仅画插图和版画,也在画肉笔画。而且此人自命不凡,为人蛮横,收了徒弟的谢礼却基本上不教人画画。

但阿荣觉得无所谓。她把当时对五助说过的话,又对着长川再说了一遍:

"既然他本人自称为斋,和北斋画号完全不同,那就随他去吧，没什么可计较的。画风酷似？无所谓呀。"

即便再酷似，也仅仅是相似而已。模仿之人早晚有一天会感到空虚无聊。再说了，能反复练习彻底模仿别人，也是一种谋生的本事。

长川听完丝毫不为所动："不能这么说。我不知道，这个为斋究竟参与到了什么程度，现在可是有人拿着他的假画伪装成北斋先生的真作上门叫卖。说到造假的，确实从过去到现在，一直层出不穷。但对我们画商来说，识别假货的眼力可是做买卖的命根子。万一！我们把赝品当真卖给了客人，那岂不是对不起买主？这不仅是耻辱，更坏了名声。干我们这一行，声誉信用是最重要的。"

长川这边说完，那边一直闷头喝酒的时太郎也抬起头来。

"姐姐，你太天真了。"

"你在说什么？"

"有人在假托葛饰北斋的手笔，大赚不识货的人的钱呢！我们岂能放任不管。"

阿荣心中泛起一阵恶心："你究竟想说什么？"

"所以啊，我在说，我们两个可是正牌的北斋后代，我们自己不做，任由他人胡来，岂不是太亏了。姐姐你来作画，盖上祖父的印章，这不就是正儿八经的真作嘛！"

"你想让我造老爹的赝品?"

"我早就知道,祖父以前的画就是你们一起画的。"时太郎浮上不怀好意的笑容,仿佛大义凛然地揭穿了一件坏事。

看着时太郎的样子,阿荣想吐。

"一起画了,那又怎样?轮得到你指手画脚?"

说到版画,通常是全工房的人共同作业,那么肉笔画由父女二人分工合作,也完全顺理成章。用老爹的名字落款,能收到更高额的酬金,何乐而不为?再说,此事的根源,是为了给时太郎还债。

"面对一幅画,老爹是认真的,我也从未敷衍应付过。从来都是老爹给出灵感和构图,我画好后老爹再仔细斟酌打量,有时还命令我修改,之后才写下落款。"阿荣怒火攻心,声音也变得嘶哑,呼吸急促,她控制不住。

"这和我现在画一幅画盖上老爹的印章完全是两码事!你以老爹外孙自居,在这里装模作样,最起码要先弄清楚这一点!"

长川又过来劝阻:"请阿荣小姐多多理解时兵卫的心情呀。他作为老爷子的外孙,看着赝品横行,深感痛心,才有此言嘛。对啊,他怎么可能有二心呢,都是关心姨母你呀。现在北斋老爷子的画正抢手,此时阿荣小姐要是画出几幅大作,我一定竭尽全力卖个好价钱,让你们大赚一笔,足够你二人买个房子过上悠闲生活,这我能打保票！这么说吧，我已经谈好一笔买卖了，最近有人愿意出慷慨高价，购买一幅北斋老人的精彩挂轴呢。"

长川何时变得如此贪婪的，阿荣也想不明白。或许，这就是商人本性？莫非，当初他求阿荣卖画给他，阿荣未多加思索便同意了，也助长了他的贪婪？想到这里，阿荣不由得打了个寒战。

"长川先生，你为了让我作假，不惜耗费一番力气找出时太郎这个窝囊废，真辛苦你了！你说得对，这世上能画出北斋之作的，除了我以外，再没有第二个人。没错，只有我！"

阿荣双手扶膝，站起身来，轻蔑地扫视一圈众人，"你们算盘打得挺精啊，想把时太郎安置到我身边，催着我画，是吧！"

"唉唉，都是误会，都是误会。你要这么说，我都没法回答。阿荣小姐，请坐下。时兵卫先生现在有债在身，已经走投无路了，此事关乎北斋老人外孙的死活，你于心能忍？！"

房间里这一众人等都和时太郎一样，满脸贪婪和寒碜。要用什么墨色才能画出这种下贱呢！

阿荣走出房间，长川如苍蝇一样追上来，没完没了。

"等等，我还有话要说。"

以为他会变色厉声威胁，可他换上一副服软哀求之相。以为这种手段就能笼络住我？呵呵，真没出息。

"我怎么可能和你狼狈为奸?我们的交情,今天就断在这儿了。"

阿荣斩钉截铁地说完,转身走上露天走廊。

二

被贱人小看了。

阿荣回到长屋,依然一肚子怒气。

等回过神来,才发现天色已黑,寒气袭人。她吸着鼻涕点着火,往长火钵里放一小块木炭,笼手取暖。还是没暖和过来,干脆身披棉被四处找酒。酒就放在作画的案几之上,她拉过来,选了个颜料碟代替酒盅。

"我想喝温酒,可是太麻烦了。"一句自言自语说出,心情平静了很多。一口气喝干三杯,又连着续上几杯之后,身子终于暖和了些。好容易缓过来后,她又点上灯笼,拿过烟草盘。抽上一口,真香啊,长出一口气。

我没事,这点事根本伤不到我。

"一帮拐弯抹角的杂碎,居然把时太郎卷进来了。干吗不直接和我说,请画几幅赝品,这样我听完后,就能直截了当地拒绝。老娘自己的工作还画不完,哪有闲工夫陪你们玩,这样多省事。"

但她知道,长川不会就此善罢甘休。肯定会再次找上门来,纠缠个没完。

怎么就甩不掉这些人呢？阿荣把手臂搁到火钵的猫板[1]上，继续喝酒，抽烟。忽然肚子里响亮地咕噜了一声，这才想起，刚才去了一家名店，却没正经吃到什么东西。四下搜寻家中剩余吃食，连张包在米糕团子外面的竹皮都没找到。那是因为早晨刚打扫过房间。

第一次来到阿荣房间的人都会吃惊，他们都以为会看到一个满是灰尘和垃圾的肮脏房间。没错，老爹在世时确实如此。那是因为老爹厌恶别人收拾打扫房间，阿荣顺着他，加上工作繁忙，父女二人一直生活在积满灰尘的环境里。

就算生了跳蚤虱子，老爹也毫不在意，若是天花板上结了蜘蛛网，老爹更是喜欢得连连写生。即便是吃剩的盐鲑鱼头招来两三只老鼠，老爹也会拿起画笔，笑着说"就那样，不要收拾"。

对老爹来说，家里家外可能没有境界区别，老爹希望自然而为，不喜欢人手干涉。

我也一样啊。

阿荣在此独居，已有五年时间。她日日忙碌，不仅要为谋生去教别人画画，还得驱赶今日这种小人。

"老爹身边有我，而我，只有我自己。……哼，这有什么！这不是你自己选的路嘛。你才五十八岁，这辈子

---

[1] 火钵旁用来放置物品的长方形台面。

才刚开始。"

把烟灰倒进火钵里,从案几笔架上拿下一支笔,榻榻米上放一张画纸,再在原本就放着颜料的小碟里滴一些水。

老爹画出大作品的时候,不就是她现在的年纪嘛。想到此处,她会心地拍一下膝头。

就是现在这个季节,十月初,地点是在名古屋的西别院境内。老爹在那里画了一张大幅达摩图,连缀贴起的纸张铺开,一共有一百二十张榻榻米大,十张榻榻米长。特制画笔粗如扫帚,想必从桶中蘸饱墨水后异常沉重。

老爹拿着比自己还高的画笔,在画纸上腾跃,一气呵成。这幅巨大的达摩图一举成为江户佳话,让阿荣无比自豪,也让她懊悔得跺脚,她多么想和其他弟子一样,跟随老爹同去,亲睹盛况啊。记得当时是母亲小兔气得脸色发白,不同意她去:"原本你就除了画笔什么都不拿,别人在背地里传闲话,说你是怪人的女儿。你要是出门旅行,更嫁不出去了。"

母亲一定忧心忡忡过吧,一个女孩子家,不近厨房,不摸针线,整日混在工房的男人堆里,怎么嫁人。

当时,老爹把画号改成了"戴斗",只因几年前刚把"北斋"画号卖给了吉原一家妓楼的主人。那时老爹尚不出名,只能勉强糊口,而他本人也无心钻营挣钱,一心只想成为一名真正的绘师,把画画当成修行。

所以小兔才担心吧，生怕女儿和老爹一样中了邪似的痴迷画业。

俯身在画纸上，阿荣随心所欲地画了起来。等她醒过神来，才发现自己画的是年轻女子，敞着衣襟，露出半个乳房。

细说起来，阿荣至今已画过无数裸体。在她出嫁前，还是女儿身的时候，就已经脸不红心不跳地画过春画。是啊，那时候要强，觉得脸红心跳才是耻辱，不配当绘师。

想起来了，老爹在名古屋画大达摩图的那一年，她二十岁。

那一天她正在画春画，善次郎来了。当时他刚取名溪斋英泉不久，经常来工房走动。他偷偷瞅了一眼阿荣的画，马上开始挑毛病。

"你画的女子没味道，你得让她多含几分情。"

"有情啊！欢悦过分了反而败兴。"

"不对，不对，下嘴唇应该再突出来一点。让开，看我怎么画！"

善次郎抢过阿荣的笔，自作主张地画起来。

"讨厌死了！我好好一张画被你毁了。你这人，明明手艺不好，还爱插手。"

想起当年的娇嗔，阿荣忍不住笑出声来。

阿善这人，真是笨啊。

再一次自言自语，阿荣又俯身到画纸上方。忽然，门口有响动。

"姐姐，是我，开开门。"

好不容易镇静下来的怒火再次喷涌而出。按说到了这个时间，长屋的大门早该关闭了，不知他怎么进来的。只听他在不停地敲响障子门。

"滚吧，我不想再看见你。"

"姐姐，你听说我，你把道具包忘在百川楼了。我给你送过来，没别的事。求你了，开开门。"

阿荣僵硬着身体沉默不语，障子门一阵咣当乱响，她无奈地咂舌，就在这个瞬间，感到迎面吹进一阵夜风。

"快到戌正时刻了，呵呵，这么晚了，还不关好门。"

阿荣是怎么从百川楼一路走回来的，她一点都不记得了。也许是她回来时，忘了插好门闩。

本想轰他走，却被他趁机钻了进来。

时太郎还在呶呶不休重复着在百川楼说过的话。

"姐姐，今后有我呢，你就放心吧。你只管画画，其他的都交给我。"

"你做什么美梦呢？走开，少来纠缠我。"

时太郎一听这话，狡猾地一笑："你听长川的话吧，准没有错。我马上就四十岁了，这辈子掷骰子还没扔出过大点数，就让我最后赌一次大的。你只要画几张画，这事就成了,多简单啊。"

"老爹早已不在人世,一下子多出这么多画,这不合常理。"

"一般人哪懂这些。再说了,祖父的印章还在,只要你画,就是正经买卖,哪里是赝品。"

时太郎又啰唆一遍白天的话,同时瞄着案几。即使房间里只一盏纸灯,昏暗之中也能看见他贪婪搜寻的眼神。

"从今往后,作为北斋的孙辈,我要洗心革面,正经做人。"

阿荣又一阵怒血涌头。

"老爹的葬礼你都没露面,现在居然有脸自称北斋外孙?"

时太郎的脸顿时丑陋地歪曲了:"喊!明明你松了一口气。"

"你说什么?"

"不长进的时宝没来丢人现眼,可是让你心里放下了一块大石头。我说的没错吧?!"

阿荣瞪着他,说不出话来。

"看,被我说中了。算了,这个我早就明白,外公和姐姐都以事业为重嘛,哪里顾得上我。"

"你倒来怪我们?你没出息,不长进,难道怪我们?"

阿荣膝上的双手紧握成拳。

你个混账家伙，你让老爹吃了多少苦，给我妈找了多少麻烦，骗走了多少钱。临了，是我们前前后后为你擦屁股。当时我们就不应该心软。没想到事到如今，你还倒打一耙，我们究竟怎么对不起你了！

就在这时，时太郎身子一拧，扑向案几。他打开文箱盖子，将里面的东西胡乱扔了一地。

"你干什么！"

阿荣怒吼着去捶打时太郎的后背，从身后拉他的胳膊。时太郎的力量大得吓人，阿荣一下子被甩趴在地上。

"我来保管祖父的印章，祖父的印章呢，哪个是？"

时太郎嘟囔着，仿佛在说梦呓胡话。他随手捡起什么都抛进袖中，阿荣的小笔和墨块在他肮脏的羽织中碰撞出响声。

"你个浑帐！连老爹的画具都要拿去典当吗？"

"呵呵，这些我都打算卖给长川。我借的债太多了，得交给他一点东西抵押。不然的话，我就没有抬头之日了。祖父的印章，是这个吧？"

时太郎打开文箱，把里面的东西一样一样戳到阿荣面前。

"这么多好东西，分给我一点又能怎样，不能你一个人独占。"

老爹的印章并没有放在日常使用的文箱里，五助媳妇用做棉衣剩的零碎布头做了一个小布包，印章就藏在布包中。蓝群青底,粗细双缟纹,手掌大小的布包,放在案几抽屉的最里面。

唯有这个不能让时太郎摸到。阿荣几次从背后拉扯阻拦他,每次都被他推搡开。阿荣喘气越来越急促,一脚踩空。膝盖一软向后仰倒时,伸手借力,不小心撑进了火钵里。

"啊,烫!"

右手撑到了木炭上,带起一阵炭灰。时太郎回头看了一眼,又继续在案几上四处翻找,各种东西抖落一地。终于,他的手摸到了抽屉。

"你有完没完?!"

阿荣用炙痛的右手一把抓住时太郎的手腕。

就在这时,传来了沉闷的地声。箱柜震颤着摇晃起来,长火钵也在动,未等阿荣反应过来,榻榻米忽然猛地向上拱起。

就像有一股巨力从地底深处向上推举地面,眼前的世界摇晃成一片,枕屏风倒了,长火钵歪斜着滑向土间。案几上的纸张和颜料翻滚着四散开来。阿荣伸出手,四处抓摸,拼命想抓住些什么。

纸灯灭了。房间陷入黑暗。

"时太郎!"

"姐姐!"

两个人趴在地上,呼唤着对方。

半个月前,十月二日之夜,江户无数街巷毁于巨震,变成了一片断壁残垣[1]。

此刻,周围的主妇们在街头摆开炭炉,阿荣听见她们在低声说话。

"地震前一日,有人在大川里看见几条大鲶鱼上下翻滚乱游来着。"

据说,震源就在大川河口附近。阿荣所住的浅草一带、本所和深川等地势低矮的地方灾情尤其严重。城中有一万六千栋房屋倒塌,四处发生了火灾,死者超过五千人。阿荣还从小报上看到,二百六十六座领主大宅中,有一百一十六家发生了不同程度的损坏。

"其实不是鲶鱼作怪,都说是黑船在阴谋作祟呢。"

"此话怎讲?"

"我也说不清,是我家那口子说的。我还没问你呢,你不是在水茶屋干活吗?店咋样了?"

"别提了。老板被塌下来的房梁压死了,老板娘躲回了乡下。本来我干得好好的,可现在又得另寻别处。"

阿荣居住的这座长屋虽然颇有年头,但很结实,强撑着挺过了地震,没有倒塌,居民们也都好好的。周围的其他长屋几乎都塌了,只剩了这一座,在木屑和尘埃

---

[1] 指1855年的安政江户地震。

中歪歪斜斜地挺立不倒，活像一棵顽强的老树。

附近居民流离失所，官府设置的救助小屋收留不完，就纷纷涌到这座长屋。阿荣住的这间房，最多的时候收容了六个人。晚上人挨着人勉强躺倒，但好歹能遮风避雨。长屋的媳妇们做了薄粥分给众人。阿荣和四邻男人们一起收拾整理了房子，四处墙壁上泥土脱落，露出了竹编内芯，门口的障子门也变了形。状况最惨烈的要数阿荣的房间，别人家都没什么家居什物，而阿荣这里有大量颜料碟和砚台，这些都和长火钵一起滑到土间摔了个粉碎。榻榻米上，岩绘具更是撒成了五颜六色的颜料海。

男人们疑惑不解地看着这一切，不明白发生了什么："为什么有这么多颜色？"

"这位大姐是个绘师！"

"女绘师啊。"这群男人平日白天外出做工，很少有机会和阿荣照面打招呼。

有人在房间角落里发现了烧焦的痕迹，小声说"命大呀"。想来，这是纸灯的火皿引燃了榻榻米，但又有什么东西砸落下来，压灭了火。房间里到处是画纸，差一步就会引发火灾。

"这么说起来，那一晚，大姐屋里动静特别大，你没事吧？"

有人低声询问，阿荣一看，是邻居家的男人。

"我听有人喊你姐，开始还以为是姐弟吵架，老婆不让我多管闲事。我真有点放心不下呢。"

杂居长屋里，两家之间只隔着薄薄木板，互相有什么事都听得一清二楚。阿荣淡淡地致歉，"吵到你了"，对方便没有再说什么。

那一晚，大地晃动停息后，阿荣失魂落魄地跑到街巷路面上。长屋里的其他住户也一样，纷纷跑出来，口里念着什么，又看着各处慢慢地升起火柱，半钟之声响彻。

阿荣呆站在那里，默默注视着深夜的江户城燃起熊熊烈火，烧红了天空。

年轻时，她喜欢不甘落后地跑到火场，拥挤在年轻人中看热闹。她和善次郎在船上遭遇过大火，租住的长屋也曾失火，被迫搬过家。人在江户，只有遇火不惊，才算长大成人。

然而此刻，众人沉默着不敢发出任何声音，只盯望着每一刻都发生着变化的带火光的天空。那一片喷涌的绯红，是幸存者才能目睹的颜色。

那一刻，时太郎就站在她身边，这一点阿荣记得很清楚。然而不知何时，他又消失了。直到天亮之后，阿荣才发现，那个蓝群青小布包，不知怎的跑到了自己的衣袂里。

长屋媳妇们的说话声又响起，四处飘着煮芋头的香气。

阿荣蹲在土间,捡起一个缺了口的颜料碟。细看一遍,自言自语:"摔得恰到好处啊,真是幸运。"碟上残留着颜色,只要加上水就能用。

阿荣收拾了房间,她央求帮她一起收拾的邻居男子,破碎残骸不要扔,先收集在土间里。那之后,近邻在此处栖身,没有一个人觉得那堆东西奇怪。他们虽然被彩色榻榻米吸引去了目光,但对流离失所的人来说,都是些不值一提的小事。

昨天阿荣终于开始收拾这堆东西,捡出还能用的、碎了角的墨块擦干净,沾了土的画账抖一抖,画笔只要清洗就还能用。

阿荣发现了一块细长木板,拿着站起身来,走到榻榻米前坐下,打量手中的物件。

"这好像是案几抽屉的面板?没错,是面板。"这次的自言自语格外清晰。

地震之后,阿荣一直随身带着蓝群青小布包,睡觉时放在怀中,醒来后便放进衣袖里。

放下抽屉面板,把衣袖在膝头铺好,掏出小包。

这是家中唯一一件纤尘不染的完好之物,只是,里面的印章不见了。想来,是时太郎拿走了其中的印章,又将小包悄悄放回了阿荣的衣袂里。就像扒手摸走钱包,拿走钱又从身后偷偷将钱包还了回来一样。

"那个傻子,究竟在想什么呀,只把小包还给我,有什么用?"

事已至此,阿荣反而觉出了可笑。老爹一直哀叹"我的外孙是恶魔",对阿荣来说,则成了"我的外甥是瘟神"。

然后,她又想起了那个瞬间。

那一瞬间亦真亦幻。他们互相呼唤着名字,阿荣依稀觉得,在那个危机时刻,时太郎扑过来用身体护住了她。随着时间一天天过去,这种依稀的感觉变得越来越清晰,现在简直历历在目。

这个穿着借来的羽织的窝囊废,在找到了猎物的瞬间,世界开始摇晃破碎,天翻地覆。他来不及细想,只下意识地护住了姨母。

瘦弱得像个耗子的时太郎将身下的阿荣抱在怀里,拼命拱起了后背。

"不对,这是你一厢情愿的想象。明明是他随手乱抓,拿你当救命稻草了。真是的!"

是啊,又想多了,她不由得自嘲起来。

冷风已经凛冽,房间里却没有火钵,她冻得直流鼻涕。用手指擦擦鼻子,忽然觉得真相是什么都无所谓了。

"时宝,下一次你可要赌一次大的。今后,我不会再想起你了。只要你高兴,随你去吧。"

这些年,老爹和阿荣在埋头画画,与此同时,时太郎将人生浪费在了细小恶事上。

时宝,你也要用自己的活法,顽强地活下去啊。

将小包放回衣袂,阿荣拿起画笔,去到井边清洗。媳妇们已经离开井畔,只有一个小男孩蹲在那里,用手里的石子在地上描绘着什么。仔细一看,是曾短暂在阿荣房间借住过几天的夫妻的孩子。

"宝,你还记得我吗?"

小孩率直地歪歪头,表示不记得。毕竟此处大人太多,小孩子记不过来。

"没关系。这个送给你,拿好了。"

她从衣袂中取出物件递过去,孩子蹲在原地,迟疑地伸出手。

"这叫蓝群青色,粗细双缟纹。好看吧?"

男孩点点头,脸上泛起红晕,说声谢谢,扔掉石子,跑向院门。院门处人影闪动,孩子不见了,随之走进来的是个左插长刀、右配胁差的武士。

来人走近阿荣,低头行礼。

"姐姐,你平安无事,太好了。"

那声音,是至亲的关怀之声。站在她面前的是弟弟崎十郎。阿荣一反常态地湿了眼角。

三

阿荣坐在缘侧抽着烟管,眼前的庭院里,男仆正手持剪刀修剪着树木。细看剪下的树枝,里面混着枇杷树枝。

"把枇杷枝给我吧,行吗?"

男仆口中应和一声,身子未动,只扭过头来问:"您要树枝做什么?"

"枇杷树枝烧成的木炭,是一种特别漂亮的黑颜色呀。"

"木炭?您打算在院子里烧木炭吗?"

"对呀。今天没有风,不会火星乱飞,是烧炭的好天气。"

男仆皱起眉头:"这得太太允许了才行,我去禀报。"

手拿剪刀的男仆忽然闭上了嘴。阿荣再看,原来是崎十郎的妻子弥生不知何时从房间里走出来,在问男仆"有何事"。

"隐居太太说想要烧炭,请问可以吗?"

阿荣多次说过不要叫她隐居太太,可是这家的男仆女佣都不听她的。

"松屋的人会过来收走树枝,你只管修剪就好。"

弥生拖着长长的衣裾走过来,走进阿荣的房间,叫一声"大姐"。阿荣闻声不得不站起来,从缘侧走回房间。弥生关上障子,直接向阿荣摊牌:"我早就说过,如果颜料不够用,请您直接告诉我。"

上来就一字一顿,严肃刻板。

"够用,我就是看到枇杷树枝……"

"所以,请您三思而后行。我已多次说过,请不要在夏天收集贝壳,整个宅子会有鱼店臭味,给众人添麻烦,难道您忘记了?"

有些颜色只能用贝壳做啊,但是这话和弥生说不通。阿荣选择了沉默。

"我还发现,您把石头野草和坚果种子也带进了家。"弥生用衣袂轻轻掩住嘴,环视着阿荣住的六帖房间。

"平时煮胶已经足够异臭了,还要烧炭,坚决不可以。此处可是官员宅邸。您若这样,让我如何约束下人。"

阿荣低下头,看着榻榻米上的草编纹。

所以阿荣几次拒绝搬来同住,但拗不过崎十郎的再三坚持。

大地震后的一年中,崎十郎几次来到长屋,请阿荣搬到本乡弓町:"姐姐,搬到我家住吧。你无须顾虑太多,放心搬过去就好。那里毕竟是武士宅邸,是普通市井生活无法比及的。虽然我家生活俭朴,但男仆女佣、老家人都齐备,日常起居和饮食无须你操心。"

别看崎十郎说话谨慎谦逊,其实官运亨通。他从御小人目附[1]做起,一路升为头领,如今是勘定奉行的直属手下,荣任支配勘定。以他的出身能升至如此高位,实

---

[1] 江户幕府官职名。

属罕见。

"可是,别看我这样子,我有职业,能自己谋生。"

"这我知道。可是姐姐,你身体健康时尚好,万一受伤或生病,身边需要有人照应。你一个人,我实在放心不下。这次地震亦是如此。我心中万分牵挂姐姐的安危,无奈公职在身,无法立刻赶来,以至于让你受苦。我心中后悔,早该把你接去同住才是。"

崎十郎是阿荣同父同母的亲弟弟,自幼被过继给加濑家当养子。他幼时还叫多吉郎的时候,阿荣并没有带他亲密玩耍过。也许是崎十郎生性忠厚,也许是他的养父母极其仁心善良,教养有方,使得现在的崎十郎无论如何也放不下他唯一的姐姐。

阿荣故意模仿他的口气,想敷衍搪塞过去:"多谢你无微不至的关心,姐姐感激涕零。但请你勿要牵挂,我若是被寿司噎死,那便是无痛无伤,寿终正寝。若是失足跌入河中被水波卷走,更可谓直接漂到三途河边,走了捷径。"

阿荣并非在跟弟弟客气,她真心希望照旧独自生活下去。但是过了新年未久,崎十郎再次上门诚恳邀请,阿荣拗不过他,最终在二月初搬进了加濑家。

"既然你如此诚心,那今后就请多关照了。"

阿荣这次可谓摆谱作态了一番。她之所以同意搬过去,是因为有一天她忽然发现,其实自己在翘首盼望崎十郎再次邀请。

姐弟两人年过半百后之才又重新来往,最初的共同话题很快就说完了。意想不到的是,崎十郎虽是官吏,却是一个风雅之士,对俳谐颇有见解,如今是葛饰蕉门一派的宗匠,俳号椿岳庵木峨。阿荣不懂俳句,自然也不明白俳号的来历,但她心里是欣喜的。

"老爹喜欢川柳。他讨厌死板的规矩做派嘛,其实他连教人画画也觉得麻烦。但是一旦找到知己,就会耽游到一起。尤其是和川柳同伴,更是嬉笑言谈,说不完的笑话,真是诙谐开朗。"

崎十郎表情郑重地听着生父逸事。毕竟,崎十郎和老爹关系并不亲密,他幼年便被送走当别人家的养子,老爹的态度可谓冷淡,不知是有内情,还是他不愿在人前袒露感情。崎十郎总觉老爹的一双大眼威压有力,很怕与父亲对视。

不仅是老爹的逸事,他还认真听了生母小兔的相关种种。

"母亲很会照料别人,平时把老爹管得严严的。老爹中风卧床不起时,母亲尽了全力,如果不是她精心看护,也许老爹便就此倒下,再也拿不起画笔了。老爹过了古稀之年,照旧大作频出,都蒙母亲照料。"

话说出口,阿荣才恍然发现原来自己在这么想。于是下定了决心,要搬去崎十郎家同住。

现在，崎十郎每日工作结束回到家中，都先去阿荣房间里问候，有时还在更衣之后，命令家人把酒肴搬到阿荣房间里，一起喝上几杯。

但是，弥生和阿荣始终不融洽，她觉得阿荣给家里添了麻烦。崎十郎的儿子儿媳也不亲近她，尤其是儿媳，几乎很少在阿荣面前露面，偶尔在雪隐前相遇，总是视线躲闪，匆忙逃离。只有崎十郎已经出嫁的女儿在回娘家时会过来问候，认真欢喜地细看阿荣的画作。

"大姐，咱们可得说好，您可以接绘画订单，但是请勿让衣冠不整的人物出入宅门，周围会传闲话。您应该知道，武士家最重名声，万不可招惹来流言蜚语。毕竟，最终被人指点嗤笑的，是我和老爷。"

阿荣真不想听她说教，只好道歉说"实在对不起"。

好容易送走这尊叱言大明神，阿荣走进庭院，男仆已经不见踪影，地上干干净净，没剩下半根树枝。阿荣直接出了后门，走下本乡的大坡。

丁零零铃声响起，罗圈腿的城内飞脚运货夫擦过阿荣身边飞速跑过，人群中瞬间出现一道缝隙给他让路。原本，阿荣只是想出来随性地走走，不知不觉间，已经走到日本桥附近。

如此说来，从小就有人夸阿荣跑得快。看着飞脚的背影，阿荣也兴奋起来，掀起衣裾，哼，我跑得不比你慢!

　　舒心地撒个疯,阿荣心下又得意又爽快。她也知道周围的人一定看呆了,管他呢,她怀恋过去的天真傻气。现在老了,腰酸背痛,走路都变成了小碎步,膝盖关节总是不得劲,咯咯作响,发出闷哑的破木鱼声。更主要的是她心中郁闷。

　　自己给弥生低头道歉的样子太寒碜、太憋屈了。

　　"阿荣,你真没出息……没办法呀,寄人篱下嘛。自己还好,崎十郎才可怜,他听到的琐碎唠叨肯定更多。没想到自己成了夫妻吵架的火种,真是心有不安。"

　　天色渐晚,西边天空的云彩蒙上了淡淡茜色,阿荣无心回家,只沿着隅田川边一路向北走去。

　　野雁结群飞上天空。河边的芒草穗闪烁着细碎银光。

　　前方出现了灯火通明的街巷一角。

　　第二天,阿荣又被弥生呵斥了。

　　"不打招呼就出门,让我们多为难!我已经说过多少遍了。出门不带小厮,半夜三更才回来,这是疯子才做的事!平白让老爷担惊受怕。"

　　崎十郎为此担心了,这阿荣早知道。因为清晨崎十郎出门前去过阿荣的房间。

　　"姐姐,听说你去了新吉原?"

　　阿荣将昨晚见闻兴奋地重述了一遍,崎十郎听后,回道:"就是说,吉原在地震中起了大火,现在搬迁到了浅草的山之宿町?"

"对,因为是临时建筑,所以登楼钱收得便宜,但更多的,是不登楼而单纯看热闹的人,那份火热繁华啊。"

崎十郎苦笑着站起身:"是这样啊,那我去工作了。"

阿荣囫囵回应了一句"好,去吧",便迫不及待地拿出砚台开始研墨。绘绢已经用完,老交情的绢布店在地震中毁于一旦,颜料店也好不到哪里,所以现在手边颜料色数不全。

尽管如此,阿荣还是按捺不住地想画。她看了一遍案几上现有的材料,找出一张大判锦绘尺寸的画纸,横着摆放到榻榻米上。就在此时,弥生走了进来。阿荣没有抬头,只抱紧双臂,向弥生说:"实在对不住,都是我不好,让你担心了"。

"光嘴上道歉有什么用,您这不是一次两次了!上次是什么时候来着,对对,八月盂兰盆那会儿……"

听见弥生又要翻旧账,阿荣连忙低声插进一句:"我已经明白了,你不要啰唆。"

"啊,您说什么?"

耳边传来弥生的高亢厉声,阿荣只专心致志地构思着画面,不知何时,弥生已经离开了房间。

阿荣闭上双眼,再次回想了一番吉原的夜景。她现在只想集中精力,把那转瞬即逝之美重现到画纸上。

想来，那已经是几十年前的事了，那时她恍悟，原来光影可以塑造出物体形状。西画追求的便是光影，将看到的景色原封不动地再现到画布纸上，用浓淡阴影来表现事物的凸凹和深浅。

但阿荣现在觉得，西画的问题在于过度写实，这就容易丧失品格。是的，如果画只追求写真，就容易流于表面，失去内在真情。

那一夜，我看到的，确确实实，是吉原夜晚的"张见世"[1]。隔着"惣半篱格子"，看见房间里坐着成排的游女，通明灯火一直流溢到夜路上。若想本真地描绘此景，需要在画面正中拉无数条竖线，看热闹的客人必须画在前景上。如果采用这种视线构图，游女的脸也会清晰地呈现出来。从过去到现在，江户的绘师们，无论老爹还是其他人，他们画游女图的主要目的是为了画脸和华美衣裳。这些也是看客们醉心喜欢的细节。

阿荣豁然睁开眼睛，松开抱在胸前的双臂。

我想画的，既不是传统的吉原美人图，也不是西画。

"你给自己出了一道难题，为什么非要知难而上呢？"她问自己。

"知难而上才有意思呀。"

对，如果按部就班，再画一幅驾轻就熟的东西，岂

---

[1] 游女坐在木栅栏内，向路上游客展示自己。

不是很无聊。

阿荣没有画底稿,直接拿起了画笔。见世的入口,要安排在画面右侧。先画下一根木柱的竖线。深蓝暖帘之下,要安排一个刚从茶屋返回的花魁,前面领路的秃画成暗影,后方跟随的男众手拿提灯,照亮着花魁的华丽打褂。

现在阿荣手边只有岩红、岩绀和岩黄三色还够用,索性就用这三色和墨线完成整个画面吧。

即使不用大量色彩,只用浓淡光影也能随心营造出华美气氛。其实,用色过多反而危险,有时不小心多加了一色,整个画面就全毁了。

入口的左侧,画几条窗格子的竖线。窗格子落在路面上的阴影,要和表现房间进深的斜线方向一致。

唔,这个构图好。这些平行并列的直线正好烘托出那一夜的灯火通明,红飞翠舞。画面的最上方,只打算画上屋檐的阴影,虽看不见二层,却能感受到太鼓三味线的奏乐和人声笑语正淌泻而下。

哪怕是黑船袭来,哪怕是地震火灾,人们依旧会在断壁残垣上重新盖起房子,在短暂人生中追寻片刻梦境。哪怕只是隔着窗格子看热闹,缝隙间浮现的美丽游女,让人心旌摇曳,让人难以言喻地心满意足,明天也要努力挣钱,要活下去啊,大尽[1]有大尽的自在,穷人有穷人

---

[1] 有钱人。

的快活。

不知怎的,阿荣忽然想起了时太郎。那个恶鬼,如今在干什么呢。她又马上摇头,没有再想下去。自从搬到本乡,她和其他绘师渐渐淡了来往,无从知道长川是否逃过了地震。

然而远方依旧时常有信寄到。江户的惨状传遍了各地,为此,老爹的门人纷纷写来信件问候珍重。有人下帖请阿荣在安稳之后继续描绘画册范本,有人邀请她外出旅行静养。如果阿荣回信说自己膝盖疼痛不能走远路,但生活依旧平静自若,现在正在描画吉原格子先之图,他们一定会放下心来,感叹江户恢复得如此之快吧。说起来,江户人真的是天性乐观。

只享受当下,不瞻前顾后的江户习性也会惊倒一些人吧,想到这里,阿荣不禁独自笑出声来。

天性乐观哪里不好嘛,足够了。经历了挫折便意志消沉?于事何补。

见世房间内部无须过分描绘,太精巧就俗气了。打算在房间里画上二十几个游女,但真正露出正脸的,只画一个人就好。

画面前景的道路之上,要有大幅暗影,无须过分写真。因为若是如实描绘真影,容易显得零散杂乱。我要反其道而行之。

我要把人生在世刹那的如火如荼,都托付给光亮与暗影。

对,我想画的,是那明亮目眩的生机。

安政四年(1857)四月里的一天。

杜鹃在枝头啼啭,不知从哪儿飘来溲疏花香,阿荣醒来,站起身走到缘侧眺望,庭院里一片早春新绿。

阿荣歪歪头,不知现在几时几刻,看看阳光的角度,像是不早了。昨夜她在灯下为门人书写绘画指南,一直忙到深夜。她在白天有阳光的时候忙于画画,写字只能推到晚上。无论做了多少年,她至今仍觉得词不达意,怎么制作颜料,怎么描述画中真意,这些都很难用言语表达。所以她经常一段文字里夹上一些插图,写完后又心中惴惴,生怕门人不能会意。

"隐居太太起来了。"

阿荣听见女佣禀告弥生的话音。年过花甲的她现在腰腿不好,耳朵却尖。

"终于起来了……把食膳台端过去吧。不用了,稍后她自己会来,你继续去浆洗衣服吧。"

片刻之后,又听见弥生的声音,"没办法,我家这个大姐真是目中无人,我从未见过这么任性放肆的人。"

"就该让父亲大人好好训斥她一番。"是儿媳的声音。她怀孕未久,预计八月生产。阿荣暗暗喜欢,想早日听到婴儿的哭声回荡在这所宅院里。

"我和老爷说过无数遍了。但是老爷宅心仁厚，敬重这个姐姐，从不对她说重话，不听我的。到头来，只有我一个人独自辛苦。不过等孩子出生，我们坚决不能请她参加七夜之祝，这件事，我去和老爷说。来宾要是发现宝宝居然有这么一个长辈，会受到惊吓的。再说，我也没有多余时间去纠正她的衣着和举止礼节。这点，我要委婉地说给老爷听。"

阿荣眨了几下眼睛，双臂展开，仰头打了一个大大的哈欠。

弥生的声音消失，只见女佣端着食膳台碎步跑过来："早安。"

"对不住啊，让你在这个时间忙碌。"

女佣低头行礼，进房间放好东西，又匆匆离开。阿荣走回房间，在食膳台前坐下，合掌说一声"那我不客气了"，拿起筷子，啜饮酱汤，挑起米饭，将酱菜咬得咯吱有声，喝完最后一滴茶水，将一餐饭吃得干干净净。

再次合掌，"多谢款待"，之后口中喊个号子站起身，拿起案几上的书信和零钱，又伸展手臂，从笔架上取下一支笔放入怀中。

走下庭院，悄悄从后门出门。刚要往前走，听见后面一声"大姐"！

"您又要一个人去哪里？"

阿荣慢慢转过身，对弥生说："我去飞脚屋寄信。"

"如此小事，交给小厮去做便好。"

"多谢多谢，叨扰叨扰。"也许是很少听到阿荣致谢，弥生惊讶地挑起了眉毛。

阿荣穿过静谧的武士大宅一带，走上通往浅草的路。先去熟悉的飞脚屋寄信，之后要去从前和老爹住过的圣天町，在长屋中觅一间房子，以便今后住下。她刚才走出本乡大宅时，已经拿定了主意。

在圣天町里转了几圈，遇到一座小丘。小丘在待乳山西边，只有三丈多高，顶上看到的景色十分开阔。老爹在世时是否来过此处，阿荣记不清了。她摘着露草，在小丘顶上坐下来。

从此处能看见西边的芝居町，那里演艺场鳞次栉比，中村座、市村座、河原崎座，招揽客人的细长旗帜在风中翻卷着。北面的山谷堀里，已经聚集了无数寻欢作乐的小舟。

不久前，阿荣给崎十郎看了她去年画好的《吉原格子先之图》。她只是想画，并没有打算出售，所以并未写下落款，画好后立刻收到了画纸架上。因崎十郎提起俳句同好者中有一人喜好西画，这才想起来，于是取出给他看了。

崎十郎看后久久没有说话，慢慢才叫出一声姐姐。

"怎么，你觉得这幅不好？"虽然阿荣早已不再年轻气盛，一心想用作品赢得赞美，但是看到弟弟如此沉默，心中还是生出几分黯然。

"不是的，我从来没有见过这样的画，不知从何说起。"

崎十郎再次沉默，只双眼直视着阿荣。

"姐姐，没想到你是一位如此了不起的绘师。"

一个堂堂武士，话语中却带上了泪声。阿荣回想起这一幕，又从膝边摘下一片草叶。

"你我之间，不用客套赞美。"虽然口中这么说，其实那一整天，她一直都兴奋难耐。

然后，她在尚未落款的画上，写下了自己的名字。落款通常应该留在四隅，但她另有主意，在画中人物提着的三个纸灯笼上，留下了隐蔽落款。

右侧的大纸灯上，是一个"应"字。中间的提灯上，是"为"。在最左侧的灯上，写下"荣"字。葛饰应为。这就像一个符牒，只有亲近之人才懂。即使加上崎十郎，能看懂这是阿荣所作的人，全江户也没有几个吧。毕竟，当年的绘师同行和订画金主很多都不在人世了。

我究竟还能活几年呢。

现在我终于能理解老爹的心情了，心有不甘地想多活十年，哪怕五年也好。

画上一笔、两笔，也许会忽然涌现出从未有过的灵感，然而这灵感总是倏然而来，转瞬即逝。去捕捉去再现，如此反复,这,就是画画。

临风坐在小丘之上,她忽然想,干脆就这样吧,既然已经出来,就再也不回那个家了。真的,别去想什么先找好房子后再搬,那样只会拖延时间。

虽然在那个家中形单影只,经历了远比独身生活更刻骨的寂寞,但话说回来,住在那儿还是很舒服的,不愁吃穿,起居自在,想画什么画什么。

放着这么舒服的生活不过,我真的是傻瓜吧。

但现在正是好时机。离开安稳的生活,重新出发,此刻不开始,更待何时。

虽然我已年过花甲,也许日后回首现在,会想,"才六十岁,还年轻呢"!

嗯,我能画诗笺,能画扇面,靠这些就能生活。或者,干脆在日本桥的热闹大街上,在麦芽糖小贩旁边摆个画摊?抑或,从日本桥出发,先来一场旅行?

如此说来,今天的信件是发往相模的。对方多次邀请她去做客休养。嗯,脑中已经浮现了去处。还有,去信州也不错,她还想去名古屋和京都看看。

我哪里都能去,在哪里都能活下去。

无论身在何处,我都是一个响当当的绘师。

她拿出怀中的那支笔。

这支笔明白今后自身的命运吗?她凝望着。画笔仿佛在召唤她:"带我上路,一同去吧。"

那就走吧!草木闪闪发光,她迈步向前。

新的夏天,开始了。

无论如何,

只能埋头往前走啊,

人活着,没有退路。

一页 folio

始于一页，抵达世界
Humanities · History · Literature · Arts

出品人　范新
出版统筹　恰恰
特约编辑　徐露
营销编辑　张延
版权总监　吴攀君
印制总监　刘玲玲
装帧设计　COMPUS·汐和
内文制作　陆靓

Folio (Beijing) Culture & Media Co., Ltd.
Bldg. 16-C, Jingyuan Art Center,
Chaoyang, Beijing, China 100124

一页 folio
微信公众号

官方微博：@一页 folio ｜ 官方豆瓣：一页 ｜ 媒体联络：zy@foliobook.com.cn